中国书籍文学馆

名家文存

叙说所有

阎晶明/著

中国书籍出版社

China Book Press

图书在版编目（CIP）数据

叙说所有 / 阎晶明著 . —北京：中国书籍出版社，2014.3
（中国书籍文学馆·名家文存）
ISBN 978-7-5068-3940-2

Ⅰ .①叙… Ⅱ .①阎… Ⅲ .①随笔—作品集—中国—当代 Ⅳ .① I267.1

中国版本图书馆 CIP 数据核字（2013）第 306457 号

叙说所有

阎晶明　著

图书策划	武　斌　崔付建	
责任编辑	戎　骞	
责任印制	孙马飞　马　芝	
出版发行	中国书籍出版社	
地　　址	北京市丰台区三路居路 97 号（邮编：100073）	
电　　话	（010）52257143（总编室）　（010）52257140（发行部）	
电子邮箱	eo@chinabp.com.cn	
经　　销	全国新华书店	
印　　刷	三河市华东印刷有限公司	
开　　本	710 毫米 × 1000 毫米　1/16	
字　　数	149 千字	
印　　张	16.25	
版　　次	2014 年 5 月第 1 版　　2021 年 1 月第 2 次印刷	
书　　号	ISBN 978-7-5068-3940-2	
定　　价	48.00 元	

目 录

第一辑

读鲁迅

鲁迅：暗夜里的思想者

1

读鲁迅，常常会遥想他曾经的写作状态。那些透着感情和思想、充满力道的文字，是在一种怎样的环境和心境中写出的？从上世纪30年代至今，很多谈鲁迅的人，都在描述自己想象中鲁迅看取人间世相的态度和眼光。而时常浮现在我眼前的鲁迅，是一位暗夜里的思想者，只有到了周遭宁静、人声悄息的时刻，他才会静下心来，把白天所见的一切欢颜、泪水，得意、苦相，青年的激昂、文人的嘴脸，强者的怒目、弱者的悲哀，尽收在心底，一一经自己的心绪过滤，化成他那有时一泻千里、也有时生涩难懂的文字，构成他独异于常人的文章。寻常的人，都是在歌颂和期盼黎明的曙光驱赶走夜的黑暗，而鲁迅，却在深夜里思索。夜幕让他的思想有了惊人的穿透力。揭开夜的"黑絮"，让光天化日下的一切现出原形，是鲁迅独有的功力。

夜，不但是鲁迅思考和写作的习惯性时光，更是他作品里经常出现的意境。《野草》是鲁迅写"夜"和"梦"最集中的作品集，从中我们可以感受到鲁迅那双"看夜"的眼睛，《秋夜》里的开头写道："在我的后园，可以看见墙外有两株树，一株是枣树，还有一株也是枣树。"这一特异的描写经常引来疑惑式的解读。其实，也许正是鲁迅在暗夜的深处，将目光望向窗外，孤寂的心情下才能写出这样两行字。因为接下来，他的目光直接穿过两棵"枣树"，望向了夜的天空："这上面的夜的天空，奇怪而高，我生平没有见过这样的奇怪而高的天空。他仿佛要离开人间而去，使人们仰面不再看见。然而现在却非常之蓝，闪闪地映着几十个星星的眼，冷眼。他的口角上现出微笑，似乎自以为大有深意，而将繁霜洒在我的园里的野花草上。"夜的空阔、神秘和诡异的景象向我们展开。"落尽叶子，单剩干子"的枣树此刻再次回到鲁迅眼中，成了一种意味深长的意象。枣树的树干"默默地铁似的直刺着奇怪而高的天空，使天空闪闪地鬼映眼；直刺着天空中圆满的月亮，使月亮窘得发白。鬼映眼的天空越加非常之蓝，不安了，仿佛想离去人间，避开枣树，只将月亮剩下。然而月亮也暗暗地躲到东边去了。而一无所有的干子，却仍然默默地铁似的直刺着奇怪而高的天空，一意要制他的死命，不管他各式各样地映着许多蛊惑的眼睛。"开头似乎无意中进入眼中、用闲笔写在纸上的枣树，在夜幕中却成为刺向天空的利器，让人联想到鲁迅心目中的"战士"形象。

2

在鲁迅笔下，暗夜是空虚，也是充实；是绝望，也是希望；有虚假的上演，更有逼人的真实。《野草》的《希望》里这样描写"向黑暗里彷徨于无地"的心境："我只得由我来肉薄这空虚中的暗夜了，纵使寻不到身外的青春，也总得自己来一掷我身中的迟暮。但暗夜又在哪里呢？现在没有星，没有月光以至笑的渺茫和爱的翔舞；青年们很平安，而我的面前又竟至于并且没有真的暗夜。""绝望之为虚妄，正与希望相同！""呜呼呜呼，倘是黄昏，黑夜自然会来沉没我，否则我要被白天消失，如果现是黎明。"

正是在黑暗里，孤独的心才会放大，空虚的感觉同时成为唯一可以掌握的东西。"我愿意只是黑暗，或者会消失于你的白天；我愿意只是虚空，决不占你的心地""我独自远行，不但没有你，并且再没有别的影在黑暗里，只有我被黑暗沉没，那世界全属于我自己。"在《颓败线的颤动》、《好的故事》等篇什里，暗夜中的独行者、静思者，是鲁迅刻意要确立的人物。即使《过客》这样发生在黄昏时分的故事，也不忘在孤独的"过客"决意要上路时加一句"夜色跟在他后面"，以强调情境之色调。

作为最早具有自觉的、成熟的现代意识的小说家，鲁迅在小说创作中十分注重故事情境的强调和描写，而黑夜，正是《呐喊》、《彷徨》里最多见的一日中的时光。《狂人日记》的开头就写道："今天晚上，很好的月光。"紧接着引出狂人的恐惧心理，"我不见他，已是三十多年；今天见了，精神分外爽快。才知道以前的三十多年，全是发昏；然而须十分小心。"第二节的开头第一句又是："今天全没月光，我知道不妙。"白天的事在没有月光的夜里回味才感知更深，"早上小心出门，赵贵翁的眼色便怪：似乎怕我，似乎想害我。还有七八个人，交头接耳的议论我，张着嘴，对我笑了一笑；我便从头直冷到脚跟，晓得他们布置，都已妥当了。"

《药》的氛围是这样营造的："秋天的后半夜，月亮下去了，太阳还没有出，只剩下一片乌蓝的天；除了夜游的东西，什么都睡着。华老栓忽然坐起身，擦着火柴，点上遍身油腻的灯盏，茶馆的两间屋子里，便弥漫了青白的光。"《明天》里的单四嫂子则始终是在压抑得让人难以透气的深夜里，孤寂地陪伴着死去的儿子。单四嫂子在空大的屋子里沉睡过去之后，黑暗而凄凉的情景为故事涂抹上了凝重的色彩，"这时的鲁镇，便完全落在寂静里。只有那暗夜为想变成明天，却仍在这寂静里奔波；另有几条狗，也躲在暗地里呜呜地叫"。《白光》里的陈士成在月色中走完他可悲的、灰色的人生。一切都落空了，"独有月亮，却缓缓的出现在寒夜的空中"，"月亮对着陈士成注下寒冷的光波来"。

在鲁迅笔下，月亮通常是一个照彻寒冷和孤独、增强恐惧和悲哀的意象，那情景跟传统的阴晴圆缺没有关系。在《孤独者》中，月色和心境也有交融，"潮湿的路极其分明，仰看太空，浓云已经散去，挂着一轮圆月，散出冷静的光辉"。但人心却并没有同样的诗意，"我快步走着，仿佛要从一种沉重的东西中冲出，但是不能够。耳朵中有什么挣扎着，久之，久之，终于挣扎出来了，隐约像是长嗥，像一匹受伤的狼，当深夜在旷野中嗥叫，惨伤里夹杂着愤怒和悲哀"。夜晚有时是美好的，但这美好也会因人物悲剧的落幕而陡增黯然之色。《祝福》的结尾，鲁镇的人们在除夕夜里的"无限的幸福"和祥林嫂可悲的死正是鲜明的对比。

不过，我们并不能因此认为鲁迅对月夜有偏执的看法。有时，在记忆的深处，那些美好的时光也会和月夜有关。夜晚的月色在鲁迅小说里也有闪光的时候。《故乡》里的"我"见到儿时的好友闰土，第一反应便是一幅夜空下的美景，"深蓝的天空中挂着一轮金黄的圆月"。月夜下那个身手不凡的少年形象在小说里出现过两次。还有如《社戏》，欢喜的情景也和月色相关。"月还没有落，仿佛看戏也并不很久似的，而一离赵庄，月光又显得格外的皎洁。"

3

鲁迅就是这样一个对夜有着特殊敏感的诗人和思想者。他有"看夜"的眼睛，也有"听夜"的耳朵。暗夜中，他听到那些人间的嘈杂，楼上的吵骂、楼下的呻吟、对门的打牌声、河中船上女人的哭泣声，它们综合成一幅世间景象，呈现出世事悲喜的互不相通以及人心的隔膜。他也听到自己内心深处的声音，并用尖锐的笔触书写出来。"我忽而听到夜半的笑声"，

"夜半，没有别的人，我即刻听出这声音就在我嘴里"（《秋夜》）。

暗夜里的思索和时势的黑暗正好形成一种映衬和对比。光明，在鲁迅那里总是一个远未达到和实现的理想目标。他努力冲破这暗夜，宁愿"自己肩住黑暗的闸门，放别人到光明的地方去"。暗夜里的思想者鲁迅，渐渐地对夜有了特殊的感情。1933 年，"晚年"的鲁迅曾署名"游光"写下一篇动情的文字：《夜颂》，这篇精美的文章可以说是鲁迅关于暗夜的集大成之作和整体阐释。在这篇精短的抒情文章里，鲁迅作为一个"爱夜的人"表达了对夜最彻底的真实的表述。首先，人在白天和黑夜是有区分的，"人的言行，在白天和在深夜，在日下和在灯前，常常显得两样。夜是造化所织的幽玄的天衣，普覆一切人，使他们温暖，安心，不知不觉的自己渐渐脱去人造的面具和衣裳，赤条条地裹在这无边际的黑絮似的大块里。"也正因此，在鲁迅那里，"爱夜的人要有听夜的耳朵和看夜的眼睛，自在暗中，看一切暗。"这"耳闻""目睹"的功力，就是要能看得出"夜的降临，抹杀了一切文人学士们当光天化日之下，写在耀眼的白纸上的超然，混然，恍然，勃然，粲然的文章，只剩下乞怜，讨好，撒谎，骗人，吹牛，捣鬼的夜气，形成一个灿烂的金色的光圈，像见于佛画上面似的，笼罩在学识不凡的头脑上"。

与黑夜相对的白天，充满了热闹和喧嚣。"而高墙后面，大厦中间，深闺里，黑狱里，客室里，秘密机关里，却依然弥漫着惊人的真的大黑暗。"到最后，鲁迅如此表达他对白天和黑夜的区别，"现在的光天化日，熙来攘往，就是这黑暗的装饰，是人肉酱缸上的金盖，是鬼脸上的雪花膏。只有夜还算是诚实的。我爱夜，在夜间作《夜颂》"。在鲁迅生活的年代，白天的"大黑暗"和夜的"诚实"，这样的颠倒正是一个思想者、批判者，一个革命的文学家的真切感受。

鲁迅的性格里有孤独、怀疑的质地，他的成长中有看穿"世人真面目"的真切，他的创作既有为时代呐喊的自觉，更有直面惨淡人生的大胆，他心底有爱，对亲人、对青年、对战士时常传递着温暖，但他更多显现的是对论敌的不宽恕、对虚伪、狡猾、正人君子式的作态的厌恶。他的文风让人觉得冷峻异常，但真正的读者又能从中感受到他那"冰之火"的热情。他在深夜思索，顾不得欣赏月亮和星星的诗意，他要用心灵的力量穿透"黑絮似的大块"，这漫长的努力让他逐渐喜欢上了深沉、真实的暗夜，成了一个彻底的"爱夜的人"。任何鼓噪、声称、招牌，在他那里都首先被怀疑，其次才是理性地分析对待。这是鲁迅独有的魅力，是他至今深深吸引我们的重要原因。

鲁迅：起然烟卷觉新凉

> 绮罗幕后送飞光，柏桑丛边作道场。
>
> 望帝终教芳草变，迷阳聊饰大田荒。
>
> 何来酪果供千佛，难得莲花似六郎。
>
> 中夜鸡鸣风雨集，起然烟卷觉新凉。

对我这样的读者来说，鲁迅这首写于一九三四年九月的《秋夜偶成》，不靠注释是很难一读就懂的。不过，最后两句"中夜鸡鸣风雨集，起然烟卷觉新凉"却一望便知大意：一个风雨狂作、凉风吹拂的秋夜，鲁迅一定辗转反侧，难以入眠，于是他便点燃烟卷，起坐听风，只是那"新凉"二字里，不知只是表达秋风吹人时的感受，还是夹杂着思索时势时的心境。

鲁迅是嗜烟的，他终生离不开的两样东西，一是书，再者就是香烟了。"仰卧，抽烟，写文章——确是我每天必须做的事情中的三桩事"（致韦丛芜），许寿裳回忆说，鲁迅每天早上醒来后的第一件事，就是躺在床上先点一支烟来抽，所以他的"床帐"早已由白变黄。鲁迅的不少照片都有吸烟的动作，很多画家、雕塑家也喜欢在鲁迅形象中加上一支香烟。吸烟这件小事情，很少有专门的研究家去关注，不过，鲁迅一生与香烟的交道，对认识鲁迅的性格和生活方式还是很有帮助的，不妨就从鲁迅文字和别人的回忆文章里看看，吸烟与鲁迅究竟有怎样的关系，吸烟对他有什么样的影响。

一、吸烟是鲁迅最大的嗜好

始终没有找到可靠的资料，知道鲁迅是什么时候开始吸烟的，但他在留学日本时已经烟瘾很重了。有一次鲁迅坐火车从东京回仙台，上火车前用身上的零钱买了一包香烟。旅途中，他看一位老妇人无座，便将自己的座位让于她。旅途中鲁迅想买茶喝，待到叫来服务生，才发现自己身上仅剩的两个铜板已无力买茶了。老妇人为了感谢鲁迅，便在火车停靠时替他叫来站台上卖茶的，鲁迅只好称自己已经不渴了。许寿裳记述的这一趣事，足见鲁迅作为抽烟人对"粮草"不足的"恐慌"。吸烟是鲁迅至死都没有戒掉的嗜好，他试图那样做，但终于没有办法实现。一九二六年十二月三日，鲁迅在致许广平的信中说："我回忆在北京因节制吸烟之故而令一个人碰钉子的事，心里很难受，觉得脾气实在坏得可以。但不知怎的，我于这一点不知何以自制力竟这么薄弱，总是戒不掉。但愿明年有人管束，得渐渐矫正，并且也甘心被管，不至于再闹脾气的了。"这封从厦门寄往北京的信中的表白，与其说是声明自己下决心要戒烟，不如说是向许广平表达爱意，希望早日与她相聚。当然，也让我们知道鲁迅曾想戒烟而不得。

鲁迅的吸烟量是相当可观的，他在写给许广平和章廷谦的信中，都说自己每天吸烟大约三十到四十支。许广平还曾说过他一天的吸烟量达到五十支。烟不离手是友人们对鲁迅最突出的印象，见过鲁迅的人，用文字怀念鲁迅的人，大都会对他吸烟的情景作一点描述。我这里只是非常不完全的统计，就见到许多描述鲁迅抽烟的文字：

马珏《初次见鲁迅先生》："他手里老拿着烟卷，好像脑筋里时时刻刻都在那儿想什么似的。"

荆有麟《送鲁迅先生》："说到抽烟，我便提到鲁迅先生抽烟的可以。"

李叔珍《与鲁迅的一席话》："'你几时回来的？'他擎着一支烟给我，说出这句话。"

钟敬文《记找鲁迅先生》："（鲁迅先生）面部消瘦而苍黄，须颜粗黑，口上含着支掉了半段的香烟，态度从容舒缓……"

周建人《关于鲁迅的片断回忆》："鲁迅遇了这种情形实在有些忍耐不住，吐出一口香烟的烟气，说道……"

白危《记鲁迅》："他抽了两口香烟，默默地注视着展览的作品。"

阿累《一面》："坐在南首的一个瘦瘦的五十上下的中国人，穿一件牙黄的长衫，嘴里咬着一支烟嘴。跟着那火光的一亮一亮，腾起一阵一阵烟雾。"

周粟《鲁迅印象记》："他手里燃着烟卷正在和内山先生谈话。"

南风《我与鲁迅先生的认识和来往》："他的香烟抽得很厉害，一直到完，就没有断过。"

白曙《回忆导师鲁迅二三事》："鲁迅先生长长吸了一口烟，又从口里鼻里喷出去，然后盯着我们，微微笑了笑说……"

奥田杏花（日）《我们最后的谈话》："鲁迅这样说着，又燃起了烟卷"，"他的说话又与烟一起吐了出来"。

俞芳《我记忆中的鲁迅先生》："鲁迅先生吸着香烟，静静地坐在桌旁，工作、学习、写文章。"

徐梵澄《花星旧影》："先生吸着纸烟，讲到这里，停下了，缓缓说：'这就是所谓黑暗了！'"

……

许广平还在《鲁迅先生的香烟》中谈道："凡是和鲁迅先生见面比较多的人，大约第一印象就是他手里面总有枚烟拿着，每每和客人谈笑，必定烟雾弥漫，如果自己不是吸烟的，离开之后，被烟熏着过的衣衫，也还留有一些气味，这就是见过鲁迅先生之后的一个确实证据。"对鲁迅嗜烟的程度，许广平是这样描述的："时刻不停，一支完了又一支，不大用得着洋火，那不到半寸的余烟就可以继续引火，所以每天只要看着地下的烟灰、烟尾的多少就可以窥测他一天在家的时候多呢，还是外出了。"女作家萧红和鲁迅交往甚深，她在《鲁迅先生记》里写到鲁迅吸烟："第一次，走进鲁迅家里去，那是快进黄昏的时节，而且是个冬天，所以那楼下室稍有一点暗，同时鲁迅先生的纸烟当它离开嘴边而停在桌角的地方，那烟纹的卷痕一直升腾到他有一些白丝的头发梢那么高。而且再升腾就看不见了。"

可能是用量过大，也有生活习惯的原因，鲁迅吸烟并不讲究烟的好坏，按朱自清在《谈抽烟》里的说法，鲁迅应属于吸烟者中的"大方之家"。他通常买的是比较便宜的品牌。说："郁达夫在北京的时候，他吸的，总是哈德门牌的拾支装包。"但许广平在回忆文章里却说，鲁迅在北京时吸的是一种叫"红锡包"的烟。"他嗜好抽烟，但对于烟的种类并不固定，完全以经济条件做基础。在北京，时常看到他用的是粉红色纸包的一种，名称好像是'红锡包'，因为自己对于这方面并不记得清楚。"尽管许广平说得不确定，但从"粉红色纸包"的印象而言，鲁迅在北京时经常抽的应该是"红锡包"而非"哈德门"。许广平说鲁迅"在广州，吸的是起码一两角一包的十支装。那时人们生活真有趣，香烟里面比赛着赠画片，《三国》、《水浒》、《二十四孝》、《百美图》等等应有尽有，有时鲁迅先生也爱浏览一下，寻出新样的集起来，但并不自己收藏，还是随手转赠给集画片的青年"。根据记述民国时香烟的资料推断，这正是"哈德门"牌香烟。鲁迅在上海时经常抽的则是一种比较便宜的叫"品海"牌的香烟。夏丏尊在《鲁迅翁杂忆》中回忆道："周先生的吸卷烟，是那时已有名的。据我所知，他平日吸的都是廉价卷烟，这几年来，我在内山书店时常碰到他，见他所吸的总是'金牌''品海牌'一类的卷烟。他在杭州的时候，所吸的记得是'强盗牌'，那时他晚上总睡得很迟，'强盗牌'香烟、条头糕，这两样是他每夜必需的粮。"

二、鲁迅的吸烟习惯与写作

鲁迅吸烟给人印象深刻的特点，是他吸烟"不吞到肚子里"；不轻易从口袋里取出香烟盒；有"好烟"不独用而更愿意和朋友分享；很顾忌不吸烟者对烟雾的反应。许广平忏悔自己没有重视限制鲁迅吸烟，是因为鲁迅自己时常说："我吸香烟是不管好丑都可以的，因为虽然吸得多，却是并不吞到肚子里。"郁达夫则很生动地描述过鲁迅吸烟时的动作，"当他在人前吸烟的时候，他总探手进他那件灰布棉衫里去摸出一支来吸，他似乎不喜欢将烟包先拿出来，然后再从烟包抽出一支，而再将烟包塞回袋里去。他这脾气，一直到了上海，仍没有改过。不晓得为了怕麻烦的原因呢，抑或为了怕人家看见他所吸的烟，是什么牌"。而鲁迅与人分享"好烟"的情景，许广平在《欣慰的纪念》一文中说过，"有一次有人送给他十来听'黑猫牌'，照理说好好地留着自己用了，却是不然，他拿来分送朋友和兄弟。无怪有人说他自己吸廉价的烟，留着好的请客。其实是有什么拿出来一同享受，而不是同时分开两种待遇的"。

烟瘾极大的鲁迅并不是毫不顾及别人对"烟雾"的反应，李霁野在《忆鲁迅先生》中谈到自己在北京造访鲁迅时的一个细节："鲁迅先生是不断吸烟的，所以这间小屋里早就充满了浓馥的烟了。看出我是怕烟的了，便笑着说，这不免太受委屈，随即就要去开窗子。"李霁野还记述一九二九年五月鲁迅由上海返北京，他和韦素园去访问时的情景，其中谈道，"在畅谈了几点钟之后，素园才想起几次让请先生吸烟，他都摇头说不吸了，是为避免使病室里有烟味，不是真的戒绝；再三说了对自己无碍，先生才走出病室，站得远远的急忙吸完了一支纸烟。"李霁野因此感慨道："这是小事，是的，然而小事里正可以见体贴。"由此可见，鲁迅对自己吸烟的嗜好对别人的影响是很注意的。

人们常说文人好吸烟，或许是相信一种误识，认为吸烟有助于思考，所以对鲁迅吸烟这一嗜好，并没有人回避去谈。的确，鲁迅的文章里也时常会拿"烟"说事。一边吸烟一边思考一边写作，可能是鲁迅经常的状态。许广平在《鲁迅先生的日常生活》里说："他更爱抽烟，每天总在五十支左右。工作越忙，越是手不停烟，这时候一半吸掉，一半是烧掉的。"鲁迅自己在《藤野先生》这篇文章中写道："每当夜间疲倦，正想偷懒时，仰面在灯光中瞥见他黑瘦的面貌，似乎正要说出抑扬顿挫的话来，便使我忽又良心发现，而且增加了勇气，于是点上一支烟，再继续写为'正人君子'之流所深恶痛绝的文字。"这就很写实地道出了先点烟而后写作的习惯。《野草》里，鲁迅塑造的思想者形象也常有香烟陪伴。"我打了一个呵欠，点起一支纸烟，喷出烟来，对着灯默默地敬奠这些苍翠精致的英雄们"（《秋夜》）。"我疲劳着，捏着纸烟，在无名的思想中静静地合了眼睛，看见很长的梦，忽而警觉，身外也还是环绕着昏黄，烟篆在不动的空气中上升，如几片小小夏云，徐徐幻出难以指名的形象"（《一觉》）。"鞭爆的繁响在四近，烟草的烟雾在身边：是昏沉的夜"（《好的故事》）。

鲁迅小说里，魏连殳、吕纬甫这些灰色的知识分子，也常常是烟不离手，或者说，鲁迅不时通过吸烟来强化环境氛围和人物处境。《孤独者》里这样描写魏连殳："我只见他很快地吸完一支烟，烟蒂要烧着手指了，才抛在地面上。""'吸烟罢。'他伸手取第二支烟时，忽然说。我便也取了一支，吸着，讲些关于教书和书籍的，但也还觉得沉闷。"小说还描写他"一面唉声叹气，一面皱着眉头吸烟"的不堪景象，并且用"我到校两月，得不到一文薪水，只得连烟卷也节省起来"这样的"标准"来强化一个穷困潦倒者的窘境。

《在酒楼上》里，吕纬甫同样是一个嗜烟者，"他从衣袋里掏出一支烟卷来，点了火衔在嘴里，看着喷出的烟雾"，"他一手擎着烟卷，一只手扶着酒杯，似笑非笑地向我说"。"他又掏出一支烟卷来，衔在嘴里，点了火"。"他也不像初到时候的谦虚了，只向我看了一眼，便吸烟，听凭我付了账"。由于鲁迅自己有吸烟的嗜好，他在描写失落的知识分子时自然会想到用吸烟描述气氛、表达感情。并不能说吸烟这个情节是小说必须的妙笔，但至少增加了我们对"在酒楼上"的"孤独者"心境的认识和感知。

现实生活中，凡遇有不开心的时候，鲁迅也会在吸烟方面表现出特殊的一面。一九二五年，因女师大风潮，章士钊撤销了鲁迅在教育部的佥事职务，尚钺在《怀念鲁迅先生》中讲述了他其时访问鲁迅的情景：

"他也拿起一支烟，顺手燃着，把火柴递于我。

我燃着烟，抽的时候觉得与他平常的烟味两样，再看时，这不是他平时所惯抽的烟，而是海军牌。'丢了官应该抽坏烟了，为什么还买这贵烟？'

'正是因为丢了官，所以才买这贵烟，'他也看看手中的烟，笑着说：'官总是要丢的，丢了官多抽几支好烟，也是集中精力来战斗的好方法'。"

许广平在《鲁迅先生的日常生活》里谈到，厦门大学期间，鲁迅看到校方尊从投资学校的"资本家"而轻视教授，非常愤懑。他和同事们聚餐，"同时也豪饮起来，大约有些醉了，回到寝室，靠在躺椅上，抽着烟睡熟了，醒转来觉得热烘烘的，一看眼前一团火，身上腹部的棉袍被香烟头引着了，救熄之后，烧了七八寸直径的一大块"。同样的事件，川岛在《鲁迅先生生活琐记》里也谈到，而且这件棉袍还是由川岛拿回去请家里的女工缝补好的。讲这样的故事并不是想拔高鲁迅吸烟的内涵，但的确从中可以见出鲁迅身上活生生的"烟火气"。

三、鲁迅的死与吸烟

一九三六年十月十九日，鲁迅逝世于上海寓所。他的病因起于肺部，是当时还属于可怕的肺结核。许寿裳在《鲁迅先生年谱》里简述一九三六年鲁迅病情的发展，"一月肩及胁均大痛"，"三月二日骤患气喘"，五月十日后"发热未愈"，"八月痰中见血"，十月，"十八日未明前疾作，气喘不止，延至十九日上午五时二十五分逝世"。

依医学的常识讲，这样的病与吸烟肯定有关。事实也是如此，每凡鲁迅有病疾，大多有肺病症状，而这自然就和吸烟联系到一起。早有医生劝其戒烟，但都没有实现，许广平在《鲁迅先生的香烟》中写道："虽然在北京，为了和段、章辈战斗，他生病了。医生忠告他：'如果吸烟，服药是没有效力的。'因此我曾经做过淘气的监督和侦查、禁制工作，后来病总算好起来了，却又亲自给他用劣等香烟来毒害他，这该是我自认无可饶恕的供状。"也是差不多同一时期，鲁迅自己也意识到这一问题，一九二五年九月三十日在致许钦文的信中，鲁迅说："我其实无病，自这几天经医生检查了一天星斗，从血液以至小便等等。终于决定是喝酒太多，吸烟太多，睡觉太少之故。所以现已不喝酒而少吸烟，多睡觉，病也好起来了。"能做到不喝酒但只能少吸烟，这也是无奈的事情。一九二六年十二月三日，鲁迅在致许广平的信中说："我现在身体是好的，能吃能睡，但今天我发现我的手指有点抖，这是吸烟太多了之故，近来我吸到每天三十支了，我从此要减少。"

事实上，鲁迅不但戒不掉吸烟这个顽症，而且他甚至固执地认为，自己的身体好坏跟吸烟没有直接关系，这似乎也是为自己不能下决心戒烟寻找一点口实。一九二八年六月六日在致章廷谦信中，鲁迅写道："我酒是早不喝了，烟仍旧，每天三十至四十支。不过我知道我的病源并不在此，只要什么事都有不管，玩他一年半载，就会好得多。但这如何做得到呢。现在琐事仍旧非常之多。"他是否真的认为自己的病跟吸烟无关我们不得而知，但至少他希望、幻想是这样，因为他实在是戒除不掉这习惯。直到一九三五年六月二十八日，在致胡风信中，鲁迅仍然表达了不打算戒烟的想法："消化不良，人总在瘦下去，医生要我不看书，不写字，不吸烟——三不主义，如何办得到呢？"

鲁迅做不到戒烟，直到逝世的前一天一九三六年十月十八日，他还在吸烟。当天内山完造接到许广平转送来的鲁迅字迹凌乱的信，说自己哮喘不止，不能于当日如约相见，并求他赶快打电话给须藤医生。内山打完电话后即到鲁迅家里，"那时候，先生坐在台子旁边的椅子上，右手拿着香烟。但，脸色非常坏，呼吸好像也很困难"。待他和许广平为鲁迅按摩背部以减缓阵痛后，"我们要他停止吸烟，他终于把吸剩的丢了"（内山完造《忆鲁迅先生》）。日本医生须藤五百三在《医学者所见的鲁迅先生》一文中说："今年三月他的体重只有三十七公斤，所以常常述说关于饮食的意见，和谈论香烟的害处及不适之点，但他说唯有吸烟一事要减也减不了。香烟和自己无论如何是离不了的。到后来，结果减至每天吸十五支。"可见吸烟这个嗜好在鲁迅身上的顽固不去达到何种程度。

鲁迅死了，他活着的时候放不下读书写作，也离不开香烟陪伴。一九三六年，鲁迅在病痛日益加重、气喘咯血的情形下，仍然完成了大量工作。一月，与朋友协办出版《海燕》半月刊；二月，续译果戈理《死魂灵》第二部；四月，编《海上述林》下卷；六月，出版杂文集《花边文学》；七月，编辑出版《凯绥·珂勒惠支版画选集》；八月，为《中流》创刊号撰写文章，等等。他同时还要接见很多熟悉的、陌生的朋友的访问，关心青年作家、美术家们的创作和生活，回应来自方方面面的打压、恐吓和诬陷。他始终是个不能停下工作的"大忙人"。他病重中坚持连续四五天写作，回应徐懋庸，就是要忍痛宣告，他仍然能战斗，仍然不放弃。他闲不下来，只要生命尚有一丝力量，他也不能丢弃那支烟卷，就好像它真能为他打气充力。

鲁迅是个真真实实的人，从他对香烟这一件事情上看，他自有常人共有的脆弱甚至"自制力"的薄弱。唯其如此，我们更会理解鲁迅是一个生活于人间的战士而并非是超然于"人间烟火"之外的神明。许钦文《哭鲁迅先生》里记述说，鲁迅去世后的二十二日，许到北京鲁迅母亲家里，见有鲁迅画像的前面"供了一张书案，上有清茶烟卷文具"，可见，"鲁老太太"深知鲁迅生前不可离开的几样东西。风烛残年的母亲，就用这样的方式为鲁迅，一个中国的"民族魂"送行，其情其景，令人叹喟。

香烟没有灵魂，却陪伴了鲁迅大半生。一支接一支地吸烟的鲁迅，几乎是捏着烟卷离开人世。烟卷无言，但如果那升腾的烟雾就是香烟的灵魂，那么看到鲁迅痛苦逝去的情景，无言的香烟是不是也可以借徐懋庸送给鲁迅的那幅著名的挽联表达一下哀情："敌乎？友乎？余惟自问。知我，罪我——公已无言。"

鲁迅："故人云散尽，余亦等轻尘"

1

标题上的两句诗，摘自鲁迅悼念年轻时结识的乡友范爱农的诗三章。这首诗写于1912年，其年鲁迅不过才31岁。他在北京听到范爱农穷困潦倒之际溺水身亡，悲伤之情可以想见。但以范爱农与鲁迅不算远但也并不算近的交情，尤其是以鲁迅事业刚刚开始和他刚过"而立"的年龄来判断，产生"故人云散尽"的悲凉，说出"余亦等轻尘"这样凄冷的话，仍然让人觉得有点意外。一个没落者的死亡在鲁迅心里激起如此大的波澜，这在一定程度上映照出鲁迅敏感的性情和内心深处早已植根的悲凉的底色。陀思妥耶夫斯基是鲁迅唯一称之为"伟大"的作家，他对陀氏最信服的一点，就是那种冰冷到极点、将一个人的悲哀彻底剖开来的笔法。"一读他二十四岁时所作的《穷人》，就已经吃惊于他那暮年似的孤寂。"（《陀思妥耶夫斯基的事》）31岁的鲁迅借悼念亡友而表达出的情绪，又何尝不是与陀思妥耶夫斯基情感上的某种暗接呢。

2

1933 年 2 月 7 日深夜。整整两年前的这个暗夜，柔石等五烈士被杀害。鲁迅这一天的日记有一些特别，他一反平常只是客观记载书信收寄、友朋往来、银钱收支的做法，特别写道："柔石于前年是夜遇害，作文以为记念。"这是一个阴雨灰暗、深不见底的寒冷的夜晚，人们早已进入了梦乡，自己的妻儿也已安然入睡，鲁迅却被两年前这个夜晚的一个可怖的意象折磨着，无法平息内心的伤痛。时光的流淌，世事的纷乱，一定让大多数人已经将两年前遇害的几位死者忘却，而鲁迅，却仍然被这种残酷的记忆所折磨。他无法忘却，在阴冷的雨夜，回忆两年来不能忘却的痛苦记忆。往事清晰地呈现在眼前，"前年的今日，我避在客栈里，他们却是走向刑场了；去年的今日，我在炮声中逃在英租界，他们则早已埋在不知那里的地下了；"而"今年的今日"呢，"我才坐在旧寓里，人们都睡觉了，连我的女人和孩子"。在这寂静的时刻，"我又沉重地感到我失掉了很好的朋友，中国失掉了很好的青年，我在悲愤中沉静下去了，不料积习又从沉静中抬起头来，写下了以上那些字"。"那些字"，就是著名的《为了忘却的记念》。这样的文字，鲁迅宁愿不做，这样的记忆，他也宁愿没有。"夜正长，路也正长，我不如忘却，不说的好罢。"

3

声称要"忘却"的鲁迅，其实是抹不去心中记忆的人。他总是用"忘却"这个词来表达他对死者深切的怀念。纪念或者说纪念，为什么是为了忘却？他不是要忘却死者，他是不愿想到那死者是热血的青年，而且是被无辜地杀害。"我早已想写一点文字，来纪念几个青年的作家。这并非为了别的，只因为两年以来，悲愤总时时来袭击我的心，至今没有停止，我很想借此算是竦身一摇，将悲哀摆脱，给自己轻松一下，照直说，就是我倒要将他们忘却了。"同样提到"忘却"一词的，还有《记念刘和珍君》。"离三月十八日也已有两星期，忘却的救主快要降临了罢，我正有写一点东西的必要了。""为了忘却"，其实是因为不能忘却，这不能忘却的悲哀，时常会来袭击一颗本已沉重的心。所以鲁迅才用这样一种极端的、背反的说法来表达自己的感受。沉痛的感情，复杂的思维，体现为一种奇崛的表达。

4

面对死亡，鲁迅总是想得更多。父亲死的那一年，鲁迅才不过是 15 岁的少年，直到中年以后，他才想到用笔怀念父亲。但《父亲的病》这篇回忆性的文章，其实另有深意。这深意绝不仅仅是对庸医的批判，这固然是文章中涉及笔墨最多的话题，而我更读到了鲁迅在其中表达出的生死对话的不可能和没有意义。"精通礼节"的衍太太，要少年鲁迅向弥留之际的父亲呼喊，以挽留他的灵魂和气息。鲁迅特别写到父亲最后的回应："什么呢？……不要嚷。……不……。"多少年后，鲁迅这样表达他对父亲的忏悔："我现在还听到那时的自己的这声音，每听到时，就觉得这却是我对于父亲的最大的错处。"这"错处"是什么？鲁迅虽未明说，但我们可以感知，是那无用的呼喊"父亲"的声音，非但不能够挽留生命的逝去，反而干扰了死者平静离开人世时的安宁。那一声声呼喊在鲁迅笔下其实已不是一种亲情的急切表达，而是与庸医的诊法一脉相通的愚昧的威逼、迷信的诱惑。他更希望死亡的灵魂能按自己的方式安然远去。他写《阿长与〈山海经〉》，怀念已经死了 30 年的阿长，死亡的悲哀已经淡去，然而鲁迅仍然有一个深切的愿望："仁厚黑暗的地母呵，愿在你怀里永安她的魂灵！"

5

从 1912 年到 1936 年，鲁迅写过十多篇怀念亡人的诗文。如果要我找出其中最明显的共同特征，那就是鲁迅通常并不在"朋辈成新鬼"之际即刻去写悼文，他往往会在相隔一段时间之后，甚至是在别人已经将死者淡忘的时候，才发出一种幽远的回响。

范爱农，溺水死于 1912 年，相隔 14 年之久的 1926 年 11 月，鲁迅写下追忆文章《范爱农》。

韦素园，病逝于 1932 年 8 月，《忆韦素园君》写于 1934 年 7 月。相隔两年。

柔石、白莽、冯铿、胡也频、李伟森等"左联五烈士"，遇害于 1931 年 2 月 7 日，《为了忘却的纪念》写于整整两年后的 1933 年 2 月 7 日。

刘半农，病逝于 1934 年 7 月 14 日，《忆刘半农君》写于同年的 8 月 1 日。相隔 18 天。

章太炎，病逝于 1936 年 6 月 14 日，《关于太炎先生二三事》写于同年 10 月 9 日，相隔三个多月。

刘和珍、杨德群，遇害于 1926 年 3 月 18 日，《记念刘和珍君》写于同年 4 月 1 日。相隔两周。

《阿长与〈山海经〉》，那是怀念已经去世 30 年的阿长妈；他以《父亲的病》为题，追忆了 30 多年前父亲临死时的情景。

要知道鲁迅为什么并不在听到噩耗的第一时间就提笔悼念亡者，还得先说明，这并不是一种做文章的"修辞"方法。刘和珍、杨德群被害的当天，鲁迅本来在写随感录《无花的蔷薇之二》，这些短小的篇什里，前四节是他对论敌陈西滢及现代评论派的讽刺和批判，但到第五节开始，那是鲁迅听到执政府门前发生惨案之后，他已无心再写论战文章了，他认为其时"已不是写什么'无花的蔷薇'的时候了。虽然写的多是刺，也还要些和平的心。现在，听说北京城中，已经施行了大杀戮了。当我写出上面这些无聊的文字的时候，正是许多青年受弹饮刃的时候。呜呼，人和人的魂灵，是不相通的。"在文章的末尾，鲁迅特别注明："三月十八日，民国以来最黑暗的一天，写。"这是鲁迅文章中极少见的"有意味"的标注。1931年，柔石等人被害的消息传来，鲁迅也并非无动于衷，他很快就为《前哨》杂志的纪念专号写了《中国无产阶级革命文学和前驱的血》一文。不过，这些文字都是针对令人悲愤的事件发出的猛烈的批判之声，真正以怀念死者为话题的文章，却都在稍后甚至数年后写成。

6

鲁迅不在第一时间写悼念文章，源于他的一种根深蒂固的看法，"死者已经被人遗忘，人们只记得谁的挽联妙，谁的悼文好"，死亡变成了一次应景"作文"的比拼，这是鲁迅更深层次的悲哀，他是不愿意参与到其中的。所以他写的悼念文章，更像是一种追思，而且写作的原因，也时常要说明是被人要求和催逼之后的行为。《记念刘和珍君》里这样说明自己写作的原委："中华民国十五年三月二十五日，就是国立北京女子师范大学为十八日在段祺瑞执政府前遇害的刘和珍杨德群两君开追悼会的那一天；我独在礼堂外徘徊，遇见程君，前来问我道，'先生可曾为刘和珍写了一点什么没有？'我说'没有'。她就正告我，'先生还是写一点罢；刘和珍生前就很爱看先生的文章。'"然而，事实的惨烈早已超出了写文章的冲动："可是我实在无话可说。我只觉得所住的并非人间。"这就是鲁迅当时最真切的感受。他写《忆韦素园君》，文章开头就说明："现在有几个朋友要纪念韦素园君，我也须说几句话。是的，我是有这义务的。我只好连身外的水也搅一下，看看泛起怎样的东西来。"他写《忆刘半农君》，开头第一句就声明"这是小峰出给我的一个题目"。"这题目并不出得过分。半农去世，我是应该哀悼的，因为他也是我的老朋友。"不难看出，或被人"正告"，或为尽"义务"，或完成"命题"文章，鲁迅写悼文，并没有一上来就渲染自己和死者之间的友情，如何悲痛，如何哀伤。淡淡的感情铺垫后面，其实另有深意。

7

鲁迅总是用"记念"这个词表达自己用笔怀念死者的心情，而不是人们通常使用的"纪念"，其实是他复杂、隐忍、痛苦、悲愤、哀伤、深重的心境的简洁表露。"为了忘却的纪念"，"记念刘和珍君"，一字之差，却大有可以回味的余地。很多人把《记念刘和珍君》想当然地、惯例式地误写成《记念刘和珍君》，如果真切地体味到鲁迅的用心，这样的区别就不应以"文字"之由简单忽略。

鲁迅害怕悼文成为"应景"之作，他也不相信悼文对死者真有什么意义，然而记忆总是来折磨他，感情的碎片非但没有因时光的流逝而消散，反而聚拢为一股强大的潜流，冲击着自己的心灵。他回忆韦素园，上来就说："我也还有记忆的，但是，零落得很。我自己觉得我的记忆好像被刀刮过了的鱼鳞，有些还留在身体上，有些是掉在水里了，将水一搅，有几片还会翻腾，闪烁，然而中间混着血丝，连我自己也怕得因此污了赏鉴家的眼目。"翻动这些难免悲伤的记忆，是鲁迅所不愿意的，却又是他难以排释的。

记忆的不能抹去，说到底是感情的无法淡漠。

8

鲁迅毕竟是鲁迅，他并不因人已死就必得其言尽善。读鲁迅"记念"亡人的文章，我们常能感到他评人论事的客观，就好像真的还在和那死者对话，坦直地说出自己要说的话。然而你从中感受到的，是一种与死者面对面的坦诚交流，甚至是对死者人格的一种尊重，而不是生者的刻薄，特别是在对方已经无权回应的情形下，这种刻薄是令人生厌的。他怀念柔石，想起同他一起外出行走的情景，"倘不是万不得已，我是不大和他一同出去的，我实在看得他吃力，因而自己也吃力。"他对同为进步青年作家、最终一起被杀害的柔石的女友冯铿的第一印象是，"我疑心她有点罗曼蒂克，急于事功"，而且认为"她的体质是弱的，也并不美丽"。他并不为死者讳。

《关于太炎先生二三事》的开头，鲁迅讲述有人因参加章太炎先生追悼会的人数不足百人而慨叹，并因此认为青年对本国学者"热诚"不够。鲁迅直言自己并不认同这一看法，其中一个重要原因就是，章太炎先生曾经也是一个革命家，然而"后来却退居于宁静的学者，用自己所手造的和别人所帮造的墙，和时代隔绝了。纪念者自然有人，但也许将为大多数所忘却"。而且坚持认为"先生的业绩，留在革命史上的，实在比在学术史上还要大"。他并不为尊者讳。

1933 年，鲁迅为已经被害七年时间的李大钊写过《〈守常全集〉题记》，回忆了印象中的李大钊，他这样形容记忆中的李大钊："他的模样是颇难形容的，有些儒雅，有些质朴，也有些凡俗。所以既像文士，也像官吏，又有些像商人。"即使是对李大钊的文章著述，他也并不一味说好，认为"他的理论，在现在看起来，当然未必精当的"，但又坚信"虽然如此，他的遗文却将永住，因为这是先驱者的遗产，革命史上的丰碑"。"未必精当"四字，是鲁迅对李大钊为文的突出印象，他必须要说出来。他甚至在文章中承认，对李大钊的死，自己"痛楚是有些的，但比先前淡漠了。这是我历来的偏见：见同辈之死，总没有像见青年之死的悲伤。"只有鲁迅才会这样说，既不失真切的感情，又见出独特的风骨。

对于刘半农去世，鲁迅说自己"是应该哀悼的"，并不隐藏淡漠之意，而且对自己和刘半农是"老朋友"这个定义，也坦言"这是十来年前的话了，现在呢，可难说的很"。他回忆了与刘半农的交往过程，叙述了为刘标点的《何典》作"题记"而"很伤了半农的心"，坦白后来在上海与刘相遇，"我们几乎已经无话可说了"。在文章的结尾，鲁迅更直率地说道："我爱十年前的半农，而憎恶他的近几年。"这是一个净友的直白，因为"这憎恶是朋友的憎恶，因为我希望他常是十年前的半农"，"我愿以愤火照出他的战绩，免使一群陷沙鬼将他先前的光荣和死尸一同拖入烂泥的深渊"。一种深邃的爱意洋溢在冷峻的、直率的笔端。

9

鲁迅怀念死者，并不只是一种哀伤感情的表达，一种友情的回忆。他常常会突出这些死者身上的"战士"品格，强化他们为了民族和国家，为了自己热爱的事业所作出的贡献和努力。刘和珍、柔石等赴死的青年自不必说，对自己的老师章太炎，他一样更看重他作为"革命家"的经历，对刘半农，他愿意和期望他始终是一名新文化运动的战士。

但鲁迅并不去刻意拔高死者的价值，并不为他们追认"烈士"之名。他同时十分认可他们身上难得的、质朴的人格品性。他谈柔石，特别强调他性格中那股"台州式的硬气"，对柔石"迂"到令人可怜的气质，更是流露出一种欣赏。因为柔石身上有一种难得的品性，"只要是损己利人的，他就挑选上，自己背起来"。他回忆殷夫，为他那种心性的单纯和天真既怜爱又悲伤。他把刘半农的突出性格浓缩为一个字：浅。但鲁迅非但不因此看轻他，反而认为这是刘半农最可宝贵的性格特点。鲁迅曾经用一个精辟的比喻来形容刘半农的"浅"：

"假如将韬略比作一间武库罢，独秀先生的是外面竖一面大旗，大书道：'内皆武器，来者小心！'但那门却开着的，里面有几支枪，几把刀，一目了然，用不着提防。适之先生的是紧紧的关着门，门上粘一条小纸条道：'内无武器，请勿疑虑。'这自然可以是真的，但有些人——至少是我这样的人——有时总不免要侧着头想一想。半农却是令人不觉其有'武库'的一个人，所以我佩服陈胡，却亲近半农。"

这是只有鲁迅才会有的评人论事的笔法，透着目光的锐利和心性的坦诚。鲁迅最看重韦素园做事的认真劲儿，认为"他太认真；虽然似乎沉静，然而他激烈"。所以，虽然韦素园并不是什么了不起的英雄豪杰，鲁迅却在他身上寄予了最真挚的友情。他对韦素园的评价带着浓浓的感情，认为他"并非天才，也非豪杰，当然更不是高楼的尖顶，是名园的美花，然而他是楼下的一块石材，园中的一撮泥土，在中国第一要他多。他不入于观赏者的眼中，只有建筑者和栽植者，决不会将他置之度外"。

10

在紧紧抓住亡友们身上突出的、足可珍惜的性格的同时，鲁迅同样把这些"战士"式的亡者视为寻常人，对他们的死给家庭造成的灾难和给亲人带来的痛苦给予了特别的关切。他对刘和珍的印象是"微笑"与"和蔼"，对杨德群则是"沉勇而友爱"。范爱农死了，鲁迅仍然记得，"他死后一无所有，遗下一个幼女和他的夫人"。并且在 14 年之后仍然挂念着，"现在不知他唯一的女儿景况如何？倘在上学，中学已该毕业了罢"。面对病痛中的韦素园，悲哀的缘由就包括"想到他的爱人，已由他同意之后，和别人订了婚"。这是何等的凄凉。他想到柔石等青年在严冬里身陷监牢，便惦念"天气愈冷了，我不知道柔石在那里有被褥不？我们是有的"。尤其是想到柔石还有一位深爱他的双目失明的母亲，鲁迅更是难掩悲伤之情，"我知道这失明的母亲的眷眷的心，柔石的拳拳的心"。正是这种心灵上的相知，才使他为了纪念柔石，也为了能抚慰一位一直不知道爱子已经被杀害的双目失明的母亲，选择一幅珂勒惠支的木刻作品，发表在《北斗》创刊号上。这幅木刻名为《牺牲》，内容是"一个母亲悲哀地献出了她的儿子"，鲁迅说，这是"只有我一个人心里知道"的一种对亡友的纪念。

这就是鲁迅的"纪念"，他传递着的哀伤、悲愤、友爱和温暖，他表达出的坦直、率真以及对死者的怀念，对生者的牵挂，怎能是一个"忘却"可以了得？直到1936年，鲁迅为已经就义五年的白莽（殷夫）诗集《孩儿塔》作序，就说"他的年轻的相貌就又在我的眼前出现，像活着一样"。更确切地说，感受过鲁迅对亡者的那样一种深重、亲切、无私、博大的爱意，那"忘却"二字，又含着怎样的复杂、深厚的内涵！一种无奈之后的奢望？一种无力感的表达？可以说，在不同的读者那里，都会激起不同的心灵感应，这是用不着我们来刻意注解的。

11

1927年，鲁迅在广州目睹了纪念"黄花岗烈士"的场景，剧场里热闹非凡，连椅子都被踩破很多。第一次过"黄花节"的鲁迅，并没有感受到什么庄重的气氛，活人的行为其实早与死者无关。想到前一年在刘和珍、杨德群追悼会的会场外独自徘徊的情景，再看看今天"纪念烈士"的场面，鲁迅的内心平添了许多莫名的悲哀，这悲哀里包含着不解、失望，流露出无言的悲愤和急切的期望。

《黄花节的杂感》就记述了鲁迅的这种心境。我们仿佛能感受到鲁迅那双锐利而冷峻的目光，他看到"群众"为了纪念烈士而聚集到一起，一次本应严肃的纪念变成了一场没有主题意义的"节日"。他说："我在热闹场中，便深深地更感得革命家的伟大。"那实在是无奈中的反话，是含着隐痛的热讽。鲁迅接着说："我想，恋爱成功的时候，一个爱人死掉了，只能给生存的那一个以悲哀。然而革命成功的时候，革命家死掉了，却能每年给生存的大家以热闹，甚而至于欢欣鼓舞。唯独革命家，无论他生或死，都能给大家以幸福。同是爱，结果却有这样地不同，正无怪现在的青年，很有许多感到恋爱和革命的冲突的苦闷。"辛辣的笔锋中带着悲哀的情绪。"中国人不敢正视各方面，用瞒和骗，造出奇妙的逃路来，而自以为正。"如果人们借"忠臣"、"烈士"的名字而麻木了自己的意志，忘记了现实的战斗，那是足可悲哀的事情。他已经看够了这样一种情景："亡国一次，即添加几个殉难的忠臣，后来每不想光复旧物，而只去赞美那几个忠臣。"（《论睁了眼看》）所以鲁迅才会犹豫，他不想让死者的回响只是变成文人笔下的"谈资"，因此对悼文一类的写作并不热衷。

革命者的血是否白流，这实在是生者应当记取的责任。《记念刘和珍君》的结尾，鲁迅在为赴死的青年献上敬意之后，仍然对这些生命的倒下究竟换来什么感到困惑。"三一八"惨案的当天，鲁迅坚持认为，"实弹打出来的却是青年的血。血不但不掩于墨写的谎语，不醉于墨写的挽歌；威力也压它不住，因为它已经骗不过，打不死了。"但《记念刘和珍君》却又对另一种可能表示出莫名的担忧和悲哀："时间永是流驶，街市依旧太平，有限的几个生命，在中国是不算什么的，至多，不过供无恶意的闲人以饭后的谈资，或者给有恶意的闲人作'流言'的种子。至于此外的深的意义，我总觉得很寥寥……"

12

事实上，究竟应当歌颂革命青年的勇敢赴死，还是强调生命的宝贵，鲁迅本人也是矛盾的，这是他迟迟不肯写悼文的深层原因。柔石等青年被害的消息传来，鲁迅当即就写下《中国无产阶级革命文学和前驱的血》，并坚信"我们现在以十分的哀悼和铭记，纪念我们的战死者，也就是要牢记中国无产阶级革命文学的历史的第一页，是同志的鲜血所记录，永远在显示敌人的卑劣的凶暴和启示我们的不断的斗争"。但两年后写下的"纪念"文章中，却又表达了另外一种悲愤的感情："不是年轻的为年老的写纪念，而在这三十年中，却使我目睹许多青年的血，层层淤积起来，将我埋得不能呼吸。"残酷的现实让他无法从青年的鲜血和生命代价中乐观起来。

一方面，鲁迅始终认为，一两篇悼文于死者"毫不相干"，另一方面，他又特别看重那生命的付出究竟能带来怎样的"生"的希望，所以才有他总是以接受"正告"、为尽"义务"、完成"命题"的口吻进入对死者的"纪念"。因为鲁迅既是深邃的思想者，又是肩担责任的战士，同时又是感情丰沛的诗人，他对亡人的怀念于是被涂抹上复杂多重的内涵。但无论如何，鲁迅是一个清醒的思想者，他绝望，甚至于认为连绝望本身也是一种虚妄，然而他从未放弃过对希望的呐喊，哪怕这种呐喊只是为了别的更加有为的青年能够因此奋进。这是他"纪念"并试图"忘却"亡者的真正的思想根源。

"我们追悼了过去的人，还要发愿：要自己和别人，都纯洁聪明勇猛向上。要除去虚伪的脸谱。要除去世上害己害人的昏迷和强暴。

我们追悼了过去的人，还要发愿：要除去于人生毫无意义的苦痛。要除去制造并赏玩别人苦痛的昏迷和强暴。

我们还要发愿：要人类都受正当的幸福。"

（《我之节烈观》）

面对死亡，鲁迅并不急于去追认"烈士"之名，在评价"黄花节"时，鲁迅一再强调，"我并非说，大家都须天天去痛哭流涕，以凭吊先烈的'在天之灵'，一年中有一天记起他们也就可以了。"他甚至也不反对人们在"黄花节"时热闹一番，但他更希望看到人们在热闹之后，能迅速行动起来，去做"自己该做的工作"。

鲁迅害怕死者被生者忘记，害怕青年的鲜血白流。他在热闹的场景中想到烈士的价值，在别人忘却的时候为亡友送上追思。但他并不把自己的这种思想道德化，并不把这种独特的思想和感情作为道德武器去挥舞，他是一个在绝望中怀着希望的人，是一个愿意把希望之光播散、弘扬的文学家。就像《药》的结尾为革命者夏瑜的坟头安放花环一样，孤独的鲁迅常常在阴冷的暗夜传达温暖的信念。"但我知道，即使不是我，将来总会有记起他们，再说他们的时候的。……"是的，这是鲁迅的信念，但它更是一种期望，期望人们和他一样，没有忘却青年的鲜血。

13

思想者鲁迅，从来没有停止过对死亡的思考。他的很多思想，奇特、锐利、深邃、沉重，常让人联想到几位存在主义哲学家的名字：尼采、叔本华、克尔恺郭尔、陀思妥耶夫斯基。他的很多关于生命和死亡的观念，都与这些哲学家的思想具有某种潜在的暗接和呼应。不过，鲁迅的独特在于，他同时更是一位现实的革命者，是一个时时把目光盯在民族存亡和国家命运上面的战士，这同样体现和贯穿在他对死亡的思考中。

人有没有灵魂，世间有没有鬼魂，鲁迅的回答总是一种模糊的质疑，一种诗性的猜测。或者说，为了能够和死者达成对话，他甚至愿意有所谓的"鬼魂"存在，疑惑如祥林嫂、忏悔如涓生，都有类似的表达。"我愿意真有所谓鬼魂，真有所谓地狱，那么，即使在孽风怒吼之中，我也将寻觅子君，当面说出我的悔恨和悲哀，祈求她的饶恕。否则，地狱的毒焰将围绕我，猛烈地烧尽我的悔恨和悲哀。"（《伤逝》）但鲁迅知道，诗性的想象代替不了无可更改的事实。相信鬼魂的存在，是对生者的约束，让他知道死后还有忏悔、追问，生命即使消亡了却还有"生"的责任。但如果这样的疑问变成一种幻想和迷信，则又会引出"瞒"和"骗"的恶劣本性，这是鲁迅极不愿意看到的情形。

鲁迅同样不相信一篇悼文能为死者招魂，如果悼文所起的是麻木生者心智的作用，那还不如干脆没有这样的文章。于是，我们从《无花的蔷薇之二》里读到这样的话："以上都是空话。笔写的，有什么相干？"他相信"死者倘不埋在活人的心中，那就真真死掉了。"（《空谈》）活人写下的悼文，最多是活人自己借助笔墨发泄一点心中的积郁。"我只能用这样的笔墨，写几句文章，算是从泥土中挖一个小孔，自己延口残喘，这是怎样的世界呢。"（《为了忘却的纪念》）这是文字的无力处，也是活人的无奈。悼文其实"于死者毫不相干，但在生者，却大抵只能如此而已"（《记念刘和珍君》）。

14

为亡友写下"纪念"，仿佛是要移开积压在心头的一块沉重的石头。让我们暂时转移一下视线，看一下鲁迅在小说这一虚构世界里对待死亡的态度。

毫无疑问，死亡是鲁迅小说突出的主题。《呐喊》的前四篇《狂人日记》、《孔乙己》、《药》、《明天》都涉及死亡主题；其他如《阿Q正传》、《白光》里的主人公也都以死亡作为故事的收束。《彷徨》里的《祝福》、《孤独者》、《伤逝》也同样是以死亡为结局。《狂人日记》里的"狂人"未死，但他始终处于"吃人"的惊恐之中；《孔乙己》传达的是一种灰色人物生死无人过问的悲哀；《药》则提供了两种不同的死，华小栓用夏瑜的血救自己衰弱的生命是"愚弱的国民"和"革命者"的双重悲哀，但结尾的"花环"又照出了两种死亡完全不同的意义和价值。《明天》表达的是生者与死者在深沉的黑夜仍然相依相守的孤寂；阿Q临死前对"革命"的幻想和"画圆"的努力，祥林嫂对"鬼魂"和地狱的疑惑与想象，则是鲁迅对"庸众"命运的揭示。《白光》里的陈士成，《孤独者》中的魏连殳，这些已被时代抛弃的多余人，凄凉的结局透着彻骨的寒冷；诗意勃发的《伤逝》则闪耀着更多人性的光泽，涓生对子君的忏悔，实际上更多探讨的是生存的痛苦和希望。死亡，以它最沉重的一击，对人在世界上的生存、温饱、发展作出最后的回响。

15

《野草》里同样充斥着死亡意象，充分体现了鲁迅对死亡的想象何等独特与尖锐。仅以《死后》为例，由"我梦见自己死在道路上"开始，鲁迅以一个"死者"的口吻狠狠地讽刺、嘲弄了生者的丑态，让人读来发笑、发冷、发窘。鲁迅从来不回避死亡这一话题，他的杂文《死所》里对死亡的淡定态度，《女吊》里的复仇主题，《死》里的牵挂与了无牵挂，都是鲁迅死亡意识的真实写照。对于自己死后的结局，鲁迅的态度是："赶快收敛，埋掉，拉倒。"他不愿意给活人带来影响。这影响要分两面说，友人的和仇人的，关于自己的死给亲人带来的影响，鲁迅的希望是："忘记我，管自己生活。——倘不，那就真是糊涂虫。"而对"仇敌"呢？则是要自己的死"连仇敌也不使知道，不肯赠给他们一点惠而不费的欢欣"。也因此，他无条件地要求自己死后"不要做任何关于纪念的事情"。这是鲁迅的决绝，即使他意识到死亡不可避免地就要到来的时候，也决不放低姿态，包括对那些怨敌，他的态度仍然保持着固有的韧性的战斗精神，那就是："让他们怨恨去，我也一个都不宽恕。"

16

这就是鲁迅，他的生命意志，他的赴死精神，同样让人感动。他坦陈内心的孤独和绝望，对社会和青年则又刻意写出希望之光。他活着时是诗人、战士、思想者，死后被认作是现代中国的"民族魂"。他的一生经历了太多的正常与不正常的死亡：少年时代经历了唯一的妹妹端姑的夭折，四弟的早亡，父亲的病逝；青年时代赴日留学前又经历了最爱他的祖父的故亡。而此后的 30 年，鲁迅又被"层层淤积起来"的"青年的血"压迫得"不能呼吸"，常常要以"年老的"身份去为"年轻的"生命"写纪念"。他悲叹年轻的韦素园"宏才远志，厄于短年"（《韦素园墓记》），面对杨荃（杏佛）的突然被害，他发出"岂有豪情似旧时，花开花落两由之"的无奈与哀伤（《悼杨荃》），看到单纯、天真、认真、刻苦的优秀青年柔石被残暴的力量杀害，他发出"忍看朋辈成新鬼，怒向刀丛觅小诗"的愤懑之声。如果说，1912 年写下的"故人云散尽，余亦等轻尘"，更多的是表达一个诗人的内心敏感，那么，此后发生的一系列生死离别，则为这个本来依凭不足的诗句，加上了一个个沉重的注释，成为贯穿鲁迅一生的生死观。

面对死亡就像面对爱，是文学家笔下最常见的"母题"。鲁迅一生中写下的悼念、怀念、回忆亡人的诗文，鲁迅小说及《野草》《朝花夕拾》和杂文当中随处可见的死亡意象，对我们认识鲁迅的心境、生命观和面对死亡时的悲情、遐思、观念、意志，具有特殊的价值。坦率地说，这是一扇我本人无力推开的大门，是一道很难进入的幽暗的门槛。但即使从那可以窥见的缝隙中，仍然能感到一种复杂、深沉，热烈、凝重的气息的强烈冲击。

何处可以安然居住？

——鲁迅和他生活的城市

> "倘若说中国是幅画出的不同人间的图，则各省政府图样实无不同，差异只在所用的颜色。黄河以北的几省，是黄色和灰色画的，江浙是淡墨和淡绿，厦门是淡红和灰色，广州是深绿和深红。"
>
> ——鲁迅《在钟楼上》

鲁迅是一个对世俗生活并没有多高要求的人，他衣着朴素，冬天也经常只穿一件单裤，而一件打了补丁的棉袍又可以从厦门穿到上海。他对饮食的要求比穿着要高些，但也似乎以可口为主要标准，他的精力和心思主要在读书、工作和写作。但从另一个角度讲，鲁迅其实是一位对生活要求很苛刻的人，比如他一生不断迁徙，在多座城市居住，他对这些城市的观察非常敏感，有很多评判和常人的看法相类似，也有一些是只属于他自己的意见。鲁迅其实是个并不能完全安分的人，终其一生都是一个漂泊者，他在不断地寻觅，结果却未能找到自己理想的居住地，考察鲁迅的城市居住史，结论却是一个疑问：何处可以安然居住？

鲁迅是浙江绍兴人，他在那里度过了童年和少年时代，有百草园的快乐，更有"家道中落"的困顿，然后他就"走异路，逃异地，去寻求别样的人们。"他到了南京，在那里住了四年时间，上了两所学校，接着又去了日本，在东京和仙台求学。1909 年，鲁迅回国，原因是他自己曾经表述，并被定格为鲁迅第一次具有崇高感的选择，那就是弃医从文以拯救国人的灵魂。鲁迅回国后却并没有立刻投入文艺创作，他曾在杭州、绍兴任教，但这显然是属于平淡中的过度，并不是他想要的生活。1912 年，经好友许寿裳介绍，南京中华民国临时政府教育总长蔡元培任命鲁迅为教育部部员。但还不到三个月，就随教育部迁往北京。在北京，他一住就是十五年，他的城市迁居史应当也是从这时开始的。此后，他在厦门、广州、上海漂移，对这些城市留下了很多令人玩味的评说。

现在，就让我们按鲁迅迁居的时间顺序分述之。

1. "黄色和灰色"的北京

鲁迅在北京居住时间：1912.5—1926.8

住地：宣武区半截胡同绍兴会馆、八道湾、砖塔胡同 61 号、宫门口二条。

到北京居住其实并非鲁迅自主的选择，他是因"公务"进京的。1912年 4 月底，鲁迅同许寿裳一起从家乡绍兴出发，经上海坐船到天津，再改乘火车进入北京。5 月 5 日刚到北京时，鲁迅对这里的印象并不好，黄沙、灰尘，让他觉得这并不是什么好地方。"途中弥见黄土，间有草木，无可观览。"鲁迅到北京后也没有对北京的风物有多少感触，他第二天入住宣武区半截胡同的绍兴会馆（也称"山会邑馆"），当夜刚刚卧床，就遇到三四十只之多的臭虫袭扰，只好"卧桌上以避之"。到教育部上班的第一天，就感慨"枯坐终日，极无聊赖"。

鲁迅对北京虽称不上向往，但他对北京的关注却很早就有。1910年，在致好友许寿裳信时就曾问过："北京风物何如？暇希见告。"到1911年，他又在致许寿裳信中，就自己"求职"的去向与许探讨，认为"京华人才多于鲫鱼，自不可入，仆颇欲在它处得一地位，虽远无害，有机会时，尚希代为图之。"也就是说，他不欲来京，主要是考虑那里的人才太多，还不如到别的地方谋个职位。可命运就是如此，北京成了鲁迅除绍兴之外居住时间最长的城市，更是他成就人生的城市。

对鲁迅来说，北京最大的问题不是语言，不是饮食，甚至也不是北方的气候，而是空气中的灰尘。1929年5月，他由上海赴北京探亲，谈到北京天气时说："我于空气中的灰尘，已不习惯，大约就如鱼之在浑水里一般，此外并无什么不舒服。"（《两地书》——八）

1934年8月22日，在致美国学者伊罗生信时，还不忘在信末顺便问候罗的夫人道："姚女士好，北平的带灰土的空气，呼吸得来吗？"

对来自江南的鲁迅来说，"北平久不下雨，比之南方的梅雨天，真有'霄壤之别'"。但他仍然认为，"北平倘不荒芜下去似乎还适于居住"。（1929年5月17日致许广平）

鲁迅是个很矛盾的人，他接受不了空气中的灰尘，不喜欢北方的荒芜，并不意味着他就是个留恋江南水乡的人，北方的风景也许更能引起他内心的感应。我们知道，《野草》里有篇题为《雪》的文章，其中对"朔方的雪"，那种洋洋洒洒的状态给予了热情的描述。即使后期居住上海后，他也向友人章廷谦表达过："但北方风景，是伟大的，倘不至于日见其荒凉，实较适于居住。"他还曾在信中（1930年5月24日）就章的工作去向问题说过："杭州和北京比起来，以气候与人情而论，是京好。但那边的学界，不知如何。"人情先且不说，他竟然把北京的气候看得比杭州还好，这是出人意料的。或许是他更喜欢北方的四季分明，特别是冬天？

综合而言，在鲁迅居住过的城市里，他对北京的好感还是最强的，这首先因为他是一个爱书至上的读书人，对北京的优势感受尤深，而他离开北京并不再回去，实在是因为他对北京文坛、学界的不满和疑虑所致。1934年12月18日，在致杨霁云信中，鲁迅谈道："中国乡村和小城市，现在恐无可去之处，我还是喜欢北京，单是那一个图书馆，就可以给我许多便利。"1935年1月9日，在致郑振铎信中又说："先生如离开北平，亦大可惜，因北平究为文化旧都，继古开今之事，尚大有可为者在也。"直到去世前的几个月，鲁迅在致颜黎民信中仍然认为："我很赞成你们再在北平聚两年；我也住过十七年，很喜欢北平。现在走开了十年了，也想去看看，不过办不到，原因，我想，你们是明白的。"

鲁迅认为别人应该"明白"的原因，就是他心目中难以排释，十分厌倦，又颇为无奈的北京"学界"。"我颇欲北归，但一想到彼地'学者'，辄又却步。"（1931年3月6日致李秉中）1932年11月鲁迅回京探望母亲，他在写给许广平的信中谈到暂住北京的感受时说："旧友对我，都甚好，殊不似上海之专以利害为目的，故倘我们移居这里，比上海是可以较为有趣的。但看这几天的情形，则我一北来，学生必又要迫我去教书，终或招人嫉恨，其结果将与先前之非离北京不可。所以，这就又费踌躇了。但若于春末来玩几天，则无害。"想要北归而又迟疑的态度一望可知。由于当年在北京时和那么多"文人学者"论战过，以至于他对整个北京的学者都有那样一种"成见"，"北平之所谓学者，所下的是抄撮功夫居多，而架子却当然高大，因为他们误解架子乃学者之必要条件也"。（1934年2月11日致姚克）"北平诸公，真令人齿冷，或则媚上，或则取容，回忆五四时，殊有隔世之感。"（1934年5月10日致台静农）

鲁迅想要返回北京的想法可以说从他离开时就没有断过，但始终不能做出选择，实在是害怕无法过一种自己想要的读书写作的安静生活，害怕再搅到是非之中。1929 年，鲁迅在上海居住已有两年了，他在致李霁野信中仍然谈到："上海到处都是商人，住得真不舒服，但北京也是畏途，现在似乎是非很多，我能否以著书生活，恐怕也是一个疑问，北返否只能将来再看了。"所以才有次年探亲回京，面对燕京大学等校的任教邀请，鲁迅不但婉拒，而且为了不让人生疑他要久住，尽早回上海去了。他对许广平说："D·H·，我想，这些好地方，还是请他们绅士们去占有罢，咱们还是漂流几时的好。""漂流"者，是鲁迅的基本心态。

2. "淡红和灰色"的厦门

鲁迅居住厦门时间：1926.9–1927.1

住地：厦门大学生物楼等处

鲁迅是带着逃离的心情离开北京的，他选择到厦门，是好友林语堂邀他前去教书。那时的厦门当然不似今天的"特区"般发达，鲁迅是冲着厦门大学去的。对这座陌生的城市，鲁迅并没有充分的认识。滨海城市厦门，自然风光无疑是好的，鲁迅刚到，就写作给许广平说"此地背山面海，风景佳绝"，可惜鲁迅是个对自然景观不甚敏感的人，"我对于自然美，自恨并无敏感，所以即使恭逢良辰美景，也不甚感动。"（《厦门通信·致许广平》）他致信好友许寿裳，虽然肯定了厦门的风景，别的就不满了，"此地风景极佳，但食物极劣，语言一字不懂，学生止四百人，寄宿舍中有京调及胡琴声，令人聆之气闷。"在这样的心境下，鲁迅很难对厦门有多大好感。即使是厦门无可质疑的美景，他也一样无从接受。"此地初见虽然像有趣，而其实却很单调，永是这样的山，这样的海。便是天气，也永是这样暖和；树和花草，也永是这样开着，绿着。"（1926 年 10 月日致韦丛芜等）不变的美景居然是另一种单调。

鲁迅虽出生江南，但"闽南"却仍然是个陌生的地方，他刚到厦门时，被当地人视为"北人"，很觉得不爽。"这里的人似乎很有点欺生，因为是闽南了，所以称我们为北人，我被称为北人，这回是第一次。"（1926年9月20日致许广平）

鲁迅对厦门无法适应的主要是两点，一是语言上的障碍，再者是饮食上难以习惯。到厦门两个月后，仍然"话也一句不懂，连买东西都难。又无刺戟，所以我现在思想颇活动，想走到别处去"。（1926年11月7日致韦素园）"饭菜可真有点难吃，厦门人似乎不大能做菜也。饭中有沙，其色白，视之莫辨，必吃而后知之。"（1926年10月3日致章廷谦）居住厦门的孤独感是那样强烈，以至于对厦门的印象也有点偏颇："我想厦门的气候，水土，似乎于居民都不宜，我所见的本地人，胖子很少，十之九都黄瘦，女性也很少有丰满活泼的；加以街道污秽，空地上都是坟，所以人寿保险的价格，居厦门者比别处贵。"（《两地书》（九三））

不过，刚刚离开灰尘遍地的北京，鲁迅对厦门的环境也另有看法，"这里不下雨，不过天天有风，而风中很少灰尘，所以并不讨厌"。（1926年10月15日致许广平）他并不认为北京和厦门就是天上地下的差别，同是混战纷乱的中国，何方能是一片净土？"北京如大沟，厦门则小沟也，大沟污浊，小沟独干净乎哉？"（1926年10月23日致章廷谦）

鲁迅对厦门的印象中，明显带有心绪不宁的原因，因为他是带着刚刚战斗过的疲惫和对许广平的思念之情来到这里的。不过，厦门的日常生活里，也有些让他感到欣慰的因素。鲁迅到厦门的第二个月，刚好赶上"双十节"，热闹的景象让他第一次有了节日的感觉。"北京的人，似乎厌恶双十似的，沉沉如死，此地这才像双十节。""此地人民的思想，我看其实是'国民党的'的，并不老旧。"（1926年10月10日致许广平）还有就是，他从厦门普通人身上看到一种在"首善之区"难得一见的刚烈之气，他对此也很认同。鲁迅刚到厦门，觉得"听差"很不好，但渐渐习惯了，就另有看法，"大约看惯了北京的听差的唯唯从命的，即易觉得南方人的倔强，其实是南方的阶级观念，没有北方之深，所以便是听差，也常有平等言动，现在我和他们的感情已经好起来了，觉得并不可恶"。（1926 年 9 月 14 日致许广平）

总之，鲁迅没有久居厦门的打算，无论从个人感觉还是要同许广平会合，他都必须另寻他途。刚到一个多月，他就表示，"至于我下半年那里去，那是不成问题的。上海，北京，我都不去，倘无别处可去，就仍在这里混半年"。（1926 年 10 月 29 日致许广平）但究竟到哪里去，他自己也并无定论，"厦门当然难以久留，此外也无处可去，实在有些焦躁"。（1926 年 11 月 9 日致许广平）

他最终还是决定离开厦门，应邀去广州，"此地的学校没有趣味，甚感无聊。昨日终于辞职，一周内将去广州。""我看厦门就像个死岛，对隐士倒是合适的。""一到广州，即先去中山大学讲课。不过，是否呆得长，尚不可知。"（1926 年 12 月 31 日致辛岛骁）

3. "深绿和深红"的广州

鲁迅在广州居住时间：1927.1—1927.9

居住地：中山大学大钟楼、广州白云路白云楼 26 号 2 楼

1927 年 1 月，鲁迅离开厦门，坐船前往广州。那时他仍处在逃离人事险恶的心情中。船在平静的海上行进，鲁迅深有意味地向友人李小峰倾诉道："船正在走，也不知道是在什么海上。""小小的颠簸自然是有的，不过这在海上就算不得颠簸；陆上的风涛要比这险恶得多。"（《海上通信》）险恶或在人心，令人思之害怕。

广州是许广平的家乡，许已早于鲁迅抵达广州，所以鲁迅离厦入穗的

心情应该是好的，而且他到了广州，来到中山大学之后，学校的气氛也比他在厦门大学时要好很多。他不但在中山大学任教，而且还担任了文学系主任兼教务主任的职务，工作上很有一番干头，他的心情可想而知要愉悦很多。然而，这种愉悦的心情并没有保持多久。与他同在厦门大学任教的顾颉刚也要来中山大学任教了，这让鲁迅产生还不如厦大的担心。于是他在三月底就搬出中山大学，住到白云路去了。

不过，走出校门的鲁迅，要融入广州市民生活依然很难。"而最大的障碍则是言语。""直到我离开广州的时候止，我所知道的言语，除一二三四——等数目外，只有一句凡有'外江佬'几乎无不因为特别而记住的 Hanbaran（统统）和一句凡有学习异地言语几乎无不最容易学得而记住的骂人话 Tiu-na-ma 而已。"这无论如何强化了鲁迅身为异乡人的感觉。"我何尝不想了解广州，批评广州呢，无奈慨自被供在大钟楼上以来，工友以我为教授，学生以我为先生，广州人以我为'外江佬'，孤子特立，无从考查。"

鲁迅对广州的评价不是很多，他笑谈自己在广州的收获时说道，"广州的花果"，"我最爱吃是'杨桃'"，"我常常宣传杨桃的功德，吃的人大抵赞同，这是我这一年中最卓著的成绩"。直到 1933 年，鲁迅在《〈如此广州〉读后感》中，仍然对广州有过评价，他在报上读到一篇文章，作者称在广州见到有"店家做起玄坛和李逵的大像来，眼睛里嵌上电灯，以镇压对面的老虎招牌"，文章对此是"讥讽"的，但鲁迅认为，既然要讲迷信，广州人这种大张旗鼓的劲头倒要比其他地方遮遮掩掩的"小家子相"要"有魄力"，在鲁迅看来，与其在迷信中麻醉自己，不如在迷信中彰显更显认真。所以他说："广州人的迷信，是不足为法的，但那认真，是可以取法，值得佩服的。"

尽管是异乡，但鲁迅身居广州仍然能体验到身处中国的"归属感"。"我觉得广州究竟是中国的一部分，虽然奇异的花果，特别的语言，可以淆乱游子的耳目，但实际是和我所走过的别处都差不多的。倘若说中国是幅画出的不同人间的图，则各省政府图样实无不同，差异只在所用的颜色。黄河以北的几省，是黄色和灰色画的，江浙是淡墨和淡绿，厦门是淡红和灰色，广州是深绿和深红。"（以上均引自《在钟楼上》）然而真正让鲁迅从内心深处感受到自己仍然在中国的，是他在中山大学目睹学生被抓被杀的恐怖景象。其时，广州的国民党当局执行蒋政府的"清党"指示，搜捕共产党和革命人士，杀害人数达两百多人。鲁迅不但体验了营救学生无果的悲愤，也目睹了同样是青年，却划分出勇于革命和"投书告密"、"助官捕人"两大阵营的悲哀。"我是在二七年被血吓得目瞪口呆，离开广东的。"（《三闲集 * 序言》）

尽管鲁迅是怀着对幸福生活的期待来到广州，而且他在这里过着平静的生活，但他离开广州的心情，则要比离开北京和厦门还要糟糕。"我抱着梦幻而来，一遇实际，便被从梦境放逐了，不过剩下些索漠。"（《在钟楼上》）他不得不在半年之后，再次启程，另寻安居之地了。

4. "淡墨和淡绿"的上海

鲁迅在上海的居住时间：1927.10 以后

住地：共和旅馆、景云里 23 号、景云里 18 号、景云里 17 号、北四川路拉摩斯公寓、大陆新村（现上海鲁迅故居）。

"这两年来，我在北京被'正人君子'杀退，逃到海边；之后，又被'学者'之流杀退，逃到另外一个海边；之后，又被'学者'之流杀退，逃到一间西晒的楼上——"（鲁迅《革"首领"》）这是鲁迅于 1927 年 10 月刚到上海时写下的感慨之言，透着一个漂泊者的无奈和疲惫。鲁迅怀着愤懑和失望离开广州前往上海，令他欣慰的是身边多了许广平。鲁迅到上海之初，只是怀着"过客"心态，先住下来歇息一下，再决定去向。没想到，一到上海的鲁迅便被友人们的热情包围。特别是暂居之所离茅盾等作家相近，常有聚谈机会，而且他很快就投入到创作、编辑和文艺活动当中。这让他感到一种找回自我的感觉。上海就这样无意中成了鲁迅最后的栖息地，一个让他再一次被推到文化前沿的地方。

鲁迅对上海不会陌生，语言和饮食更不是问题，所以他很少谈到生活上的不适应。他对上海及上海人的观察，从一开始就可以深入到细节中挖掘，描写不但准确到位，且常常让人觉得入木三分。早在 1926 年 8 月，鲁迅自北京经上海赴厦门，在去往上海的火车上，就看到了只有在上海及周边才能见到的景象。"才看见弱不胜衣的少爷，绸衫尖头鞋，口嗑南瓜子，手里是一张《消闲录》之类的小报，而且永远看不完。这一类人似乎江浙特别多……"（《上海通信》）

鲁迅不但在语言上无障碍，而且还可以从上海话里找出杂文的素材，如《"吃白相饭"》一篇，就很生动地描写了只有在上海见到的一类男人的生存法则；而《上海的少女》一文，又可以见出鲁迅对上海市民特征的真切把握。这样的看点，直到今天看也可谓生动逼真。甚至包括"上海的居民，原就喜欢吃零食"（《零食》）这样的结论，也透着鲁迅言说上海的自信。

不过，如果认为鲁迅来到上海就有了回家的感觉，那就错了。1927 年 12 月 19 日致旧友邵文熔信中，鲁迅坦言："'弟'从去年出京，由闽而粤，由粤而沪，由沪更无处可住，尚拟暂住。"他留居上海，很大程度上是不知道下一个居住地在哪里，所以只好暂居沪上。按理说，他在这里既有许广平的陪伴，又有那么多熟悉的、不熟悉的友人的关照，应该踏实很多了。但敏感的鲁迅却还是常有别样的感叹。"心也静不下，上海的情形，比北京复杂得多，攻击法也不同，须一一对付，真是糟极了。"（1928 年 2 月 24 日致台静农）他在上海又看到了另一些不能释然的景象。"北京是明朝的帝都，上海乃各国之租界，帝都多官，租界多商，所以文人在京者近官，没海者近商，——要而言之：不过'京派'是官的帮闲，'海派'则是商的帮忙而已。"（《"京派"与"海派"》）借用今天的话来讲，上海的"人文环境"同样不能让鲁迅满意和放心。而且时间越久，这样的感受就越深。"上海也冷起来了，天常阴雨。文坛上是乌烟瘴气，与'天气'相类。"（1933年11月5日致姚克）和北京一样，身处文化中心上海，他特别注重大的"人文环境"对自己的影响。"上海文坛消息家，好造谣言，倘使一一注意，正中其计，我是向来不睬的。"（1934年11月1日致窦隐夫）

如前所述，鲁迅内心里其实更倾向于接受北方的环境和生活上的感觉。他曾对萧军、萧红讲过："我最讨厌江南才子，扭扭捏捏，没有人气，不像人样，现在虽然大抵改穿洋服了，内容也并不两样。其实上海本地人倒并不坏的，只是各处坏种，多跑到上海来作恶，所以上海便成为下流之地了。"这种类型化的印象，同他两年前途经上海时的看法相类似。

然而，离开上海还能去哪里，鲁迅自己也不知道，所以他这个"暂居者"只能继续在这里生活下去。"上海的空气真坏，不宜于卫生，但此外也无可住之处，山巅海滨，是极好的，而非富翁无力住，所以虽然要缩短寿命，也还只得在这里混一下了。"（1934年5月24日致王志之）我们知道，他曾经有过北上回到北京的念头，但终于不可能成行，两相比较，上海也未必就不可居。在北京探亲期间，他曾向身在上海的许广平流露道："为安闲计，住北平是不坏的，但因为和南方太不同了，所以几乎有'世外桃源'之感。我来此虽已十天，却毫不感到什么刺戟，略不小心，确有'落伍'之惧的。上海虽烦扰，但也别有生气。"（《两地书》一二二）

到了1936年，鲁迅的身体状况越来越差。当时有很多人劝他移居更安逸的地方包括到国外如日本、苏联等地去休养。但鲁迅谢绝了这些好意。直到生命的最后几天，他仍然为何处可以安居而捉摸不定。虽然他认为"上海不但天气不佳，文气也不像样"，"但是，我至今没有离开上海，非为别的，只因为病状时好时坏，不能离开医生。现在还是常常发热，不知道何时可以见好，或者不救。北方我很爱住，但冬天气候干燥寒冷，于肺不宜，所以不能去。此外，也想不出相宜的地方，出国有种种困难，国内呢，处处荆天棘地"。（1936 年 9 月 15 日致王冶秋）写完这封信的四天以后，鲁迅即逝世于上海的寓所。

上海，成了鲁迅最后的居住地。他在这里又一次成了中国文化界纷纭争说的对象，成了众人仰慕的精神向导，也成了恐吓与污陷的对象。他在这里曾经安居乐业，并喜添海婴，尽享天伦之乐；但也有为求人身安全四处逃匿、身心疲惫的痛苦。他在病痛中逝世，引来中国现代史上最为壮观的万人送别场面，赢得了"民族魂"的千古英名。他的死激起了全体中国人的民族热情，产生了前所未有的巨大的回响，完成了一次令人敬畏的永生。他不必再为居于何处焦虑了，上海这个生命的句号足以让人他的生命永恒。试想，如果鲁迅这样的文化伟人不曾在上海居住，或者，如果上海不曾与鲁迅这个名字密切相联，那会是一种怎样的情形呢？毫无疑问，于鲁迅，于上海，都是一种难以言说的遗憾。

其实，鲁迅一生并没有太过丰富的游历经验。中国之外，他只去过日本。他认为"东京也无非是这样"，说明他对东京等日本城市并无留恋。中国之内，除了绍兴、南京、北京、厦门、广州、上海，他去过的地方也很容易历数。他曾经从北京到西安讲学，也曾经从广州到香港讲演，在教育部任职时去天津短暂出差。他对这些地方很少以笔墨详谈。西安给他留下的印象并不太佳，吃不惯也听不大懂方言。回到北京，被人问到对"长安"的印象，他模糊地回答道："没有什么怎样。"而殖民地香港则被鲁迅视为"畏途"，人身安全和民族尊严时受威胁。杭州虽近似于故乡，但由于鲁迅深爱的祖父在那里长年监禁，他对杭州天然没什么好感。早年鲁迅就一论再论"雷峰塔之倒掉"，晚年鲁迅唯一的一次旅行就是受友人催促和安排，携许广平、周海婴游览杭州，但并没有留下什么"游记"。

　　鲁迅终其一生都在寻觅，却终于没有找到一个让他的心灵放松、精神安稳的居住之所，唯其如此，这种身体与精神的双重漂泊，才成就了他这样一位永远的"求索者"，一个永远停不下脚步的"过客"式的战士形象。

　　何处可以安然居住？在鲁迅那里，这个永远没有答案的追问，始终以一种在现实中求得生存与安稳的形式存在，同时又激发起一种哲学的、诗意的想象、感叹和记录。

孤独者的命运吟唱

——鲁迅小说里的孤独精神

我时常感觉到自己生活在嘈杂中，在行走的奔波、话语的喧闹、事务的繁忙中，体会一种身不由己的"充实"。案头的读物从四面八方寄来，那里面有朋友的热情与希冀，然而自己却不知道应该打开哪一本来展读。回望书架，目光时不时会停留在一套散装的《鲁迅全集》上，若有闲暇，仍然会随意抽取其中一册，随意打开其中一页来阅读。我发现，只有鲁迅的文章，能让自己在任何篇章中进入阅读，并在每一次新读或重读中获得难得的收获。

鲁迅是小说家。我常常提醒自己应当记住这个事实或者说常识。如果他没有写出《呐喊》《彷徨》《故事新编》的话，人们又会如何以他的杂文定位他的身份呢？而且事实上，鲁迅小说里所积蓄和蕴含的力量，特别是那种思想的复杂性和深广度，至今仍然值得我们不断评说。没错，鲁迅的杂文是匕首投枪，但鲁迅的小说却不能这么说，要知道在五四时期，很多作家是把小说当作匕首投枪来写的。可我觉得，鲁迅分明和另外一种思想甚至哲学相关联，他的小说里弥散着一种其他很多五四作家作品并不具有的特殊氛围和气息。这甚至决定了鲁迅小说的现代性，也代表了五四新文学属于"现代文学"而不是"白话文"文学的内在品质。鲁迅小说所具有的这种特殊的氛围和气息究竟是什么？我现在想到的一个词是：孤独。这种作家内心世界里的孤独，既是一种悲凉又是一股热情，鲁迅小说的孤独意识，是一种小说氛围，更是一种小说精神，鲁迅笔下的人物抛之不去的孤独感，既是一种现实处境，更是一种严酷的命运。鲁迅写作小说时常与孤独相伴的状态，远非一种形式风格的装饰，而是他与俄罗斯文学、西方现代哲学在灵魂深处的一种共鸣与回响，更是他对中国历史、现实，中国人的生存和精神状态的深刻体察。总之，研究鲁迅小说，孤独是一个不能忽略的重要概念。今天提出这一点甚至对当代小说创作也有颇多启示。

一、鲁迅小说的人物大都是"孤独者"

这是个冒险的判断，虽然"大都是"意味着并非全部，因为鲁迅也写过《肥皂》这样的讽刺小说。我所说的"大都是"，是指在鲁迅小说里，并不是只有知识分子形象如吕纬甫、魏连殳者才是孤独者，他笔下的农民，那些命运悲惨、心智愚昧的人，仍然有挥之不去的孤独感，其强烈度不亚于知识分子们。可以说，鲁迅小说的人物，既是生活在"浙东"地区的灰色的、苦命的小人物，同时又是具有高度典型性和象征意味的精神符号。翻开鲁迅小说，孤独者是其中最集中的"身份"特征。

《狂人日记》里的狂人是孤独者，其最致命的一条证据就是，狂人的所有认知都是唯一的、孤立的，没有人认同他，甚至也没有人思考过同样的问题。"吃人"二字在狂人那里是个焦虑、焦灼的可怕命题，但在别人看来，只能是他发疯的标志。狂人不仅只有战士的一面，因无人应合而产生的惊惧心理占据了他的内心。

"今天全没月光，我知道不妙。早上小心出门，赵贵翁的眼色便怪：似乎怕我，似乎想害我。还有七八个人，交头接耳的议论我，张着嘴，对我笑了一笑；我便从头直冷到脚跟，晓得他们布置，都已妥当了。"

这就是狂人心态的基本写照。

《孔乙己》里的孔乙己是一个孤独者，他的被戏弄是因为没有理解他不愿流俗的内心世界，他内心有复杂与孤独，而世人只愿意从庸常的角度看待他。他是个被戏弄者，周围的人们因为他的无能为力和可笑而原谅他，但没有人会理解他。

"'你怎的连半个秀才也捞不到呢？'孔乙己立刻显出颓唐不安模样，脸上笼上了一层灰色，嘴里说些话；这回可是全是之乎者也之类，一些不懂了。在这时候，众人也都哄笑起来：店内外充满了快活的空气。"

可以说，孔乙己最后的消失不是因为贫苦，他其实并不缺少同情，他所有的话语都是辩白，这些辩白都是对别人不理解的变形语言。

《明天》里的单四嫂子是个孤独者。单四嫂子是个庸常之人，内心却填满了不可排释的孤寂，这种孤寂建立于一个"突发事件"即她的儿子夭折的基础之上，特殊场面造成内心的无尽悲凉。

"他现在知道他的宝儿确乎死了；不愿意见这屋子，吹熄了灯，躺着。但单四嫂子虽然粗笨，却知道还魂是不能有的事，他的宝儿也的确不能再见了。叹一口气，自言自语的说，'宝儿，你该还在这里，你给我梦里见见罢。'于是合上眼，想赶快睡去，会他的宝儿，苦苦的呼吸通过了静和大和空虚，自己听得明白。"

"单四嫂子终于朦朦胧胧的走入睡乡……这时的鲁镇，便完全落在寂静里。只有那暗夜为想变成明天，却仍在这寂静里奔波；另有几条狗，也躲在暗地里呜呜地叫。"

人们在分析鲁迅小说时，很少专门就《明天》所要表达的主题突出表述。它甚至很难归类于鲁迅的哪一类小说。但如果我们从孤独主题的表达来看，则可以见出这篇小说的特殊意义。我甚至把《明天》看做是鲁迅自己对一个内心孤寂无助的"实验性"作品。

在《故乡》里，人与人之间的不沟通，"我"与杨二嫂的格格不入，与闰土的隔膜，是作家描写时的重点所在，小说结尾强调的是破除隔膜的要求。当闰土叫出一声"老爷"时，鲁迅写道：

"我似乎打了一个寒噤；我就知道，我们之间已经隔了一层可悲的厚障壁了。我也说不出话。"

"老屋离我愈远了；故乡的山水也都渐渐远离了我，但我却并不感到怎样的留恋。我只觉得我四面有看不见的高墙，将我隔成孤身，使我非常气闷；那西瓜地上的银项圈的小英雄的影像，我本来十分清楚，现在却忽地模糊了，又使我非常的悲哀。"

一咏三叹间，一种因人心隔膜产生的"孤身"、"气闷"的悲哀充溢在笔端。

在《祝福》里，摧毁祥林嫂生命的与其说是婚嫁的坎坷、儿子的死亡，不如说是她内心如刀割般的撕裂过程。祥林嫂的状态和其话语，透露出的是她的寂寞和痛苦。

"这百无聊赖的祥林嫂，被人们弃在尘芥堆中的，看得厌倦了的陈旧的玩物，先前还将形骸露在尘芥里，从活得有趣的人们看来，恐怕要怪讶她何以还要存在，现在总算被无常打扫得干干净净了。魂灵的有无，我不知道；然而在现世，则无聊生者不生，即使厌见者不见，为人为己，也还都不错。"

可以说祥林嫂不是死于生活无着，而是死于内心的绝望与彻底的孤寂。

《在酒楼上》中的吕纬甫，《孤独者》中的魏连殳，都是知识者处于"零余者"状态的悲苦、悲愤的流散。处世的失落，内心的孤寂是小说的核心。

且看《在酒楼上》的片段：

"你在太原做什么呢？"我问。

"教书，在一个同乡的家里。"

"这以前呢？"

"这以前么？"他从衣袋里掏出一支烟卷来，点了火衔在嘴里，看着喷出的烟雾，沉思似的说："无非做了些无聊的事情，等于什么也没有做。"

"我在少年时，看见蜂子或蝇子停在一个地方，给什么来一吓，即刻飞去了，但是飞了一个小圈子，便又回来停在原地点，便以为这实在很可笑，也可怜。可不料现在我自己也飞回来了，不过绕了一点小圈子。又不料你也回来了。你不能飞得更远些么？"

"这难说，大约也不外乎绕点小圈子罢。"我也似笑非笑地说。

"但是你为什么飞回来的呢？"

"也还是为了无聊的事。"他一口喝干了一杯酒，吸几口烟，眼睛略为张大了。"无聊的。——但是我们就谈谈罢。"

小说多处用"无聊"二字来形容吕纬甫的心情。

再看《孤独者》的描写：

"大殓便在这惊异和不满的空气里面完毕。大家都怏怏地，似乎想走散，但连殳却还坐在草荐上沉思。忽然，他流下泪来了，接着就失声，立刻又变成长嚎，像一匹受伤的狼，当深夜在旷野中嗥叫，惨伤里夹杂着愤怒和悲哀。"

"他在不妥帖的衣冠中，安静地躺着，合了眼，闭着嘴，口角间仿佛含着冰冷的微笑，冷笑着这可笑的死尸。"

"我快步走着，仿佛要从一种沉重的东西中冲出，但是不能够。耳朵中有什么挣扎着，久之，久之，终于挣扎出来了，隐约像是长嚎，像一匹受伤的狼，当深夜在旷野中嗥叫，惨伤里夹杂着愤怒和悲哀。"

而《伤逝》，则更是一个孤独者的吟唱与絮语。

"如果我能够，我要写下我的悔恨和悲哀，为子君，为自己。然而现在呢，只有寂静和空虚依旧。"

"四围是广大的空虚，还有死的寂静。死于无爱的人们的眼前的黑暗，我仿佛一一看见，还听得一切苦闷和绝望的挣扎的声音。

我还期待着新的东西到来，无名的，意外的。但一天一天，无非是死的寂静。

我比先前已经不大出门，只坐卧在广大的空虚里，一任这死的寂静侵蚀着我的灵魂。死的寂静有时也自己战栗，自己退藏，于是在这绝续之交，便闪出无名的，意外的，新的期待。"

"我愿意真有所谓鬼魂，真有所谓地狱，那么，即使在孽风怒吼之中，我也将寻觅子君，当面说出我的悔恨和悲哀，祈求她的饶恕；否则，地狱的毒焰将围绕我，猛烈地烧尽我的悔恨和悲哀。

我将在孽风和毒焰中拥抱子君，乞她宽容，或者使她快意……。

但是，这却更虚空于新的生路；现在所有的只是初春的夜，竟还是那么长。我活着，我总得向着新的生路跨出去，那第一步，——却不过是写下我的悔恨和悲哀，为子君，为自己。"

　

鲁迅说过自己对《故事新编》写作的态度，这些话似乎突出了其随意性，客观上也影响了人们对它们的关注，忽略了它们同鲁迅小说一以贯之的延续，特别是精神上的沟通。事实上，如果我们从"孤独"这个"看点"出发，就可以看出它们同鲁迅以现实生活为题材的小说在艺术气质上的相通和关联。因为在《故事新编》里，那些亦庄亦谐、或有或无的人物，其实也多是一些不为他人所能理解的"孤独者"。《补天》里的女娲是个孤独者，她始终默默无语。她为这个世界上的众生艰辛付出而死后，显现的却是左右持刀斧者来伤害她，并在其躯体上安营扎寨。《铸剑》里的宴之敖者是个孤独者，但其意志之坚定又是鲁迅小说人物里最强的。而在孤独者中最典型的莫过于《奔月》。羿是个孤独者，嫦娥也是。现实生活的困境，内心的孤寂困苦，嫦娥的并不激烈的不满，羿的自责与愧疚之心。"对不起的很"，羿总这样忏悔着。嫦娥走了，羿并没有去找药确证，虽然对嫦娥独走不满，但他理解她不能忍受贫苦生活的选择。在我看来，《奔月》其实是《伤逝》的古装版。

仔细想来，鲁迅小说里没有一个人物，其思想是被"群众"理解的，他们的内心没有一个人可以进入。狂人、孔乙己、魏连殳、涓生，等等，大抵如此。

二、孤独是不衰的文学主题，也是作家创作的心灵根基

鲁迅是敏感的文学家，这种敏感常常是因为他所思考的问题并不能拥有众多的应合者，"振臂一呼，应者云集"在鲁迅眼里是一种虚妄和假象。鲁迅自己似乎也常有这样的感慨，时时要纠正人们对他所言的误读。其实，古今中外的文学史上，孤独既是杰出作家共同拥有的精神气质，孤独也是很多作家弥散于作品中的氛围，孤独者也很多时候是他们要塑造的形象。孤独并不等于寂寞，孤独是一种精神存在的状态，跟现实的生活处境并无直接关联，一个身处喧嚣中的人仍然可能会感到孤独。或者说，古往今来的孤独者可能具备两种意识：他对现实的责任感并无具体诉求，却异常强烈和苛刻，他想改变这个世界，却又自知无能为力；其次，他的思想或许因为过度敏感、先锋和独立，因而少有应合者，人们对他的误读甚至使其戴上各式各样的难堪的帽子。他们甚至并不再想这个世界如何，而专注于对"个人"的关注与思考。这个个人可能是抽象的，但在文学作品中，他们同时又是某种社会符号，这就是一位杰出作家的艺术能力，他可以使笔下的人物既具有现实性和时代性，又可以超越这个时代和现实，达到对"人"的理解。

比如，孔子一生都在四处奔走，以极大的热情宣扬自己的政治理想，遭受的却是嘲讽和奚落。司马迁写作《史记》时对人和事的评价，即"太

史公曰"都是在文末抒发，只有《孟轲列传》对孟子的评价放置到文章的开头，他一上来就感慨，孟子心怀政治理想却四处不讨好，在一个实用主义盛行的政治时代，孟子的想法显然不得要领，最终只能去研究诗书。李白也表达过自己借酒忘怀的心境，《将进酒》里说："钟鼓馔玉不足贵，但愿长醉不复醒，古来圣贤皆寂寞，唯有饮者留其名。"曹雪芹也没有对自己的作品怀着多大的希望，《红楼梦》第一回就分析自己的时代道，在一个"贫者日为衣食所累，富者又怀不足之心"的物欲化时代，自己的写作也不过发挥一点让人们在"避世去愁之际，把此一玩，岂不省了些寿命筋力"的作用。

但鲁迅继承的却并非是中国文人在政治上失落，进而在文章里避世、陶醉的思想，他的孤独具有更大的承担，他不在意自己的政治得失和利益追求，也不是为一小撮政治失意者寻找安慰，他是一个站在为中国"立人"的境界上思考问题的作家，精神上与现代西方哲学有某种潜在联系。有几位作家的孤独精神与鲁迅有相通之处。如卡夫卡，终其一生都在体味生存的荒诞和个体存在的孤独。个人的生存境遇以及个人独白是他小说最为鲜明的特质。作为一个甘愿做"地窖人"而活着的人，他的创作理念也体现出极端的孤独特质。他说："如果没有这些可怕的不眠之夜，我根本不会写作。而在夜里，我总是清楚地意识到我单独监禁的处境。""艺术对于艺术家来说是一种痛苦，通过这个痛苦，他使自己得到解放，去忍受新的痛苦。他不是巨人，而只是生活这个牢笼里一只或多或少色彩斑斓的鸟。"还有陀斯妥耶夫斯基，鲁迅唯一称之为"伟大"的作家，他对陀氏最信服的一点，就是那种冰冷到极点、将一个人的悲哀彻底剖开来的笔法。"一读他二十四岁时所作的《穷人》，就已经吃惊于他那暮年似的孤寂。"（《陀思妥夫斯基的事》）陀斯妥耶夫斯基通过小说对个人孤零零地立于世界之中的命运探究，这种尖刻的笔法，强烈的意象，对鲁迅的小说创作一定起了很深刻的影响作用。果戈理，一个对小人物在"社会"中的微妙、不幸遭遇的老辣描写，鲁迅深受其直接影响。此外，克尔凯郭尔这位存在主义哲学的始祖，叔本华、尼采这些深具悲情的哲学家们的名字，常在鲁迅的文章里出现。而以上几位文学家和哲学家，在考夫曼所编《存在主义》一书中，统统被划入到"存在主义"哲学的范畴。鲁迅与他们之间在精神上的认同，在创作上的或显或隐的影响，值得我们深入研究。

孤独的心灵，必然是面对孤独，享受孤独，倾诉孤独，表达孤独，并最终形成艺术的力量。鲁迅小说则常常会把人物置于完全的孤独境地中。读鲁迅的《野草》，更像在读一个现代哲学家的哲学寓言或独白絮语。

三、孤独者的文学品质

当我们在说鲁迅小说是孤独者的命运吟唱时，当我们将鲁迅重要小说中的人物都视作无有回应的孤独个体时，与鲁迅小说的时代主题、社会意义、广泛影响乃至于鲁迅"遵命文学"的创作要求似乎成为一种"不兼容"的结论。但在我看来，这一想法并不是一种冲突性结论，而只是在已有的很多"定论"中，加进了一个新的阐释角度，这样谈鲁迅小说，也不是为了使小说主题求异求新，只是在尊重自己的阅读感受的前提下，努力向小说内部、向作者意图靠拢，以获得小说意义的最大解放。特别重要的是，讲鲁迅小说的孤独精神，并不会缩小鲁迅小说的思想意义和"重大主题"，而是在一个新的看点下，寻找其小说本体的意义和价值，以期使鲁迅小说的"小说性"得以放大并引起新的重视。

其实，以孤独者为表现对象的小说，并不是在精神缺少沟通和温度的，恰恰相反，它们在很多时候比那些看上去以社会主题为本位的小说更具社会关切热情，只不过它们的表现形式常常引来人们的误读。鲁迅精神建构中的"冰之火"的总结，就正好是一个形象地说明和生动的应证。

以孤独者为小说人的创作，往往更加注重个人命运，并将其置于最现实的境遇当中，创造出的却又是超越现实时代和现实环境，具有哲理寓言的色彩。比如《祝福》里的祥林嫂，她本人虽然不具有任何思想的功力，但现实的遭遇却逼迫她不得不去思考关于灵魂的有无等问题。小说将祥林嫂一步步引入孤立无援的境遇中，在现实的无情打击下，发出撕裂心灵的质问。在五四同时期，像《祝福》这样表现妇女悲惨遭遇的小说并不鲜见，但它们大多不但直奔主题、线性描述、手法单一，批判指向也很具体，而鲁迅却在一种颇现代性的描写中，将祥林嫂的命运感书写出来了，显示出极高的思想水平和艺术能力。

描写孤独者，作家往往在冷峻中传递着温情，阐扬着浓郁的悲悯情怀，具有极强的感染力。在对孔乙己的刻画上，我们看到鲁迅极有节制的调侃笔法，在对其滑稽言行的描述背后，蕴含着的深深的同情；对阿Q、对爱姑、对吕纬甫和魏连殳，都可让人在冷峻的笔法和深入的解剖过程中，体会到鲁迅诚挚的温暖与关切。那种悲悯情怀，不是一种居高临下的同情，而是作家"责任意识"的一种体现。

在对孤独者的人生进行描写时，作家常常在抱有荒谬感的同时，又传达出一种达观和乐观，充满对命运的思考，思想尖锐但不偏激。荒谬感是一种与"积极主题"相背反的小说作法吗？其实不然，《狂人日记》就是一篇具有荒谬感的小说，《奔月》里的羿是一个失败者，这个曾经的英雄，射技并没有丢失，只是猎物已经难觅，他却因此在嫦娥面前变得满怀歉疚。他看到放药的罐子被打开，就知道嫦娥一定吃了药飞天而去，他都没有去求证那些长生不老药的有无，而是思忖着自己如何对不住嫦娥。小说的结尾，痛苦落寞的羿仍然要面对现实的生活，所以结尾并没有抒情，而是羿在招呼家仆们准备明天的劳作，耐人寻味。

塑造孤独者形象，或者，将人物境遇置于孤独的境地，需要作家在艺术上具有不可克制的探索意识，而且其艺术本身就是一种力量，但他又能化得开。鲁迅小说里，《狂人日记》是心理独白式的，《伤逝》则是浓郁的抒情笔法，是一个人的忏悔录。《在酒楼上》《孤独者》与其说是两个人的"对话"，不如说是一个人对另一个人的倾诉。《明天》是一个人苦楚内心的无情展示，《故乡》是叙事与感伤情调的杂揉。探讨鲁迅小说艺术性的话语已经太多，我这里并没有多少新见可以提供。但我还是想强调一点，研究鲁迅小说的艺术性，应当将其放还到五四小说的"现场"当中，那样则可见出他在艺术上达到的时代高度，在一个"集体"的"新文学"时代难得的"全新"品质。要知道，鲁迅开始发表小说的时候，很多作家的创作还停留在"问题"小说的层面上。

我在这里专题讨论了"鲁迅小说中的孤独"，孤独的人物内心，孤独的主题意识，还应包括鲁迅本人孤独的创作思想，这些话题里内涵其实都很复杂，远非我能在此匆匆完成。同时，我还想谈一点，鲁迅小说没有像卡夫卡那样将小说人物故事寓言化，鲁迅笔下的"孤独的个人"，同时也是典型化的"中国人"，而且是那个特殊"时代"的"中国人"，这就使他笔下的人物具有更加复杂的特性。鲁迅是为自己的民族、自己的时代而写作，他始终不忘记是在为社会写作，是为唤醒民族性而写作，他的作品是五四文学的标高，是整个新文学大潮中的一个浪尖，并非特立独行的"异类"。这也就决定了鲁迅小说可以从多个侧面进入，并常常被"以偏概全"地阐释。那些个人，同时也是一个时代的社会人，而不是抽空了时代特征与民族特性的精神符号。

总之，今天来谈鲁迅小说的新意已经变得非常困难。站在当代文学的角度看，当小说人物越来越走向"写实"，很多作家把小说变成某种类别化身而传达一些具体的社会诉求的时候，探讨鲁迅小说的孤独色彩，从中寻求一个作家在思想上的忧愤深广，在艺术上的灵动多样，追寻小说创作的本质特征，具有创作学上的现实意义。我因职业需要，在近期集中阅读了近三年来国内较好的上百篇短篇小说，发现我们的很多当代作家，缺少对题材的开掘、主题的凝练、艺术手法的变化。比如，写农民工的小说占了我阅读范围中的很大比例，这些小说题材相近，大都是写农民工进城后受到的歧视，将城市人与农村人简单对立，进而让他们与城里人产生摩擦和冲突；要么就是写农民工生活无着，精神上情感上没有依托，进而互相之间建立"临时家庭"，在精神上相互取暖，结尾又都回到各自的现实中，留下几分落寞与眷恋。艺术形式上的差异多在写法的纯熟度的高下之分上，自觉的探索意识少得可怜，特别是这些人物并不能反映社会生活的复杂情形，更少有超越一时一事的精神内涵。作为个人，他们都缺乏色彩，典型性不足，更缺少象征性和寓言启示性。我想到鲁迅小说并愿意从孤独的个人这一角度加以分析，在一定程度上也是因阅读当代小说产生的联想。如能从中得出一些启示，吾心足矣。

鲁迅的青年观

表情冷峻、文风更加冷峻的鲁迅，他的内心究竟有多少热情，这些热情的流向究竟在哪里，从来都是人们争说不休的话题。由于鲁迅复杂的心境，他的文字也总是传达着复杂的感情，这既对人们完整、准确地理解鲁迅造成困难，也使鲁迅的同样一段话语引来涵义不同甚至相反的阐释。鲁迅对青年的态度，就是一个众说纷纭、歧义不断的话题。

1918 年，发表《狂人日记》时的鲁迅已经 37 岁，他是五四新文化运动的旗手，但他并没有真正扮演"青年近卫军"的角色。他比同时代的其他作家胡适、冰心、叶圣陶、茅盾、郭沫若、郁达夫等都要"年长"十岁以上，比起后起的进步青年，他更像一个"长者"，这是一个方面。另一个方面或许更重要，鲁迅的思想成熟较早，他不世故，却看得清世故；他不喜欢老成，却非常吝惜自己的热情。凡事他都会在质疑中观察、思考然后做出判断，鲁迅自己也有时并不喜欢这样的做法和状态，时在反省中。这种质疑的思想使他发出的声音有时并不能为人理解，并会引来一些怀疑、误解甚至攻击，"保守"、"世故老人"等等反而是鲁迅在世时很早就得到的

"名号"。如何解读鲁迅对青年的态度和评价，因此就成了研究鲁迅思想时的一个重要课题。

青年应该"大胆地说话，勇敢地进行"。鲁迅的文章里，"青年"是出现频率很高的词，生活在一个"风雨如磐"的时代，一个"因袭的重担"压得人难以承受的中国，鲁迅把革新的希望寄托于青年。"我一向是相信进化论的，总以为将来必胜于过去，青年必胜于老人"，（《〈三闲集〉序言》）他心目中的中国青年，应该是敢于前行、无所畏惧，勇于对"无声的中国"发出真的声音的前行者。他们也许不无稚气，但这稚气正是他们挣脱束缚，去除羁绊的表现。

在鲁迅的心目中，青年就应当是敢于说出真话，敢于挑战传统和权威，敢于抛弃诱人光环的人。青年的重要使命是为"无声的中国"呐喊。"青年们先可以将中国变成一个有声的中国。大胆地说话，勇敢地进行，忘掉了一切利害，推开了古人，将自己的真心的话发表出来。"（《无声的中国》）为了这样的"真"，鲁迅从不计较他们因此做出的选择是否周全，是否"合乎情理"。只要是敢于前行的青年，即使他们身上有初出茅庐的幼稚，但仍然让人看到未来的希望，所以他对这幼稚不但可以原谅，甚至认为是青年区别于老年的重要标志。"至于幼稚，尤其没有什么可羞，正如孩子对于老人，毫没有什么可羞一样。幼稚是会生长，会成熟的，只不要衰老，腐败，就好。倘说待到纯熟了才可以动手，那是虽是村妇也不至于这样蠢。"（《无声的中国》）比起衰老和腐败，幼稚是青年性格中可贵的一部分。

青年应走自己的路。在鲁迅的青年观里，只有那些敢于照着自己确定的目标勇往直前的青年，才能在血气方刚中见出真性情。从这个角度上，鲁迅对被认为是"导师"或自认为是"导师"的人给予无情的嘲讽。也正是从这一角度出发，鲁迅眼里的青年和年龄无关，并不是年纪轻的人都可以统称"青年"。"近来很通行说青年；开口青年，闭口也是青年。但青年又何能一概而论？有醒着的，有睡着的，有昏着的，有躺着的，有玩着的，此外还多。但是，自然也有要前进的。"在这些类别里，鲁迅只欣赏那些勇于前进的青年。

前进的青年必会面临如何在歧路上选择的痛苦，他们或者会寻找一个"导师"来领路，从而走上一条自己认为的捷径。鲁迅要提醒青年的是，这样的导师寻不到，没作用，所以没必要。"要前进的青年们大抵想寻求一个导师。然而我敢说：他们将永远寻不到。"

青年的分化令人失望和警醒。如前所述，鲁迅对青年并不是一概而论的。五四初、中期，鲁迅将青年按状态分成"醒着"、"睡着"、"玩着"和"前进"的几类，1925 年，在《论睁了眼看》中，鲁迅对青年的"形象"表达过不满："现在青年的精神未可知，在体质，却大半还弯腰曲背，低眉顺眼，表示着老牌的老成的子弟，驯良的百姓。"到后期，他更强调青年在"精神"上的不同，这使他对青年的态度更加谨慎，更不愿以年龄简单对待。

本来，鲁迅对青年的希望如同自己当年的理想一样，用文艺的火光去照亮国民的心灵，然而现实却并不那么令他乐观。"我现在对做文章的青年，实在有些失望，我想有希望的青年似乎大抵打仗去了，至于弄弄笔墨的，却还未看见一个真有几分为社会的，他们多是挂新招牌的利己主义者。而他们却以为他们比我新一二十年，我真觉得他们无自知之明，这也就是他们之所以'小'的地方。"（1926 年 12 月 2 日致许广平）这样的观点一直没有改变。后期鲁迅对某些青年的失望已不止是"文学青年"的"不作为"，而是对某些青年的品行感到失望甚至厌恶。"今之青年，似乎比我们青年时代的青年精明，而有些也更重目前之益，为了一点小利，而反噬构陷，真有大出于意料之外者。"（1933 年 6 月 18 日致曹聚仁）"但我觉得虽是青年，稚气和不安定的并不多，我所遇见的倒十之七八是少年老成的，城府也深，我大抵不和这种人来往。"（1934 年 11 月 12 日致萧军、萧红）

鲁迅对青年的现实关心。鲁迅对青年有教诲，但他时常提醒青年，且不可将自己作为榜样甚至偶像对待。鲁迅有自我解剖的自觉，他深知自己身上有"毒气和鬼气"，他非常担心自己"绝望"的心态和看穿一切后的沉稳太过感染有为的青年。"所以，我终于不想劝青年一同走我所走的路；我们的年龄，境遇，都不相同，思想的归宿大概总不能一致的罢。"（《北京通信》）是否从青年身上看到被自己否定的心理特征，甚至成了鲁迅对待和评价青年的一个莫名的标准。1924 年 9 月 24 日，在致李秉中信中，鲁迅说："所以有青年肯来访问我，很使我喜欢。但我说一句真话罢，这大约你未曾觉得的，就是这人如果以我为是，我便发生一种悲哀，怕他要陷入我一类的命运；倘若一见之后，觉得我非其族类，不复再来，我便知道他较我更有希望，十分放心了。"这种奇怪的心理反应，正可以见出鲁迅的自省和对青年的期望。但鲁迅的思想中有另一个很重要的观念，就是他并不希望青年无谓地流血牺牲，他从不鼓动青年用自己的热情去硬碰残暴。他在"三一八"惨案前不主张许广平等学生前往执政府游行，一方面是他对军阀残暴有真切的认识，另一方面也是对青春生命的珍爱。他真心希望青年们对人生有一个更加明确、长远的目标。"但倘若一定要问我青年应当向怎样的目标，那么，我只可以说出我为别人设计的话，就是：一要生存，二要温饱，三要发展。"（《北京通信》）可见，鲁迅对青年的忠告里又有另一番情感在里边。实在话说，鲁迅对青年的态度因此有时是矛盾的，一方面，他希望看到青年充满热血和激情、不顾个人安危的勇猛；另一方面，但又非常害怕青年因为这份勇猛而牺牲；更同时，他怀着美好的愿望，愿有为的、正直的青年能够保证"生存"、越过"温饱"、求得"发展"。这也就是鲁迅为什么时常要对青年发出自己的意见和看法，同时又担心自己的言论、心情影响了青年进取的步伐。

鲁迅是一位对青年十分看重的"长者"。对殷夫、叶紫、柔石等青年作家，他特别看重他们创作中的血和泪的热情与投入，赞赏他们的锋芒如"林中的响箭"。他同青年木刻家们亲切交谈的照片，至今让人观之动容。

同时，他对周围不时出现的一些狡猾、老成，趋小利、重私心，夸夸其谈、沽名钓誉的青年，则怀着戒心，充满厌恶，绝不以"青年"的名号原谅他们。

鲁迅的青年观，不是这样一篇小文章可以描述全面、总结到位的，但这是一扇打开鲁迅思想和情感世界的窗户，这窗户是时时闪着光的所在，让人随时感受到一种人格的风范和思想的力量。

鲁迅为什么不写故宫

故宫，一个即使你不曾游览也好像去过的地方；故宫，一个你即使多次进入也好像初次到来的地方。那样一个巨大的存在，让人永远说不完又永远说不清。天安门是故宫的门面，它高度神圣化的形象，几乎就是中国历史的缩影。曾有一个外国学者写过一本名叫《天安门》的书，其中所述却是中国近现代政治历史的风起云涌。如果接续五四以后的历史，从"中国人民从此站起来了"的自豪，到《我爱北京天安门》的单纯，从"天安门诗抄"的激昂，到历次阅兵的豪迈，哪还能有第二个中国景点像天安门那样，留下无数中国人虔诚的身影。可有时候我也会有这样的奇想，为什么同为一体，天安门具有高度的象征意义，而它身后的故宫，从1924年溥仪被逐出宫，就一直以"故宫博物院"这样的机构名称存在着？

盛夏的一个炎热的下午，我行走在故宫里，看游人如织，更觉故宫对中国人、外国人所拥有的巨大吸引力。热闹与热浪中，我却又产生另一个奇想，在北京生活了十四年的鲁迅，似乎极少在他的文字里提及故宫，如果这基本上是个事实，那又是为什么呢？

　　从 1912 年来到北京，直到 1926 年南下厦门，鲁迅在北京的生涯应当离
不开故宫。他是教育部的"公务员"，是一个对历史文献有着浓厚兴趣和深
厚学养的人。故宫，这个珍藏着无数珍宝的地方，鲁迅怎么可能没感觉？
然而，翻开鲁迅日记，满眼看见的是"留黎厂"三个字，极少能找到"故
宫"一词。十几年里，鲁迅去琉璃厂的次数应当仅次于他去教育部上班的
次数。但还真不知道他是不是认真地、彻底地逛过一回故宫。鲁迅显然不
是个对旅游有多大兴致的人，他自称"我对于自然美，自恨并无敏感，所
以即使恭逢良辰美景，也不甚感动。"（《厦门通信＊致许广平》）但他对人
文踪迹，又有多少游览的热情呢？似乎一样不高。你看他说到长城，认为
这建筑根本挡不住胡人的侵略，只是让无数民众付出艰辛。所以，他在题
为《长城》的文章结尾，喊出了"这伟大而可诅咒的长城"。再看他谈杭州
一景雷峰塔，恨不能让这压抑了美好爱情愿望的建筑彻底倒下。但他对故
宫，却似乎连这样的"批判"文字也不曾写过。他究竟是怎么想的呢？

　　鲁迅肯定是进过故宫的。粗翻鲁迅日记，1916 年 9 月 10 日，记有"同
三弟往益昌，俟子佩，饭后同赴中央公园，又游武英殿，晚归"。而武英殿
就位于故宫西华门内，是李自成登基处，也是多尔衮的办公场所。1917 年
10 月 7 日，是个星期天，这一天，鲁迅"上午同二弟至王府井街食饼饵已
游故宫殿，并观文华殿所列书画，复游公园饮茗归。"至少这两次，鲁迅分
别陪自己的两个兄弟，"逛"了两次故宫。1920 年，鲁迅日记里明显多了一
个去处：午门。仅在 4 月下半月就去了八次。一直到这一年的 11 月，鲁迅
有多次"往午门"的记录。原来，他是到午门上"晒书"的。据《鲁迅日
记》注释，鲁迅多次前往午门，是为整理德国商人俱乐部"德华总会"藏
书。因为"德国在欧战中战败后，上海德国商人俱乐部所藏德、俄、英、
法、日等文书籍由教育部作为战利品接收，堆放在午门楼上进行分类、整
理。鲁迅参加了这项工作，负责审阅德、俄文书籍。"（见《鲁迅全集》第
15 卷第 401 页）关于此事，鲁迅曾经在《记谈话》中做过表述，"教育部

得到这些书，便要整理一下，分类一下"，"当时派了许多人，我也是其中的一个"。而此事的最后结果，是"对德和约成立了，后来德国来取还，便仍由点收的我们全盘交付"。而这次"漫长"工作对鲁迅来说倒有个意外收获，就是他因此翻译了俄国作家阿尔志跋绥夫的《工人绥惠略夫》。鲁迅之所以从中挑选此书翻译，是因为他觉得书中所讲尽管是俄国的事情，"但奇怪的是有许多事情竟和中国很相像"。

鲁迅对宫殿类、招牌式的建筑似乎有一种本能的抵触，这与他向来的历史观和社会观是紧密相联的。1927年，鲁迅写过一篇叫《所谓"大内档案"》的杂文，文章虽是记述清宫留下的"档案"整理过程，但其中明显语含讥讽，对"大内档案"的量以"麻袋"统称，对整理的场景也暗含讽刺："从此午门楼上的空气，便再没有先前一般紧张，只见一大群破纸寂寞地铺在地面上，时有一二工役，手执长木棍，搅着，拾取些黄绫表签和别的他们所要的东西。"鲁迅见此情景，一定会联想到故宫的，没错，他在文章里确也这么说了："更何况现在的时候，皇帝也还尊贵，只要在'大内'里放几天，或者带一个'宫'字，就容易使人另眼相看的，这真是说也不信，虽然在民国。"很显然，鲁迅这里的"宫"是泛指代表皇权的宫殿，但此说应当是身处故宫而发的感想。在此文结尾，鲁迅另有感想："中国公共的东西，实在不容易保存，如果当局者是外行，他便将东西糟完，倘是内行，他便将东西偷完。"

回想鲁迅一以贯之的思想和文章，他之所以不写故宫，是因他对封建皇权的态度所决定的。他虽没有"正面"写故宫，但故宫里的人和事却常在笔端。比如对乾隆，认为他是"深通汉文的异族的君主"，"清的康熙、雍正和乾隆三个，尤其是后两个皇帝，对于'文艺政策'或说得较大一点的'文化统制'，却真尽了很大的努力的。"对于清皇帝通过"文字狱"来驾驭汉人思想，鲁迅更是深恶痛绝，极尽言辞批判之功。对清代钦定《四库全书》而故意按照统治需要删减内容的做法，鲁迅一样不放过，揭批之辞时有所见。此外，对慈禧、溥仪等人物，鲁迅也时在笔端表示自己的不以为然。

"故宫博物院"五字，鲁迅在杂文《隔膜》中曾经提到过。那是因为1933年，易培基出任故宫博物院院长之后，发生过院内古物被盗风波，此事迫使易培基面对诉讼不说，还因此辞职。这一风波据郑欣淼先生考证，基本上是一冤案。鲁迅当时是为易鸣过不平的，他说："这一两年来，故宫博物院的故事似乎不大能够令人敬服"，这不能"敬服"之事，就是指易培基被诉案。鲁迅在北京时，曾有过支持女师大风潮的经历，易培基就是当时杨荫榆被学生赶走后受命上任的女师大校长，鲁迅曾在欢迎会上致辞表示支持。以他对易的认可和了解，自然无法接受眼下的案情。但鲁迅对故宫博物院的一些"文化工作"还是给予了较高评价，说它"印给了我们一种好书，曰《清代文字狱档》"。他对故宫博物院在印制水平上的领先颇为欣赏，在致郑振铎信谈到《北平笺谱》时曾说："故宫博物馆之版虽贵，但印得真好"。鲁迅自己编定的《凯绥·珂勒惠支版画选集》画页，也交给故宫方面来印制。

以鲁迅这样对中国历史有着深切的关注，对中国文化有着深厚学养，对艺术珍品有着浓厚兴趣的人，故宫，却并没有成为他笔下的谈论对象。仔细想来，鲁迅思想上认定皇权的主要作用是对百姓的奴役，他不会为之送上赞辞；清朝统治者以"文字狱"控制人们思想的做法也让他深为痛恨。其次，故宫这个庞然大物里演绎了太多历史，而其中又容纳了太复杂的"古物"，他也不能一言以蔽之地去否决它们的价值。再其次，鲁迅似乎并不喜欢写作上的"宏大叙事"，故宫自然也就很难在形式上进入鲁迅文章。因此，仅从作为作家的鲁迅这一角度看，故宫，逛起来美不胜收，丰富驳杂，写起来恐怕人人都会感到难度极高。深藏不露的故宫，可真不是容易"叙事"与"抒情"的对象。倒不若天安门的单纯与激昂来得更方便些。

鲁迅：“立誓不做编辑者”

鲁迅一生从事过很多事业，但从他的言语中却很少能得到相应的热切表态。他是文学家，却总要声明自己无意于进入艺术的庙堂；他曾在北京、厦门、广州等地的多所大中学校任教，但对所谓"教授"、"学者"的身份并不以为然；他曾是教育部的"佥事"，但他只当是"吃饭的碗"，绝不从中谋求什么。他唯有对自己的杂文十分看重，那是因为当时的很多人想方设法要鄙视杂文的价值。鲁迅过分讨厌各类"挂招牌"的虚伪和肤浅，以至于他对自己解剖过严，对自己所做事情，时常表露出反省、质疑甚至自嘲的态度。这也是造成世人误读鲁迅的原因之一。

鲁迅并没有做过专职的编辑，但他一生中从事过的编辑事业，足以称得上是令人敬佩的编辑家。鲁迅爱书，从他的日记中可以知道，早在教育部任职以来，他几乎平均每两三天就要到"琉璃厂"去逛书店，其书账之丰富驳杂，令人叹服。发表《狂人日记》之后，鲁迅站到了新文化运动的最前沿，他的写作进入"井喷期"，但可能鲁迅骨子里并不追求所谓艺术上的"不朽"，所以他在创作的同时还把大量的精力投入到文学编辑活动中。

直到逝世为止，鲁迅 20 年的文学生涯可谓是创作与编辑并举，甚至宁可牺牲个人的创作时间，也要为别人特别是青年作家们尽编辑的力量，扶持他们成长。

鲁迅深知做编辑的不易，他在 1935 年致王志之的一封信中谈到："其实，投稿难，到了拉稿，则拉稿亦难，两者都很苦，我就是立誓不做编辑者之一人。当投稿时，要看编辑者的脸色，但一做编辑，又就要看投稿者，书坊老版（板），读者的脸色了。脸色世界。"然而事实上，鲁迅一生编辑过的杂志和图书，可谓大观。他和多位友人的交往，不是因为创作或研究，而正是一同编辑刊物和丛书结下友情。

为了体现对编辑者的支持，凡鲁迅参与和支持的刊物，他都主动将自己的稿件提供出来；每当书刊要印行，鲁迅都会从装帧、版式、插图到印刷等技术环节提供智慧甚至亲自动手设计；只要可能，鲁迅都会对自己的文章认真校对，甚至不止一遍。对"圈，点，虚线，括弧的下半"出现在"书的每行的头上"这样的"很不好看"的小细节，他都向友人提出解决办法并被"出版界普遍实行"，足见鲁迅作为编辑者的认真和专业。

著名出版家赵家璧称"鲁迅先生是一个出色的编辑工作者"（《鲁迅先生的编辑工作》），周作人在晚年回忆道："鲁迅不曾任过某一机关的编辑，不曾坐在编辑室里办公，施行编辑的职务"，"他经常坐在自己家里，吃自己的饭，在办编辑的事务"，"他编辑自己的，更多是别人的稿件"（《鲁迅的编辑工作》）。周作人把鲁迅的编辑观概括为"精细与亲切"，是十分准确的。鲁迅对青年作家的亲切扶持佳话甚多，体现在编辑方面的亲切和精细，同样可以看出鲁迅的为人。

1924 年，鲁迅曾编选许钦文的小说集，他在读过两遍后加以推荐出版，并对其作品中的细节提出意见。在致孙伏园的信中，鲁迅对许钦文小说的一个细节加以纠正："又《传染病》一篇中记打针（注射）乃在屁股上，据我所知，当在大腿上，改为屁股，地位太有参差"，鲁迅这样指出作品的毛病，并非出于艺术的考虑，而是提醒作者不要犯常识性的错误，是尽一个编辑者的严谨之力。1925年，鲁迅在收到青年作家李霁野的小说《生活》后，致信作者道："结末一句说：这喊声里似乎有着双关的意义。我以为这'双关'二字，将全篇的意义说得太清楚了，所有蕴蓄，有被其打破之虑。我想将它改作'含有别样'或'含有几样'，后一个比较的好，但也总不觉得恰好。"从中可以见出鲁迅对青年作者的作品反复琢磨、尽可能完善的诚意。

鲁迅在编辑上的认真与精细，甚至超出了编辑者的职业要求。据黄源先生在《鲁迅先生二三事》中回忆，1935年，左翼青年作家周文将自己的短篇小说《山坡上》投给《文学》杂志，时任主编的傅东华将周文小说中一个情节以"不现实和烦琐"为由做了删削，这个情节是描述一个士兵在军阀混战中"被打得肚破肠流"仍然与对方搏斗。周文为此十分生气。鲁迅得知后，为了这个情节的真实性询问了日本军医，在得到肯定的回答后，专门就此将周文、胡风、黄源等叫到一起聚餐谈话，并正面鼓励和引导周文不要因小事而耽误了创作。

这就是一位"立誓不做编辑者"的编辑态度，鲁迅自掏腰包为《语丝》杂志付印刷费，将自己的稿酬送给青年作者葛琴补救生活，借钱为亡友瞿秋白出版著作，为自己扶持的刊物写文章、译小说，凡此种种热情，都已不是"编辑者"的称呼可以涵盖。对于如何做一个好编辑，鲁迅的见解值得今天的编辑者们借鉴和学习。据唐弢先生在《"编辑"二三事》里回忆，鲁迅先生要求"编辑应当有清醒的头脑"，"他比作家知道更多的东西，掌握更全面的情形，也许不及作家想得深。编辑不能随心所欲地吹捧一个作家，就像他无权利用地位压制一个作家一样，这是个起码的条件"。个中意味，直到今天也仿佛切中要害。

从鲁迅谈讲演魅力

最近，某家著名的"讲坛"发出了曲终人散的信号。我以为，这信号即使是真的，也并不意味着讲演本身的形式不再被人喜欢，而是讲演者那种手之舞之的肢体夸张、无根无据的刻意戏说，已经让人不再相信这个"坛子"还是学术传播的有效方式，它已堕落到几近媚俗表演的境地。我又联想到了鲁迅。

鲁迅是演说家，他有证可考的讲演达 66 次之多。鲁迅本人并不喜欢到处讲演，"人家在开会，我决不自己去演说"；"我曾经能讲书，却不善于讲演"。(《海上通讯》)他的讲演大多是因为无法拒绝邀请者的"坚邀"而不得已为之。鲁迅讲话带着浓重的绍兴口音，语调也不高亢，他的话并不能为所有的听者全部听懂。然而无论在北京、厦门，还是广州、上海，凡鲁迅讲演的时候，听者的热情都格外高涨，目睹鲁迅风采是很多人前往聆听的主要原因。1929 年 5 月，鲁迅自上海回到北京探亲，期间他曾应邀到北大等大学讲演。据当时报载，在北大讲演时，"距讲演尚差一小时，北大第二院大礼堂已人满为患"，主办方只能改至第三院大礼堂，听者于是蜂拥而至，最终"已积至一千余人"。1932 年 11 月，鲁迅再次回到北京，在北师大讲演时，由于听众太多，不得不改到露天操场进行，听众达到两千余人，场面十分壮观。

鲁迅的讲演常常是到了现场才道出主题，他的讲演在并不展现"技巧"、显示"口才"的情形下，却令那么多的热血青年为之激动，靠的是什么呢？我们自然可以总结出很多，深刻的思想，讲真话的要求，直面现实的胆魄，等等。这些都毫无疑问是构成鲁迅讲演魅力的根本原因。但就站在"学者、作家及其讲演"这个话题上讲，我以为鲁迅讲演还有另一个非常重要的启示，就是讲演的真正魅力不在于现场的绘声绘色的表演，不在于滔滔不绝的"妙语连珠"，而在于讲演者在讲演背后作为作家的创作和作为学者的研究是否真正可以为其"立言"。讲演在很大程度上其实是"靠文章说话"。

我们说鲁迅是演说家，但上述那种讲演盛况对他而言并不是从来就有。1912 年 5 月，鲁迅进京在教育部社会教育司任职，刚刚履职的第二个月，教育部为普及社会教育而举办"夏期讲演会"，邀请中外学者就政治、哲学、佛教、经济、义化等作讲演，鲁迅被聘讲演《美术略论》。根据鲁迅日记记述，他总共去了五回，讲了四次，讲演的情形却并不令人乐观。6 月 21 日第一讲，"听者约三十人，中途退去者五六人"。28 日作第二讲，日记没有记载听讲情形；但第三次，即 7 月 5 日，鲁迅冒着大雨"赴讲演会"，"讲员均乞假，听者亦无一人，遂返"。10 日，"听者约二十余人"。最后一次即当月 17 日，也是雨天赶去讲演，"初止一人，终乃得十人，是日讲毕"。五次赶场，听者总人次居然不过百，情形之冷淡可想而知。原因自然很多，但有一点恐怕是必然的，那时的鲁迅还只是初来乍到的"公务员"，以学者的身份前去讲演，号召力显然不足。到二三十年代，已经名满天下的鲁迅再去讲演，盛况之壮观每每令人惊讶。在所有的原因当中，我最想说的，是鲁迅靠的是文章立言，没有他在小说、散文、杂文方面的创作，没有他在小说史上的研究，没有他在文学翻译方面的成果，讲演又何能谈得到令人期待？我们今天的很多演说家，越来越走"专业讲演"的路径，学问没有根本，研究难得钻研，创作上未必有什么成就，却忙着上电视、进礼堂，侃侃而谈，不亦乐乎。最终让人看破真相甚至令人厌倦，实在不是什么奇怪的事。夸张的姿态，油滑的腔调，故作的高深，随意的解说，这一切的背后，都是在回避一个作家、学者立身的根本，遮蔽学术讲演立言的根基。

讲演的号召力不是或未必是言说本身，讲演的魅力来自更为深沉的、丰富的底蕴。林曦先生曾这样描述他听鲁迅讲演时的感受，我以为他的描述特别能表达我自感难以言尽的观点："鲁迅先生的讲演态度中，是决找不到一点手比脚画的煽动和激昂的。他的低弱的绍兴口音，平静而清明，不急促，不故作高昂，却夹带着幽默，充盈着力量，像冬天的不紧不慢的哨子风，刮得那么透彻，挑动了每根心弦上的爱憎，使蛰伏的虫豸们更觉无地自容。"（林曦《鲁迅在群众中》）

讲演者的信心来自讲坛之外的地方。

鲁迅自序里的自谦

凡有人出书，大多要作序，有请名家导师的，也有自己亲自写就的，目的就是一个：说明这书写作的缘起、过程、目的、价值，作者的才华、学识、辛苦、不易，等等。但我以为，同样是序言，前辈大家和今人的做法很不相同。"五四"那一代大师，他们的序言大多同时就是一篇美文，态度、分寸、自评都让人读来觉得妥帖舒服，作者的苦衷、个中的滋味尽显其中，遣词用语也颇多文采，值得欣赏，所以"序跋"本身也成了文人们的一种特殊文体，令人可观。而今人的著作，无论是序还是跋，大多直白坦然，溢美之词多多，多了几分抢眼，少了许多味道，失了些许亲切，更不见书卷之气和谦卑之态。

也许有人会说，今天是市场经济，好处不说够哪能满足出版家的要求，如果再来点挑剔或自谦，这书可能就不得出版或影响销路。所以从自序、他序到封底、腰封，好话一箩筐地展现着，直让人看得无语。但其实，这要求并非自今日始，即在上世纪二三十年代，也是如此。一是人人都爱听好话，二是谁都考虑序的后果和影响。鲁迅曾为刘半农的《何典》作序，结果因其中的批评之语引来刘的不快，鲁迅在其后所写《为半农题记〈何典〉后》一文中"反省"道，作者写作出书"既要印卖，自然想多销，既想多销，自然要做广告，既做广告，自然要说好。难道有自己印了书，却发广告说这书很无聊，请列位不必看的么？"这的确是作序者的难处，但这矛盾在那些人群中仍是一桩雅事。

其实，鲁迅为自己的著作通常都会写序，而这些序言中，我们读到的除了战斗的风格、妙趣的偶现、心迹的袒露外，一个突出而集中的印象是，鲁迅的"自序"显露着谦逊、自省甚至自嘲的语气。自然，鲁迅不是以谦谦君子的形象出现的，他的序言仍然时现锋芒，但从中却让人领略到一种大家的风范。而这种自谦中展现出的自信，实在值得今人学习。

鲁迅是小说家，《呐喊》是他的第一本小说集，已在当时文坛声名鹊起的鲁迅，在《〈呐喊〉自序》里这样描述自己的创作经历："从此以后，便一发而不可收，每写些小说模样的文章，以敷衍朋友们的嘱托，积久了就有了十余篇。""至于自己，却也并不愿将自以为苦的寂寞，再来传染给也如我那年青时候似的正做着好梦的青年。这样说来，我的小说和艺术的距离之远，也就可想而知了，然而到今日还能蒙着小说的名，甚而至于且有成集的机会，无论如何总不能不说是一件侥幸的事，但侥幸虽使我不安于心，而悬揣人间暂时还有读者，则究竟也仍然是高兴的。"他好像很不把自己的创作描述得那么神圣。在为其英译本《短篇小说选集》写的序里，鲁迅又道："偶然得到一个可写文章的机会，我便将所谓上流社会的堕落和下层社会的不幸，陆续用短篇小说的形式发表出来了。原意其实只不过想将这示给读者，提出一些问题而已，并不是为了当时的文学家之所谓艺术。"

鲁迅是杂文家，匕首投枪式的笔法可谓称奇。但我们看看鲁迅自己的说法吧。在《〈热风〉题记》里，鲁迅说："所以我的应时的浅薄的文字，也应该置之不顾，一任其消灭的；但几个朋友却以为现状和那时并没有大两样，也还可以存留，给我编辑起来了。"《〈华盖集续编〉小引》里自评道："这里面所讲的仍然并没有宇宙的奥义和人生的真谛。不过是，将我所遇到的，所想到的，所要说的，一任它怎样浅薄，怎样偏激，有时便都用笔写了下来。"

不但对"文体"不自夸，即以杂文的思想论，鲁迅也常以自我解剖的态度审视自己，在《写在〈坟〉后面》里，鲁迅说："偏爱我的作品的读者，有时批评说，我的文字是说真话的。这其实是过誉，那原因就因为他偏爱。我自然不想太欺骗人，但也未尝将心里的话照样说尽，大约只要看得可以交卷就算完。"在《〈两地书〉序言》里，他这样评价自己的文字："如果定要恭维这一本书的特色，那么，我想，恐怕是因为他的平凡罢。"关于自己的杂文，鲁迅曾用过一个非常生动的比喻，"我只在深夜的街头摆着一个地摊，所有的无非几个小钉，几个瓦碟，但也希望，并且相信有些人会从中寻出合于他的用处的东西"。(《〈且介亭杂文〉序言》)

用不着举那么多的例子，鲁迅的自序文风已可令我们深受感染。但还是想再进一步说明，鲁迅对自己的严格态度并不只是一种笔法，如他在《中国小说史略》的后记里，就自承自己"识力俭隘，观览又不周洽"，因此造成著作的缺憾。说自己写作《摩罗诗力说》因为编辑要求文章要长，所以写作时"简直是生凑"。

鲁迅为自己著作写的序言中，有很丰富的内容，有些自谦也是针对"论敌"的指责故意发出的，不能以"自谦"概而论之。但无论如何，我们仍能从那些文字中，读到一个文学大家清醒、从容的姿态，一种颇具学养的风范。其实，鲁迅那一代人大都具有这样的风采，总是对自己的创作、研究保持着清醒的认识，读来真让人钦佩，令人汗颜。我们都说继承"五四"传统、学习鲁迅精神，似乎也应从作序等这些"小处"学起并很好地继承，不要为取得一点利益而失了应有的风度。自序其实就是这风度的一个小小的"测试剂"。

柔性的鲁迅

近有媒体报道，中学生学语文有三怕：一怕读古文，二怕写作文，三怕周树人。我有时想，为什么中学教材里不能选点鲁迅的妙文而只选战斗的檄文？如果学生们一上来接触的鲁迅文章是《夏三虫》《夜颂》《略论中国人的脸》《小杂感》，鲁迅形象还会是一副冷面孔吗？

少年鲁迅在课桌上刻一个"早"字立志发奋，青年鲁迅因幻灯片的刺激而决心改学文艺拯救国民的灵魂，中年鲁迅写《狂人日记》发出猛烈的批判之声，晚年鲁迅关心并投身现实的革命，这一切无疑都是鲁迅形象的真实而正面的展示。韧性的战斗，冷峻的文风，一个也不宽恕的坚决，冷得有点"酷"的表情，这就是"标准"的鲁迅形象。但同时，我们是不是也应看到还有一个柔性的鲁迅，一个平易近人、妙趣横生、敏感生动的鲁迅，这样的柔性同样是鲁迅在同时代人心目中的形象，同样显映在他的文字当中。

柔性的鲁迅让我们看到他的善良、敏感，读出他的脆弱、矛盾。许寿裳先生编写的"鲁迅年谱"里，记述了鲁迅八岁时的两件小事。那年的某一天，鲁迅家里的长辈们在一起玩推牌九，鲁迅在旁边默默观看，"从伯"慰农逗问鲁迅："汝愿何人得赢？"鲁迅立即对答道："愿大家均赢。"也是这一年，鲁迅的妹妹端姑刚刚出生 10 个月就因病夭折，当端姑病重时，八岁的鲁迅在"屋隅暗泣"，他的祖母问他为何哭泣，鲁迅答曰："为妹妹啦。"

少年时代的鲁迅灵活好动，被人称为"胡羊尾巴"。他到南京求学期间，骑马飞奔的技术在同学中是最好的。身为长兄，他专程回国接弟弟周作人一同到日本留学。他对自己的母亲更是百依百顺，不但答应回国同朱安结婚，而且倾全力在北京买房，接母亲、朱安及周作人一家共同居住。凡有青年或后学来访，鲁迅即使再繁忙也会热情招待，诚恳交流。他的内心其实充满了温情和柔性。"无情未必真豪杰，怜子如何不丈夫"，这是身为父亲的鲁迅从另一角度对人间亲情的真切表述。中年得子的鲁迅，既要写反抗黑暗的战斗檄文，也要为海婴讲"狗熊如何生活，萝卜如何长大"的故事。他为柔石的被害悲痛，同时担忧和挂念柔石双目失明的母亲及其妻儿的命运。每当此时，我们感受到的并不是一个高调的革命者，而是一个心怀善意和温情的敏感的诗人。

鲁迅曾用"因袭的重担"比喻传统的束缚，这比喻其实更是对自己内心矛盾挣扎的写照。1925 年，在鲁迅的创作、教书、编辑工作最紧张繁忙也是他事业、名声达到顶峰的时候，他同时在内心里承受着一种无形的束缚。这年的四月，鲁迅两次在致文学青年赵其文的信中表露了这样的心迹。他说："我敢赠你一句真实的话，你的善于感激，是于自己有害的，使自己不能高飞远走。我的百无所成，就是受了这癖气的害，《语丝》上的《过客》中说：'这于你没有什么好处'，那'这'字就是指'感激'。我希望你向前进取，不要记着这些小事情。"战士鲁迅和诗人鲁迅正在对"感激"这样的人性美德进行着复杂的思考。照理说那是鲁迅名声正盛的时期，这样的思考让人意外。在另一封信里，鲁迅又进一步谈到心怀感激对人的束缚："我有时很想冒险，破坏，几乎忍不住，而我有一个母亲，还有些爱我，愿我平安，我因为感激他的爱，只能不照自己所愿意做的做，而在北京寻一点糊口的小生计，度灰色的生涯。因为感激别人，就不能不慰安别人，也往往牺牲了自己，——至少是一部分。"写于 1925 年 3 月的《过客》，就是要表达这样一种一方面听到远方的召唤，一方面又面对感激时的矛盾心境。

正是因为拥有这样一种郑重的感激之情，才使得鲁迅心灵的温暖时时让人感知。他不愿沉溺于其中，但又不能绝然而弃，因为时时怀着一颗爱心，这爱心又对自己前行的脚步形成阻滞。现实的战斗要求他勇敢前行，个人的并不那么显眼的"感激"之情又让他无法真正做到勇猛。这样一种矛盾与冲突，使鲁迅的思想拥有别样的风采。他对社会、民族、历史的思考同个人的生存、发展，家庭的平安、温暖纠结在一起，鲁迅的思想也因此常常超越"时事"层面，引向更深的人生哲学的思考。也正是在这一点上，他的思想同陀斯妥耶夫斯基、克尔凯戈尔等人的存在主义哲学形成某种暗合。

鲁迅知道，一个勇敢的战士不应沉溺于脆弱的感情，然而他又格外珍惜、绝不放弃。从哲学的意义上讲，鲁迅思考着思想本身的负担，"人若一经走出麻木境界，即增加苦痛"，"但一有知识，就不能回到这地步去了"（1925 年 3 月 23 日致许广平）。鲁迅终其一生都在这样一种战士式的前进要求和柔性的感情之间作思考，作斗争，作抉择。这样一种纠缠、矛盾，犹豫、决绝，恰恰是鲁迅思想和文章独有的魅力。他的感情和文字在充满战斗力量的同时，也充满了感染力，在不同的时代和地域产生悠远而长久的回响。

鲁迅柔性的一面，绝不是这样一篇小文章可以完成。我只想借此提出这一话题，引来更多方家的研究，也希望于读者阅读鲁迅有一点作用。

留下鲁迅这个资源

观一部叫《鲁迅与许广平》的电视剧，不忍目睹，立刻换台，曾读到《北京青年报》傅瑾评说此剧的文章（2001 年 3 月 13 日《鲁迅为什么如此荒诞》），总结得很好，说这是一个以严肃面目出现，却把鲁迅"荒诞化"的作品。鲁迅，这个中国现代文学、文化、思想史上不可多得的资源，很容易被影视行业的人们看中，然而，在这样一个轻浮的时代，要想拍好有关鲁迅的电视剧谈何容易。正像傅瑾文中举到的情节，被"戏说"的"鲁迅"让人无法接受，他和许广平散步，居然也说"今天天气真美"，"你比天气更美"这样的陈词滥调；他和女学生在家里喝酒，竟和许广平在嬉戏中追要酒瓶。新时期已经过了 20 年，影视导演对情爱戏的理解还停留在"庐山恋"的水平上，这是多么让人沮丧的事情。

每个人都有自己心目中的鲁迅和鲁迅形象，这是可以理解的，但任何一种"误读"都应有一个基本的范畴，离得太远就会走向荒诞和荒唐。在我看来，至少有两种"鲁迅"可以从少年鲁迅讲到他的终年，然而二者之间的差距却相去甚远。一种"鲁迅形象"是：他少年聪慧，好学勤思，为了自勉，在课桌上刻了一个"早"字；他曾寄居乡间，对民间疾苦认识深刻，极具同情之心；他留学海外，弃医从文，投身革命；他同许广平的结合是"理想火花"的碰撞，是志同道合的典范，等等。我们也可以描述出另外一个"鲁迅形象"，他幼年时家道中落，看惯了世态炎凉；他踮着脚到药店为父亲买药，并最终痛恨耽误了父亲性命的中医；他看到中国人围观日本人屠杀同胞的录像，深悟国民麻木的可怕，于是准备以文艺拯救他们的灵魂；他把朱安视为母亲的"礼物"，遵守孝道的他在婚姻上和同时代的许多文化人命运相同。他多疑，把疯人杨树达的"袭来"想象成是别有用心的骚扰；他固执，不喜欢的人和事一点情面都不留，在厦门大学演讲，校长先请他吃饭再让他登台，他却仍然对校长的治校之道发难；他的韧性体现在他对论敌"一个都不宽恕"上面，他的温情更多地体现在他对许广平、刘和珍、萧红、殷夫这些青年的父爱般的关心上。他矮小并且身着棉袍，他抽烟并且多为劣质；他在教育部任佥事并且在多校任教，是为了养家；他曾翻译《苦闷的象征》，也曾坐在家中抄古碑；他写杂文"骂人"，就是要给论敌添点"小不舒服"。这两种"鲁迅形象"都有事实为依据，但色调却大为不同。如果必须让我选择并只能选择其中一种，我情愿选择后者。

根据鲁迅小说改编的电影有过一些，依我个人眼光，除了《祝福》借白杨出色的表演再现了祥林嫂的形象——尽管它更多的是表现了生活的悲惨而疏漏了精神上的悲剧外，其他改编并不能说有多么成功。由严顺开出演的《阿Q正传》，更多的是喜剧和闹剧的结合，演职人员对鲁迅研究界有关阿Q形象的内涵和深度的研究成果，根本没有能力和兴趣去过问，是极不成功的作品。坦率地说，鲁迅小说在小说形式上的纯粹，在某种程度上决定了它们其实并不适于改编为影视作品。鲁迅的生平经历更多的在他的内心深处，罗列和演绎他的经历素材，做一般意义上的积极阐释，效果其实适得其反。

当下的中国文艺界和文化界并不是一个特别珍视思想的领域，对鲁迅的认识和理解正处在开放状态的初期。近两年来，各种关于鲁迅的评说成为一个文化热点，新世纪的中国必将会对鲁迅形象进行新的阐释和描述，鲁迅思想的当代意义还是一个有待挖掘的重要资源，在这种时候通过影视作品触及鲁迅和鲁迅作品，我以为并非是一种明智的选择。留下鲁迅这个资源，即使是"鲁迅与许广平"这样的题材，到鲁迅作品里汲取更为深刻和丰富的思想与艺术资源，在更为沉静的创作状态下，再现与当代文化思潮紧密相联的"鲁迅形象"，有关鲁迅的形象化的创作才有可能更加接近我们内心深处的鲁迅形象。而且，"说不尽的鲁迅"，"一千个人就有一千个鲁迅"的事实告诉我们，想要展现一个让所有人都能满意的鲁迅形象是一种奢望，最后只能导致平庸化的"鲁迅形象"；编导和演员如果没有在自己心中树立一个属于自己的鲁迅形象，就不可能完成"再现鲁迅"这个艰难的任务。

戏说皇帝和"格格"之类是一种商业行为，"戏说"鲁迅，则会在荒诞的同时暴露浅薄。

这也是鲁迅精神

"鲁迅精神"是很高远的境界，是现代中国民族精神的精华和凝练。

如果我们不能完全学到，无法全部继承，也应在心向往之的同时充满敬意。但什么是鲁迅精神呢？评价太多了。近读鲁迅文章，我留意到鲁迅的另外一种风范，从作文风格上讲，也可以说是只取一端、不及其余，但精神上的穿透力才是我们最应该体会的。

鲁迅身上有这样一种性格，如果有人对他讲某人是教授，是博士，他倒不一定认为此人一定有学问；如果有人告诉他另一人是将军，是"总长"，他也未必觉得有多么了不得。相反，他总能从一些被常人不屑、讥讽、鄙夷的人物和世相上面，发现常人所不易发现的"优点"，并将其扩大，以为醒世之喻。鲁迅的思想因此让人觉得是一种中国的、草根的思想，具有同现实土壤割不断的内在联系。

鲁迅从天津的"青皮"身上看到了"韧性"，从上海的"吃白相饭"者身上看到一种"直落"，从广州人的迷信行为中读出一种"认真"，从厦门的"听差"的"言动"中看到了"平等观念"，这样的思想很特别，却很有说服力。

1933 年，鲁迅从《自由谈》上读到一篇题为《如此广州》的文章，说在广州有"店家做起玄坛和李逵的大像来，眼睛里嵌上电灯，以镇压对面的老虎招牌"，文章作者是语含讥讽的，但鲁迅却读出了另外一种含义。在鲁迅看来，都是迷信，大多数人的迷信方式表现为一种自我麻醉的"小家子相"，广州人这种迷信倒是含着明目张胆的叫板，"迷信得认真，有魄力"，所以鲁迅认为，"广州人的迷信，是不足为法的，但那认真，是可以取法，值得佩服的。"我们知道，鲁迅所批判的"国民性"里，用自我麻醉的方式取得精神上的胜利是最让他痛心疾首的，种种"精神胜利法"里，相信迷信就是其中一种，鲁迅选择这样的话题谈"认真"二字的要义，是一个危险的立论，但我们读过鲁迅的《〈如此广州〉读后感》，不但会心于鲁迅的机智，更对他在彻底处的立论感到心悦。

鲁迅久居上海，对上海的世相了然于心，《"吃白相饭"》里，鲁迅把独见于上海的"不务正业，游荡为生"的一类人刻画得入木三分，说他们以"欺骗"、"威压"、"溜走"为手段骗取钱财。但鲁迅同时却在文章的末尾写道："但'吃白相饭'朋友倒自有其可敬的地方，因为他还直直落落地告诉人们说，'吃白相饭的！'"显然易见，比起道貌岸然的大骗子，"吃白相饭"的混世者倒更让人能接受些，原因就是他们身上还有"直直落落"的一面。

鲁迅评人论世总是有自己"独"的地方。我们知道，鲁迅身上有一种精神叫"韧性的战斗"，但鲁迅对这种精神的解释有时并不像我们想得那么高深。早在《娜拉走后怎样》一文中，鲁迅就以天津的"青皮"为例，对"韧性"一词加以注释。他说："世间有一种无赖精神，那要义就是韧性。""天津的青皮，就是所谓无赖者很跋扈，譬如给人搬一件行李，他就要两元，对他说这行李小，他说要两元，对他说道路近，他说要两元，对他说不要搬了，他说也仍然要两元。青皮固然是不足为法的，而那韧性却大可以佩服。"切记，鲁迅一再申明，广州人的迷信、天津的"青皮"、上海的"吃白相饭"，都是"不足法的"。但那种彻底的做法中，却又有一种让人可以"取法"的精神。直率也罢，认真也罢，韧性也罢，是鲁迅所看重，而又是中国人最缺少的。他取之极端，用之普遍，足见其改造"国民性"的急切之情。

鲁迅评人论世，并不全以自己的损益为根据。比如他在厦门任教期间，学校的"听差"并不因他是教授就唯命是从，言辞中颇有"平等"味道，鲁迅从中看到一种在"首善之区"难得一见的刚烈之气，对此他很认同。在给许广平的信中，鲁迅对此评价道："大约看惯了北京的听差的唯唯从命的，即易觉得南方人的倔强，其实是南方的阶级观念，没有北方之深，所以便是听差，也常有平等言动，现在我和他们的感情已经好起来了，觉得并不可恶。"

这些看上去并不那么高深的议论，其实正包含着鲁迅始终不渝的思想，反映出他看取人间世相的态度。这种态度正是鲁迅高远的精神境界在现实社会的某种折射。读来让人觉得深刻、精妙、有趣且又耐人寻味。

序跋不再谦虚

无论是一位作家还是一位学者，写成一卷著作，总免不了要加上自序或后记之类的文字。不知道人们是否意识到，这两年的著作者们，前言后记的口气越来越大，语气里透出的，不是对自己著作的自赏，价值与意义的自我肯定，就是对自己披星戴月中艰辛努力的感叹。以往我们常见的学者或作家自谦的序跋文章，难得一见。

不久前读到一位青年学者论文集里的"后记"，其中不但把别人对自己的激赏文章一一点到，还在最后一节提到，一位小姐在听完他的某次演讲后"挤到前台"，声称他的研究是在为下个世纪工作云云。

读过之后不禁哑然失笑，这样的场景未必是虚构，但一位不知其学养究竟有多深的"小姐"的赞美，真的是对一位学者研究成果价值的准确评价吗？这位学者没有详说，看来他是笑纳小姐的赞誉了。这让我想到了近年来书市上的种种内容简介和广告语言，印在著作封面、封底上的褒赞之辞常常让人看得眼晕，仿佛是天降"大书"于斯人似的。一个商业味道浓厚的时代，自卖自夸绝不是职业道德问题，而是经营观念和市场意识的问题。

想到鲁迅及同时代作家们的序跋文章，那种谦逊及由此而来的亲切，是我们喜欢它们的一个重要原因。翻一下现代文学大师名家们的自序或后记文章，常常能从中看到他们的人格魅力和为文品性。随便找一本鲁迅杂文集，读一下他的"题记"、"小引"，都会对鲁迅在自嘲中流露自信的文风深深吸引。当代许多作家学者，受出版方的诱引和要求，考虑到别人也包括自己的利益，往往要在前言后记中尽量从内容到言辞向出版广告靠拢，所以才有了这么多的泡沫文体。这也是一种无奈吧，但究竟要坏读者的胃口。如果编一部此类序跋文章的集子，书名简直可以取两个字：膨胀。

姿态即精神

我曾写过一篇从鲁迅自序里见出自谦风范的文章，尽管提到了"五四"时期的作家和学人普遍具有这种自谦，但毕竟没有用实例说明。近读 1933 年上海天马书店《创作的经验》一书，又勾起了对这一话题的思考。

《创作的经验》是天马书店的编辑向当时文坛上已经拥有很高名声的作家发出的一次征稿，每位作家就自己的创作经验写成专文，汇成专书。鲁迅、茅盾、郁达夫等人纷纷为此写了专稿。作家在其中对个人创作的自我评价，又让人回到"五四"时代的文化氛围中，自谦与自醒仍不失为其中的一个看点。

作家们对自己创作的准备、成绩和经验都做出谦逊的声明。叶圣陶《随便谈谈我的写小说》中说："有人问我对于自己的小说哪一篇最满意，我真个说不出来，只好老实说没有满意的。"田汉的《创作经验谈》上来就说"很惭愧的，我在过去十多年间虽也曾写过一些东西，但因为那些都不大成'东西'，所以似乎我也没有什么经验好说，我过去从来也不大说这方面的话。"郑伯奇、鲁彦、洪深都声明自己创作成绩不行，不够谈"创作经验"。郑伯奇《即兴主义的与即物主义的》开篇则道："老实说，创作经验这样的题目，我是没有资格来写的。"理由是"我自己对于工作太不努力了，至少，自己不能不承认，我是太没有成绩了。"鲁彦《关于我的创作》说到自己不敢谈"创作经验"，"一则我的创作少，经验不多，二则觉得这些经验写了出来，在高明的创作家看了未免浅薄，在开始创作的人看了恐怕得到坏的影响"。洪深也要先声明"我在文艺方面，成绩非常的不行；而我的创作经验，实没有什么可以说的"（《我的经验》），然后才开谈正题。柳亚子先生在我们心目算是学问修养很好了吧，他在《我对于创作旧诗和新诗的感想》中却说："行年四十有七的我，对于新旧学问，都没有根底；所谓创作，不过胡诌而已，有什么感想好讲呢？"茅盾先生尽管在长篇小说方面已经有数部作品问世，可他仍然自谦道："虽则朋友们对于我的期望是写小说，而我在五年来亦已胡乱写成了一百万字的小说，可是这些作品当真有点意思吗？"（《我的回顾》）

"五四"时期成长起来的作家之所以有这样一种自谦的风范，一方面是出于他们态度的审慎，知道创作的"深浅"何在；另一方面是他们对文学创作、对别人的创作、对现实生活怀有一种尊重和敬畏之情。丁玲说"我对我的作品，从来不爱好。我常常惊诧有些作家的自信和自骄"（《我的创作生活》）。说明她对过分自信和自骄持有怀疑的态度。叶圣陶则引用自己的"旧话"对生活永远比文学作品更生动、更丰富这个常识做了诠释，这些话引自他本人的《战时琐记》："你说作宣传文字么，士兵本身的行为的宣传力量比文字强千万倍呢；你说制作什么文艺品，表现抗战精神么，中国却是一种书卖到一万本就算销数很了不得的国家。在这一点上，我以为执笔的人应该没落。"而冰心则对"后生可畏"作了生动表达，她这样比喻自己和同时期的作家："从头看看十年来自己的创作和十年来国内的文坛，我微微的起了感慨。我觉得我如同一个卖花的老者，挑着早春的淡弱的花朵，歇担在中途。在我喘息挥汗之顷，我看见许多少年精壮的园丁，满挑着鲜艳的花，葱绿的草，和红熟的果儿，从我面前如飞的过去。我看着只有惊讶，只有艳羡，只有悲哀。"（《小说集自序》）而时下我们见到许多"老"、"少"作家们互相争吵，互不相让，双方实在都应该读读前辈大家们的这些文字。

朱自清先生是我们都十分敬仰的作家和学者，他在创作和学术研究上的成就无可置疑，但我从《朱自清选集》中读到他的《〈背影〉序》，其中的一段让人觉得未免过分自谦的文字不妨在这里完整抄录。这样的"过分"怕是一般的创作者很难做到的：

"我是大时代中一名小卒，是个平凡不过的人。才力的单薄是不用说的，所以一向写不出什么好东西。我写过诗，写过小说，写过散文。二十五岁以前，喜欢写诗；近几年诗情枯竭，搁笔已久。前年一个朋友看了我偶然写下的《战争》，说我不能做抒情诗，只能做史诗；这其实就是说我不能做诗。我自己也有些觉得如此，便越发懒怠起来。短篇小说是写过两篇。现在翻出来看，《笑的历史》只是庸俗主义的东西，材料的拥挤，像一个大肚皮的掌柜；《别》的用字造句，那样扭扭捏捏的，像半身不遂的病人，读着真怪不好受的。我觉得小说非常的难写；不用说长篇，就是短篇，那种经济的，严密的结构，我一辈子也学不来！我不知道怎样处置我的材料，使它们各得其所。至于戏剧，我更是始终不敢染指。我所写的大抵还是散文多。"

想到鲁迅在各种序言里对自己小说、散文、杂文的自谦评价，看一看与他同时代的作家们表现出同样的风范，让人深感"五四"是多么了不起的一个时代。这些自谦与自醒并没有多少微言大义，但那一种"集体认知"让人感慨良多。其实，无论从旧学的功底、西学的修养、创作的才华、生活的积累，今人未必能和他们相比，但那一代作家、学者却总是强调自己的不足多，指责别人的少，一种难得的对创作、对艺术、对生活的敬畏之情溢于言表。我们常常不吝"大词"地表达对"五四"精神的向往，但任何一个时代的伟大精神，都应在一些微小的细节中表现出来，让人真切地感知。"五四"作家们的自谦姿态，就映照着这个时代的精神风貌。

第
二
辑

观
文
艺

利益优先的国际政治

记得前年底到中东走访时，飞往迪拜的飞机上，半数以上是中国人，他们成群结伙，操着毫不掩饰的方言交谈，根本没有出国的新奇和喜悦，仿佛坐在飞往沈阳、兰州的飞机上。埃及、利比亚动荡发生后，由政府用包机接回的国人就分别达到数万人，这些人大多都是出国务工和做生意的人，可见中国的国际化已经渗透到全民当中。今天，世界上任何一地发生自然的、人为的灾难和事故，人们首先会关心，其中关涉到中国人没有。与此相关的是，国际政治这门专业化程度很高的学问，成了许多普通中国人关注的热点。

约瑟夫·奈是当今世界颇具影响的国际政治学家，曾任哈佛大学肯尼迪政府学院院长，并在美国政府中担任过助理国防部长。他的《理解国际冲突：理论与历史》（上海世纪出版集团 2005 年版）是近十年来最具影响的国际政治学著作之一。布热津斯基则更是中国人熟悉的美国政治家，曾担任美国总统国家安全事务助理。《大棋局：美国的首要地位及其地缘战略》（上海世纪出版集团 2007 年版）是一本更加直接为美国的国际战略服务的书，内容涉及到欧亚大陆主要国家与美国的直接间接关系。两书的共同的特点是，论述深入浅出，语言明白晓畅，而且一切论述归根结底都在为美国"服务"。说到底，都是一种国家利益优先的论述。

奈是"软权力"一词的发明者，这一词汇已经成为当今世界最为流行的词汇之一。事实上，在经济全球化和科技日新月异的当今世界，强调软权力，就是在强调谁有资格对最新世界潮流发言并发挥引领作用。比如，在互联网使用和普及方面，中国已经是世界上拥有网民最多的国家，总人口的近1/3是网民，但在互联网技术方面，我们的发明权、发言权和引领作用几近于零。真正对此起操控作用的只有美国。

奈所理解的全球化也和我们的习惯认识不同。我们通常以为，全球化就是时空上的迫近感，而奈则更看重全球化背景下国际事务之间的相互影响。这种影响因经济发展、交通便利、通讯发达、技术革命而变得纠缠不清，日趋复杂。他在书中形象证明到：天花病于公元前1350年在埃及出现，先后传染到中国、欧洲、美洲，最后传染到澳大利亚，已经公元1789年（约3000年时间）。而艾滋病在上世纪80年代出现后，仅用了20年时间，就在全世界感染了4000万人。所以奈特别强调全球化不仅是指经济全球化，还应当包括环境全球化、军事全球化、社会全球化，等等。全球化使信息传递的速度增加，成本却大大减低。这就使"软权力"转化为有形的权力成为可能。

在本书中，奈的学术观点均是态度中性的描述，但他真正强调的仍然是美国的主导地位。在布热津斯基的《大棋局》中，强调保护美国利益的论述更显集中。全书以美国要领导世界和维护全球霸权为出发点，论述了美国应如何应对包括中国崛起在内的世界格局新变化。全书的观点旨在说明美国充当全球老大将是长期的，同时这种霸权对世界来说是必需的，美国要想领导全球，就必须处理好同欧洲和亚洲主要国家的关系，以获取利益的最大化。书中一再强调，将乌克兰拉入到欧盟，就意味着可以全面扼制俄罗斯发展。布氏在书中对中国给予了高度关注，他总体上认为中国经济上的迅速发展对美国来说并非坏事。但他强调，在可见的未来，中国还不大可能成为"全球性"国家而更主要的是在东亚产生影响的"地区性"国家，美国政治不必过虑但因巧妙限制中国的发展与影响。在他看来，日本更是一个"国际性"国家，但日本在经济上的国际地位和它在军事上依附美国的现实造成其国际影响的偏差和不足，限制了日本的影响力。作者看上去不太认同"中国威胁论"，但这种不认同的理论基础同我们自己的根据并不一致，因为他的目标就是将发展着的中国限制在"东亚"格局中。这些表露无疑的美国立场，让我们看到了高端政治学家对中国的研究已经到了十分关切的程度，他们对中国的批评、指责，示好、呵护，骨子里只有一个目的：美国继续保持一国独霸的地位而付出更小的代价。

政治家兼政治学家，这种双重身份使这些人的著作具有更强的现实指向。警惕他们的立场，批判性地吸收他们的观点是一方面，更重要的一方面也许在于，中国同样需要出现自己的政治家兼政治学家，同样需要系统的、稳定的关于国际问题的国家立场。在"理论与实践"的相互作用、不断提升中发展的国际政治理论，会更具影响力和感召力。让更多的人在复杂的国际背景下确立"国家意识"，让这种意识更趋成熟和一致，已经到了非常迫切的地步。

谈谈"国家形象塑造"

文艺作品中的国家形象，可以是创作者的一种刻意强调，也可以是作品中的自然呈现。通常是后者的情形更多，理论家们从作品中就"国家形象"的存在状况进行归纳和阐释。"国家形象"自然包括国家风貌和民俗风情，是文艺作品的某种风格标签，然而当我们把它当成一个命题来对待时，"国家形象"就具有了更加严肃的内涵，"国家形象"就转化成了"国家的形象塑造"。就此而言，相比较"文艺作品中的国家形象"，"文艺创作中的国家意识"同样值得研究。电影《勇敢的心》中的华莱士，就是一种"国家形象"，他的个人思想和行动，全部遵从于国家意志和民族要求。华莱士就是文艺作品中的苏格兰"国家（民族）形象"，《阿甘正传》是一部全面展现"美国形象"的电影，阿甘的成长经历牵涉到了当代美国史上的若干重大事件，而且他身上的精神和追求也具有鲜明的类型化特征，这个类型正是"美国形象"的夸张表现。

在中国，"国家意识"在文艺创作中的突显应当是从"五四"时期开始。"五四"新文学的作家们明确对"中国形象"给予热切关注，表达对国家命运的关注和焦虑。"五四"新文学最鲜明的口号是个性主义，"国家形象"同个性主义相互融合、交叉，构成了一种带有强烈抒情色彩的"国家意识"。比如郁达夫的小说《沉沦》，一位中国青年在异国受到挫折和歧视，他首先想到的是自己的国家，发出的呼号是"祖国啊祖国！我的死是你害我的！你快富起来强起来吧！"鲁迅在小说里探讨中国人的"国民性"，是用现代眼光关注"中国形象"并在创作实践中得以完成的第一人。鲁迅强调的是"中国人的觉醒"，他希望通过个人的精神觉醒凝聚成一种强大的"国家形象"。青年鲁迅看到中国人被外国侵略者屠杀的情景，最强烈的反应是"看客"的麻木和愚昧，所以才有对"狂人"和"阿Q"这两种截然不同的中国人形象的塑造。

在中国现代文艺运动中，抗战时期是"国家意识"最强烈、最普遍的时期，"中国"成了文学艺术家们创作时的首要形象和最为关切的主题。这一时期，文艺作品中的"国家形象"具有关心国家前途命运的整体性、要求民族解放的抒情性和全民抗日的指向性。

历史发展到今天，改革开放和和平环境下的当代文艺，有了更加从容地塑造"国家形象"的机会。全面开放的中国，"国家形象"的塑造是多途径、全方位的，"中国制造"是最广泛、最直接的"中国形象"。在开放的时代，我们也亟需展现出最具风格标识和符号化的"国家形象"，"唐装"和"中国结"就是在情急之下找到的两样文化"符号"和形象"抓手"，而文学艺术家们应当塑造更具意蕴内涵、更加打动人心的"国家形象"。就文学领域而言，这样一种"国家意识"正在作家们的创作中体现出来。铁凝的《笨花》、贾平凹的《秦腔》、莫言的《生死疲劳》、苏童的《碧奴》，作家们对中国作风、中国气派的自觉追求成熟可感。近年来，不少作家以民族地区生活为题材进行创作，如阿来的《空山》、杨志军的《藏獒》、姜戎的《狼图腾》、迟子建的《额尔古纳河右岸》，等等，这样的选择绝非巧合，这是作家创作中对"中国形象"的一种倾心，"越是民族的，就越是世界的"，这样的印合是开放时代文学家们基于创作实践作出的证明。

当"文化"遇到"春节"

文化是个热词，它是一种视角，一种态度，也成了一种思维方式。今天，人们喜欢从文化角度思考和谈论各种问题，传统的、现代的，本土的、外来的。当"文化"遇到"春节"时，便会激起更多话题。当代中国人的观念无论发生多大变化，春节仍然是所有节日里最隆重、最热烈的一个。同时，我们也分明看到，"转型期"的中国，春节的文化形态和文化内涵同样在发生着"转型"。

一场电视晚会能否容纳和满足中国人对春节欢乐的需求，这是近年来不断引发议论的话题。从上世纪80年代中后期开始，通过观赏一场电视晚会而度过除夕夜，成为当代春节文化中最耀眼的部分。除夕夜对中国人来说具有极其特殊的意义，自从有了电视晚会，似乎春节期间的最大话题就是对一台晚会的品评。流行词汇、流行歌曲足以让公众消费大半年。失望、不满之声时有所见，但很快，人们又会把目光投注到对来年晚会的猜想和议论中，甚至派生出"我要上春晚"这样的娱乐性栏目。一场晚会能在多大程度上体现春节的中国特色和超强的凝聚力，这是很多人要提出的问题。

近日读到作家郭文斌关于建议春晚提前或推后一天举行的建议，理由是让中国人能够更加充分地、多样地体验除夕的快乐。无论建议是否可行，这其实是一种对传统节日文化内涵在"转型"中发生变化的思考。

春节的传统习俗和现代生活的要求之间，似乎需要也正在寻求有效结合。放鞭炮、贴春联，这是中国人过春节时必须要有的节目，然而城市化的迅猛推进，人口密集度的空前增加，现代生活方式的要求，导致一些农业文明时代留下来的节日习俗正在经受挑战。曾经有专门的报告文学作品，描述在北京这样的超大城市里，燃放烟花爆竹带来的安全和意外伤害问题，禁放、限放于是成了当代"春节文化"中的一个必要主题。人们似乎自觉不自觉地在寻找一个"平衡点"，既保持过年的欢庆气氛，又要最大限度地保证安全和文明过年。北京就经历了从禁放到限放的"磨合"过程。今天，高楼林立的城市已经很难容纳一副春联了，但这一充满装饰性、新鲜感和文化味道、寄寓着中国家庭美好愿望的节日习俗，不应该因此而消失。

家是中国人的生活根基，回家是人们过年的最大愿望。人潮如涌的年头岁尾，多数是回家团聚的"家人"。与此同时，富裕起来且工作繁忙的中国人，也把春节当成了外出旅行的好时机。有人期待回家寻找更浓的"年味儿"，也有去到没有春节气息的地方放松。流动的中国由流动的人群为基本特征，回家与出行的"对流"便是"转型期"春节文化中的有趣景观。交通条件的改善既带来行动的便利，也造成更大数量的人潮涌动。

幅员辽阔的神州，传统深厚的中国，千姿百态的民间文化，十里不相同的生活习俗，让春节这个中国人共同的节日承载和包含了太多内容。现代化的提速，生活水平的提升，行为观念的多样化，交通条件的改变，信息渠道的无限拓展，让当代中国人过上了更加色彩纷呈的春节。只要人们对春节的快乐追求没有改变，对生活的信念、现实的执着、未来的期许没有改变，春节就永远是全体中国人的辉煌时刻。欢乐祥和是中国春节不变的主旋律，团圆敬孝是中国春节的动人篇章。春节文化的"转型期"或许还需要很长时间，现代与传统的嫁接本身就是春节文化当代魅力的生动体现。我们需要在生活的进程中探寻春节文化的"抓手"和"标识"，让中国的春节成为世界性的重大节日，成为向世界展现中国风情和中国人美好生活的风景画。

对话与述说的意义

自上世纪 90 年代以来，对话体在文坛上开始流行，各类访谈、对话，研讨会、文学沙龙纪要的发表，让文学对话成为一种特别受人关注的言说方式。今天的中国更处在话语无边无尽的时代，对话的鲜活性被博客、微博等私媒体抢去了风头。但就一个作家、批评家的文学观整体表达而言，对话、访谈仍然是最恰切的言说方式。

事实上，文学在很多时候是对一个人言说的文字记录。文学史上不乏这样的先例，如孔子的《论语》是孔子独白絮语的书写，也是他与学生对话的记录。正是这种特殊的"文体"，让《论语》承载的深厚内容，多以急智的言说而不是深奥的论述传承下来，成为儒家文化既通俗易懂又深不可测的文本，因而在几千年的历史中，在懂不懂哲学、有没有文化、识不识文字的社会各阶层中产生广泛而深远的影响。在西方，柏拉图的对话录《斐多》，对哲人苏格拉底就义当日关于正义和不朽的讨论，影响深远，堪称经典。而《歌德谈话录》则是伟大作家通过对话和自我言说的方式，对哲学、宗教、文学等问题的通盘论述。上世纪 80 年代，大凡热爱文学的中国读者，少有没读过此书者。

以轻松、易懂的方式展开对理论、创作的论说，用朴实、亲切的语言表达创作者和研究者深邃的思考，以漫谈、随意的语调把一个思考者的态度、感情、困惑、疑问传达出来，这是对话体最为鲜明的特征，也是其吸引读者阅读、愿意在倾听中与之交流的原因。

摆在读者面前的这本书是一册对话体文集。其中的主体，是活跃在中国文坛上的著名作家、资深的文学理论家和评论家，也包括部分影视和舞台艺术家，与之对话者是他们的学生、媒体记者或文学评论家。这些文章均发表在《文艺报》上，是近两年来这份以文学艺术评论为主的报纸，在不同版面上策划并发表的对话与访谈文章。在"对话"一辑中，主要是在近年来有新作品问世并产生相当影响的著名作家，同关注当代文学发展并对该作家创作颇有研究的批评家之间的对话。作家与批评家相互激发、相互补充，在呼应与辩论中，就相关的文学思潮、观念与创作得失、优劣等问题进行切实的探讨，对读者认识作家创作的心路历程，了解当前文学思潮发生的新变化，都有相当的启示价值。在"访谈"系列中，主要集中了对部分中国当代资深理论家和评论家进行的专题访谈。他们或谈个人的文学研究与评论经历，或评说某几个值得探讨的理论与学术问题，都是在研究与评论领域里默默爬梳、研读几十年的学者的肺腑之言，对后学者继续前行不无裨益。"印象·述说"里则展现了文学之外其他艺术门类的一些实践者的访谈，其创作甘苦的倾诉、艺术观念的表达，同样值得重视。

对话、访谈是《文艺报》近年来努力加大的文体，是让文学观念以更加容易接受的方式传递给读者的尝试，是作家创作实践之余对相关文学问题的另一种表达，是理论家、评论家更显有的放矢、更为直接明了的思想阐述；同时，也是见证了批评家、媒体记者与作家、艺术家保持沟通、交流的恰当方式。

作家要做甘于寂寞的耕耘者，理论评论家要有坚守书斋的定力，但他们也都需要走出门来，与朋友、诤友一起畅谈，相互倾诉，相互倾听，互相辩论，互相激发，让灵感和思想在轻松、愉悦中碰撞，以保持信息的对称、知识的拓展、感情的饱满、思想的活跃。文学创作、理论评论，是面壁虚构的个人创造，是书海寻路的坚守坚持，但同样可以是一杯清新的下午茶，在悠然自得中，在热情交流中，体会创作、读书、思考的另一种美。这本《文学下午茶》出版的理由，正在于此。希望读者喜欢，期待更多的同道加入，让我们把这杯茶，这种言说方式"续"下去，继续下去。

（本文系为文艺报社编辑、青岛出版社 2013 年 5 月出版的
《文学下午茶》一书所作序言。）

短篇小说的命运与机遇

鲁迅在《近代世界短篇小说集》序言中说过："一时代的纪念碑底的文章，文坛上不常有；即有之，也是大部的著作。以一篇短的小说而成为时代精神所居的大宫阙者，是极其少见的。"这段话切中了一般人心目中对"大作品"的认识，即长度决定份量。今天，在人人都谋求拿出"扛鼎之作"的途中，短篇小说自然很难入人们的法眼。加之图书市场本身的规律，一个人的作品集在影响力和传播力上远不及一部专门的厚重长篇，出版机会、改编机会大都集中在长篇小说上面，短篇受人冷落就成情理之中的事情。近十多年来，似乎只有长篇小说可以和一个作家的名字紧密相联，短篇小说只是证明一个作家还在持续创作的"旁证"。在一定程度上，短篇小说成了成名作家长篇创作之余的"小夜曲"，或是初入文坛的青年作家的"练习场"，短篇小说在文学史上曾经占有的重要地位很难再现。短篇小说拥有的独特艺术魅力，短篇小说体现出的作家创作艺术纯熟度，很少再有人津津乐道。

为什么生活节奏快了，阅读时间少了，但短篇小说却没有成为乘势而上并更加受人关注的文体？实际上，我们失去的不是阅读的时间，而是欣赏的耐心，"借一斑略知全豹，以一目尽传精神"是短篇小说特有的艺术特征，然而这种特征似乎并不能引来更多人的追踪，反而成了被疏漏的原因。尽管如此，短篇小说在有志于文学创作的作家心目中，仍然具有崇高地位，短篇小说也是支撑文学刊物生存发展最重要的文体。今天，短篇小说可能很难再有五四新文学时期、新时期文学初期那样的冲击力和影响力，但它在平静中继续繁盛，依然是文学领域里作品数量最多、参与作家人数最广、发表频率最快的小说体裁。短篇小说不乏优秀之作，需要的是人们发现的眼光和欣赏的耐心。

新世纪十多来年，中国短篇小说通过刊物发表、评家推荐、评奖评选、结集出版等途径，不断地涌向读者眼前。从这些作品中，我们可以看到一个小说家在创作上渐趋成熟的印迹，读出他对艺术的尊重、细节的追求、机巧的琢磨、故事的裁剪、情感的控制，以及语言风格、地域风情和小中见大的寓意内涵。在短篇小说里，我们可以看到大时代中细微的生活点滴，以及这些点滴闪烁着的时代大潮的光影。一个作家的美学抱负和文学理想，并不一定非得通过体量庞大的作品才能得到证明，他的执着追求和天赋才华，或许正更集中地体现在短篇小说中。各类文学评奖中，短篇小说也同样有得到奖掖的机会。

从五四到新时期，举凡历史的巨变、社会的转折期，文学总是担当着推动社会思潮的先锋作用，短篇小说又总是其中的"急先锋"。从文学体裁上讲，短篇小说都扮演了极为重要的角色。今天的中国，人们的生活五光十色，内心世界丰富多样，观念意识复杂多异，特别是人们获得人间世象的渠道越来越多样、越来越便捷；同时短篇小说可以开掘的题材、可以表现的对象越来越多，提供新意的机会也就愈加困难，因此小说家们都在努力做出自己的独特表达。但我们也应看到，小说创作离人们对生活之谜的揭示要求还有距离。比如，农民工进城是近年来小说创作特别是短篇小说创作中的相对比较集中的题材。但这些作品大多不离开表达两种主题：农民工进城后遇到的生存困难，城乡人之间观念上的冲突和被歧视的遭遇，以及农民工进城后情感生活的缺失，男女农民工之间的感情碰撞，在"同居"生活中互相获得精神上的"取暖"，最后又黯然分手，各自回到原来的生活轨迹中。这种题材处理和主题表达方式，都存在一定程度的趋同化倾向，故事的新意、作家独特的发现、情节的精妙很难显现出来。值得欣慰的是，不少颇具才华的青年作家致力于短篇小说的创作，已经具有相当知名度的作家也没有放弃短篇小说创作，短篇佳作不断涌现，短篇小说正在迎来一个值得期待的明天。中国短篇小说一定会在日益多样的文学格局中，在文学创作、传播的途径不断变化的过程中，保持自己独立的思想品格和艺术价值。正如鲁迅所说："在巍峨灿烂的巨大的纪念碑底的文学之旁，短篇小说也依然有着存在的充足的权利。不但巨细高低，相依为命，也譬如身入大伽蓝中，但见全体非常宏丽，眩人眼睛，令观者心神飞越，而细看一雕阑一画础，虽然细小，所得却更为分明，再以此推及全体，感受遂愈加切实，因此那些终于为人所注重了。"我们期望，这样的"注重"能够一直延续下去。

今天的文人丢失了什么

那天，我上火车前，匆匆忙忙从书架上抽出一本书准备路上闲时阅读。犹豫再三，提取一册老旧的《古文观止》。路上还真翻读了几篇妙文。读书真的是很奇怪，年龄、心境不一样，读书时的看点及其评价角度都会发生变化。有人说这是一种读书的深化过程，我倒也并不完全同意这种看法。但的确很多想法不一样了。所以我有兴趣对你讲一下那天途中闲读《滕王阁序》的一些想法。

《滕王阁序》全称《秋日登洪府滕王阁饯别序》。"饯别"，就是受邀吃饭去了，而且是在滕王阁这个奢华的"形象工程"里面。通读全文，我发现，语词华丽的《滕王阁序》，其实包含了三个方面的内容，同时也体现了三层含义。一是对这场盛大宴会的描述，对主人的感谢之情；二是对滕王阁胜景的描绘和盛赞；三是作者以一个文人的姿态抒发了个人报国无门、郁郁不得志而又坚持真性情的内心想法，这些想法有点像个人牢骚，更有一种人文情怀。这就看我们如何解释了。

我的联想是这样的。我们究竟丢掉了哪些文学传统？何谓文学的真实？比如王勃的这篇名文，其中最精彩的华章是对景物的浓墨重彩般的描写，对仗之工整，辞藻之华美，文学史上也属少见。"落霞与孤鹜齐飞，秋水共长天一色"两句，更是成为千古绝唱，是纯粹写景的经典。但我今天重读《滕王阁序》却更看重另外两个层面的描写。一是不吝笔墨对"俗事"进行交代和叙述，二是对个人情怀的真切表达。我以为这正是今天文人所缺少的。文中有一个特殊的人物，叫阎伯屿，此公时任洪州都督，是个纯粹的官员。我们知道，滕王阁本来就是唐高祖李渊的幼子李元婴，一个无心问政而专好附庸风雅的公子在任洪州都督时修筑。到了阎某上任此职，他重修滕王阁并在其上大宴宾客，王勃是在省父途中路过洪州，有幸参加了这次宴会。

按理说，王勃即使要为滕王阁写序，也应是受景物感染，挥毫写就才是，没有必要而且应当以文人之自觉回避、不屑将阎伯屿这样的"官员"引入文中，破坏文气不说，还显得丧失了文人应有的警觉与清洁。可我们读到的，却是王勃对宴会盛况的称赞有加，是他对"都督阎公之雅望"的感谢。一场由"官员"组织的聚会，王勃却用了比美味佳肴更加豪华的词句进行渲染。作者先后两次写到宴会盛况，也足以说明他对场景的描述并非敷衍之辞，他是真的为现场的气氛所感染。我在想，我们今天的文人，有谁愿意在自己的文章大肆描写"领导"的盛情，宴会的景象，微熏之际的内心感受呢？

《滕王阁序》的另一层含义更加让人觉得触动心怀。这就是少年才俊王勃，在为官员写就的应景文章中，抒发了自己作为一个文人或曰"知识分子"的情怀与气节。这种明显"跑题"的做法，实在是其自由心态的另一种体现。在写尽了眼前美景之后，诗人笔锋一转，开始了文人情愫的释放。"天高地迥，觉宇宙之无穷；兴尽悲来，识盈虚之有数。""关山难越，谁悲失路之人；萍水相逢，尽是他乡之客。"已经将感情由酒酣耳热的投入逆转到孤独难奈的悲凉之中。请看：

"嗟乎，时运不齐，命途多舛；冯唐易老，李广难封。屈贾谊于长沙，非无圣主；窜梁鸿于海曲，岂乏明时？所赖君子见机，达人知命。孟尝高洁，空余报国之情；阮籍猖狂，岂效穷途之哭？"

写得多好呵。此时，我们已经可以看到一个在众声喧哗中孤独徘徊的诗人形象。他对世俗欢乐的认可和投入原来是如此脆弱和有限。文人的"毛病"很容易翻腾出来。不要忘记这可是吃喝了人家之后，为人家的"形象工程"写的赞辞呵，他怎么能夹带这么多"私货"呢。更有甚者，除了传达一般的文人感怀之外，王勃居然直接写了自己。"勃，三尺微命，一介书生，无路请缨，等终军之弱冠；有怀投笔，慕宗悫之长风。舍簪笏于百龄，奉晨昏于万里。非谢家之宝树，接孟氏之芳邻。他日趋庭，叨陪鲤对；今兹捧袂，喜托龙门。杨意不逢，抚凌云而自惜；钟期相遇，奏流水以何惭。"一个空怀大志却报国无门者的形象跃然可见。

我以为，我们今天很难读到这样一唱三叹的文章了。这些年来，我也在一些风景名胜之地见过一些诗词歌赋，不少都是出自当代文化名人之手。引经据典，对仗工整，盛赞美景，夸耀成就都显得到位准确，可是我们从中读不到一个"我"字。既没有现身于"现场"的"小我"，也不见感时忧国的"大我"，既不愿声言自己应邀而作的荣幸，也不想抒发一点与景无关的"文人情绪"。如果我们把《滕王阁序》划分成"写俗事"、"赞美景"、"抒情怀"三个层面的话，我觉得我们今天读到的很多同类文章，包括一些所谓的"文化散文"，其实是丢弃了两头而只抓了中间，只竭力表达了对景物的描写，而忘了"在场"的感受与远阔的胸襟。不坦荡也不文人，挺没意思的平面写作到处可见，独特的文人情怀不见踪影。

我佩服王勃这样的"青年作家"，即使到文章结尾，他也不忘对当天见到的"世面"表达留恋之情。"呜呼！胜地不常，盛筵难再；兰亭已矣，梓泽丘墟。临别赠言，幸承恩于伟饯；登高作赋，是所望于群公。"但那种物是人非的不可把握，世事沧桑的不可逆转，仍然是盘桓在他心头最大的

"纠结"，正所谓"闲云潭影日悠悠，物换星移几度秋。阁中帝子今何在？槛外长江空自流。"

说来说去，我就是觉得我们今天的人写了很多假文章，失了许多真性情。其实，"讲真话"并不等于讲漂亮话、讲大话，也包括表达对世俗快乐的满足和兴奋，受邀受捧的喜悦和当真。同时，文人的文章应时时将自我带入，这种投入不一定都是在道德制高点上的指点，"愤青"般的指斥，也可以是一种无法追踪时代大潮的落寞感伤，一种无所作为的无奈与辛酸。那才会多一些真正的文采和个性吧。你说呢？

读《论语》识新"知"

　　《论语》是一部大书，片语箴言中我们可以找到所有需要的人生训导。这些穿越几千年历史尘埃的话语，之所以在今天对我们还有如此强劲的吸附力，是因为人的理想追求常常总是那些最基本的东西。它们不可抗拒地出现在每一个时代，我们为它们做了那么多阐释，到最后，大多不过是原初道理的附注而已。先贤的平实话语仍然最具"原创"色彩。

　　新近读《论语》，发现"知"是出现频率最高的字词之一。我本人粗略统计，《论语》使用"知"字近五十次之多。再细读，发现这个字在书中的含义又分为几种。一是最基本的含义，即"知道"、"了解"；另一种通"智"，指"智慧"、"知识"；再一种则带有更复杂的情感含义，即人与人之间的理解、沟通。在《论语》的全部二十个章节里，每一个篇章里都有"知"在其中，尽管含义不完全相同，但"知"字本身贯穿全篇。在这些频繁出现的"知"当中，人与人之间的理解最让人感慨。"子曰：'不患人之不己知，患不知人也。'"（1，16）一个人不要害怕别人不理解、不知道自己，怕的是自己不理解、不知道他人。这个道理正体现着孔子做人的境界。

有时，孔子把这两层意思分开来说，"君子病无能焉，不病人之不己知也"。（15，19）一个人应当更多地关心如何提高自己的能力，而不要过多地忧惧别人不了解自己。"不患人之不己知，患其不能也。"（14，30）讲的是同样的道理。"樊迟问仁。子曰：'爱人。'问知。子曰：'知人。'"什么是知？知就是努力去了解别人，理解别人。

知人，在孔子心目中是个大道理。知世理，提高自己的能力，说到底还是一个"知"字。"子曰：'由！诲女知之乎！知之为知之，不知为不知，是知也。'"（2，17）这一句话中，有六个"知"字，足见孔子苦口婆心地教诲自己的学生如何懂得"知"的道理。"温故而知新，可以为师矣。"（2，11）"吾有知乎哉？无知也。"（9，8）"观过，斯知仁矣。"（4，7）世间的道理，不一定都是书本上的，都应以无知的前提去追求有知。这是孔子的胸襟，也是他谦恭为人的明证。

在《论语》中，"知"有时可通"智"，但就我们从阅读的感觉看，如果以"智"代"知"，语义上还真的会有所不同，因为在孔子那里，这"智"仍然含有"知"的本义。谈论智慧、聪明的话，在《论语》中非常之多。"仁者安仁，知者利仁。"（4，2）"务民之义，敬鬼神而远之，可谓知矣。"（6，22）"仁者不忧，知者不惑，勇者不惧。"（14，28）"君子不可小知而可大受也，小人不可大受而可小知也。"（15，34）此处的"小知"，是小聪明的意思。"唯上知与下愚不移"（17，3），则在说明大智与至愚之人意志最坚定这个道理。

当然，"知"字的含义并不止这三种可以涵盖，更何况我们的理解有时也仅停留在字面上，而无法与先贤内心的诉求相应合。"五十而知天命"（2，4）的"知"意指"认同"，"告诸往而知来者"的"知"则意在"运用"。个中味道，还要我们在阅读中慢慢品味和把握。总之，读《论语》，识新"知"，果然是一种令人欣慰的感受。

没有艺术自觉就没有电视剧艺术

近期以来，电视剧界对电视剧艺术水平的不满之声越来越强烈。从导演到编剧到影视批评家，集中于批评电视剧创作的粗制滥造现象，很多电视剧甚至被炮轰为不忍卒看。这不是对中国电视剧艺术发展的全盘否定，而应看作是中国电视剧从业者的一种艺术自觉的信号。

近日，电视剧导演张黎、编剧刘和平连续发表言论，批评粗制滥造已成为国产电视剧的通病，正切中了电视剧艺术最根本的问题和痼疾。目前，国产电视剧以每年上万集的速度生产，而且在制作成本上一再创出"新高"，成为所有艺术门类里耗资最大、投入最多的领域。电视剧在观众中的影响力也是最强的，但作为一个独立的艺术门类，不少电视剧创作重点在于寻找"市场需求"，迎合想象中的观众欣赏"低点"，却很少在艺术上进行大胆探索，把精致的艺术作品、艺术家的艺术理想的投注视作终极目标。客观上这是因为电视剧是"赔不起"的创作，必须适应当下需求，保证多台播出、多轮播出，但创作者主观上的问题、把精致的艺术创作和大众审美之间的契合作为创作突破点还没有成为共同追求，使得电视剧成了同质化现象最严重的创作领域。从题材选择到价值观表达，从剧本创作到导演和表演，雷同与"似曾相识"现象时有所见。

电视剧作为长篇艺术作品，把故事演绎作为头等大事对待无可厚非。通常是先设计好一个要表达的主题概念，以及用于表达这一主题的人物群体，然后就集中力量去演绎故事。在故事推进中设置矛盾，在冲突过程中突出偶然性和激烈度，化解结果回归到原先设定的主题框架。然而这些基本套路被反复使用，在一个"大概念"主题下推演无数"小故事"，而几乎忽略细节精彩、轻视语言美感。现在，连从业者自己都无法再忍受这样的情形继续下去，电视剧不能变成无艺术理想、不讲究艺术品质而只用"收视率"说话的创作。

电视剧同所有的艺术一样，应当向精品进发，而精品不是由"故事梗概"和"主题概念"的拼贴构成的。精彩纷呈的细节，精致讲究的镜头语言，生趣盎然、令人回味的人物对话，包括场景、服饰、年代感、人物表情等等在文学和电影里存在的艺术讲究，电视剧创作都不应忽略，只有在艺术创作上的全方位讲究，才能全面提升电视剧的艺术品质。在中国已经成为电视剧第一生产大国的今天，向电视剧要艺术品质，是适时、合理、必要且非常迫切的。

近些年来，中国电视剧不乏优秀之作，不同的作品靠不同的因素在竞争激烈、几近残酷的电视剧播出中浮出水面。

有没有因为制作的精良而被人称道的作品呢？认真考察还是不乏其例。电视剧《长征》《大秦帝国》《媳妇的美好时代》《沂蒙》《暗算》《悬崖》等在观众中引发热烈反响，甚至走向海外华人的电视剧"市场"，靠的不仅是题材和故事。成熟的剧本、出色的表演和精良的制作，这些必需的艺术要素是其广受欢迎的重要原因。再以《甄嬛传》为例，大约 3 年前，导演郑晓龙不无担心地宣布，自己正在创作一部"后宫"戏叫《甄嬛传》，当时正是"后宫戏"热度过头，扎堆制作而备受批评的时候。郑晓龙一再强调自己是用尽心血在创作一部艺术作品而并非为了赶时髦，但作品难产和被混同为"后宫戏"的忧虑并非多余。然而近两年来的播出情况显示，《甄嬛传》被国内、港台甚至海外观众持续关注，热播、热议不断，国内出现所谓"甄嬛体"，美国有关机构要将其翻译成"英语片"播出。《甄嬛传》靠的不是主题、不是史实，但也绝不是"戏说"，不是刻意"穿帮"的"无厘头"。讲故事时不忘细节的讲究，人物对话表达的是细腻的感情，动作也是语言，表情也是对话，穿缀物也是意象，悬念有开始也有收束。正是这种艺术上的"精打细算"，让一部本不被看好的电视剧，在观众中产生持续反响。去年以来，该剧及相关编导演员，在"白玉兰奖"、"中国电视导演工作委员会"评奖等专业评奖中多次获奖，这在很大程度上显示出中国电视剧界对艺术精品的认可。

今天听到的是批评和指责，明天收获的是艺术上的更大成功。中国电视剧创作仍然处于投资热情高、受众期待高、传播平台广、回报频率和比例高的有利环境中。从创作者到专家到观众，共同呼吁创作精致的电视剧精品，共同抵御粗制滥造之作的盛行，预示着这一领域的创作必将迎来一个新的开端。

电视剧的文化生态与电视文艺批评

在中国，电视剧本来是一个新生的艺术品种，但借助电视媒体的强劲地位，电视剧已成为当代中国最具潜力和发展势头的艺术门类。尽管在成长中曾遭遇过很多质疑，但它的社会影响力却是所有其他艺术种类不能比的。从文学界来说，人们起先看不起电视剧，认为它同通俗文学一样，是与艺术要求相去甚远的"肥皂"泡沫。这种看法从理论上讲现在仍然存在，但作为一种成见已经消失。电视剧正以其强大的社会影响力、不断出产的新作品成为公众文化生活重要的组成部分。相比较而言，电视文艺批评仍然滞后，人们还没有为这个新兴的艺术门类做好足够的理论准备，电视文艺批评的土壤还不够丰厚。研究和分析电视剧的成长和发展经历、原因，探讨加强电视文艺批评的重要性和紧迫性，正是摆在我们面前的一项必要的任务。

一、"双向要求"成就了电视剧

电视剧的大众娱乐性和复杂的评审机制，使这一艺术形式较长时期以来并不被人看好，简单的主题，对现实的回避，雷同化的创作让人观之无味，而对一些重大历史题材的处理也通常失之单调，往往低于人们的常识认知。于是古装戏盛行，而这些戏里又通常会出现正剧不足、戏说更流行的趋势。

然而今天的情形明显发生变化，电视剧通过大量的作品和社会上的良好反响，在市场上的成功以及对众多电视台的节目和广告支撑作用，逐渐成为群众文化生活中最主要的艺术品种。

电视剧在其特殊的生长环境中造就出一种独特的文化生态，这就是下要对得起观众，对他们产生足够的吸引力，上要经得住专家审核和部门通过。这种特殊的生态使电视剧的主创者不能将电视剧的创作和制作作为艺术实验品来操作，他们必须时刻将大众需求及审美趣味作为创作中必须认真对待的目的，否则失去大众的剧作是没有生存可能的。这就决定了电视剧这个高投入的艺术制作同作家的小说，舞台上的话剧甚至电影都有明显区别，它是玩不起的艺术。同时，主创者还不能一味向下取齐，内容过分的流俗不但不适合以家庭为主要观看方式的电视观众，更不能通过相关部门的评审，所以从主题选择到故事情节，包括人物语言等等，都必须在这样的双向要求中寻找支点和突破点。这种双向要求使电视剧成为当代中国最具难度的艺术创作，而我们知道，当代中国各类艺术不是缺少好作品，最缺少的恰恰是有难度的创作。随意而为、孤芳自赏已经成为很多艺术门类的普遍弊病。电视剧因此在严肃性与通俗性之间找到了一个很好的契合点，促使这一领域出现许多艺术性上乘、能够反映历史真相和时代要求的好作品，也从中让人看到电视剧领域足够的智慧和艺术才华的表现。

二、难度使电视剧成为有意味的创作

上述所谈到的难度，让中国电视剧创作者不断地在实践中探索一条可上通也可下达的路径。这其中有过很多曲折和失败，但成功的作品却在主题意味和艺术内涵上达到了令人信服的地步。举一个例子，电视剧《红色摇篮》是我近期看到的一部非常优秀的电视剧，我并不认为它在每一个部分都已臻完美，但对其选材和开掘的到位程度却深为认可。剧中出场的人物大多是中国现代革命史上的著名人物，有很多还是领袖人物，这是很难出新出戏的选题。然而我们却看到了足够的戏剧性情节，而且在历史的真实、艺术的激情方面颇具表现力。我认为，其成功的原因在于，剧作的选材精巧，即1929至1934年间苏区的革命历程，这是毛泽东尽显其独特的军事才能的时期，也是其政治地位最不稳固时期，他不但要领导军队与敌人作战，同时还要面对来自党内的左倾冒险主义的打压。于是，毛泽东的形象具备了故事复杂、内心复杂、思想复杂的特点，人物形象天然地饱满了。这部剧可以说是愈演愈烈，观赏性和思想性都是随着剧情的推进而让人认可，在主题开掘上它回答了很多令人深思的问题，让人通过剧情而理解了毛泽东的内心世界和政治军事思想。我以为主创者这种选材方式非常好地体现了他们在故事可看和主题正确之间找到的生长点，可以说匠心独用。

其实，这几年我们经常可以从一些成功的电视剧当中看到这种可谓良苦用心的艺术选择，即比如《潜伏》。其实我们仔细想一下，这是一部什么样的戏呢？革命战争岁月的主旋律？历史真实基础上的正剧？官场黑幕？说实话，都有，都不完全是，它像一个多面体，在不同的有色眼镜里呈现出不同的色泽，都真实，都不完全真实。余则成是一个革命者，舍生忘死，深入虎穴，主题正确立住了，但剧中我们更多看到的是"天津站"里的明争暗斗，剧情具有强烈的紧张感，台词也具有多义性。它是少有的如小说一般的电视剧，为观者提供了多角度的理解空间，主题具有相当的松动性。这也是这部剧可以受到各方面人士认可的原因。

三、电视剧文化价值的提升途径

我以为，中国当代电视剧已经形成了相当成熟的文化，在有难度的创作中反而常常能达到其他更为自由的艺术形式难以达到的成就。今后相当长时间，电视剧仍然是中国最吸引人们注意，也最有可能全方位获得效益的艺术种类，其独特的文化生态正在走向成熟。

电视剧文化价值的提升是一个很好的题目。我个人不成熟的思考，认为电视剧应当从以下几个方面寻求文化品位的增加。

一是高度重视一剧之本的作用，强化电视剧的文学性。电视剧是场景、对话非常复杂的有长度的创作，高容量和超长度决定了一剧之本在其中的重要作用。成功的例证也说明，有没有好剧本是电视剧成功与否的关键因素，电视剧本的文学性是电视剧的生命力所在。为什么文学名著改编的电视剧、作家创作的电视剧更有影响力，更能得到领导、专家和观众的普遍认可，文学性是很重要的原因。古今中外的事实证明，戏剧原本就是文学的一部分，文学界和影视界都应有这样的认识。《文艺报》于近期开展"剧作就是文学"的讨论，就是着眼于这一话题进行深入探讨。

二是要勇于在题材选择、主题开掘上作足文章。艺术家要有能力在创作中融入独特的文化思考和价值评判，电视剧《大秦帝国》就是很好的例子。这部改编自孙皓辉同名小说的电视剧，在对商鞅的历史作用、人物性格以及命运结局方面做了大胆改编，其结论同《史记》等史书的记载都有不同，明显加入了创作者的价值评判。我以为只要符合艺术真实，在剧情上具有合理性，经得起观众拷问，能够更加表达当代人的理想信念，艺术家的个人好恶就有可能升华为一种文化价值。

三是要在表现生活真实的同时揭示生活的真理，表达正义和理想。人物故事应当有一种命运感，这种命运感是启人思智的文化思考，是一种对正确价值观的确立和坚守。目前有的电视剧在展现生活方面基本上合乎情理，但缺少对普遍价值的追问，某种题材只对某类人群有影响力。这是缺少文化内涵和思想震撼力，缺少艺术感染力的真正原因。

四、加强电视文艺批评的思考

在此情形下，加强电视文艺批评，从理论上对电视文艺批评，对电视剧创作进行分析研究、针对具体作品展开深入研讨和评论，已经成为一项十分紧迫的工作。关于加强评论，个人有一些不成熟的思考。

首先，应强调电视文艺批评的实践性。中国已成为世界上生产电视剧最多的国家，电视剧在大众文化生活中所占分量可以用最重、最大、最具影响力来形容。当一种创作题材成为热潮的时候，我们会发现，一大批跟风之作会相随而至，按理说，电视剧无论从创作周期、制作成本、传播途径方面，比起文学作品需要更长周期、更多条件，形成一种风潮实在很难。然而我们知道，从十年前的古装戏到今天的碟战剧，尽管时有质疑，但仍然屡屡产出。在批评这种一窝蜂现象的同时，我们也应看到，一是如此热衷、如此迅速地创作和生产，正是电视剧创作活跃并得到各方面支持（包括社会资金支持）的一种表现，二是这些类型特征明显的创作中，其实并不乏可圈可点的好作品。

在此情形下，电视文艺批评面对着最大量的、鲜活的批评对象，可以探讨的现象，可以总结的经验，可以提出的问题也非常多。实践性是电视文艺批评最需要建立的一种批评原则。不要一味地、笼统地批评某种现象，针对具体的电视剧作品，也不能只是就事论事地加以描述性评价。应当把电视剧创作的特性、电视剧创作走向，电视剧与大众文化之间的对接关系纳入评价视野，力求使批评对创作有所影响。

其次，应加强电视文艺批评的专门化。无论如何，电视剧在中国还是一个新兴的艺术种类，没有多少历史承接，同时也少了传统的约束和经典作品的影响的焦虑。比如在文学界，就经常有人会问甚至是质问，什么时候才能出现《红楼梦》这样的伟大作品，什么时候才能再出现一个鲁迅这样的伟大作家。电视剧创作没有这样的负累和标高。

但同时，电视文艺批评也同样存在理论体系建设尚不完整，经典理论并不深厚的情形。目前，电视文艺批评在理论上和价值观念上，过分倚重文学批评理论。这自然是相通且合理的，但电视艺术的特殊性应予充分考虑。比如我们的电视剧批评，针对作品的题材、主题讨论较多，价值观上也以对文学作品的要求同等对待，所以很多时候我们的专门评论，与大众的认可程度不能对应，这种对应性并不是指人云亦云的正比例发展，而是指对一种艺术门类的特殊性的充分尊重、受众范围和接受目的的对应思考。国外的艺术评论在专门化方面的经验值得借鉴。法国的罗兰·巴特、美国的苏珊·桑塔格都是杰出的文学批评家，同时他们对电影等其他艺术的批评也颇具权威性。他们的影评有一个很重要的特点，不是把自己的文学批评理念照搬到电影批评上来，而是充分站在电影这门视觉化为主的艺术的角度，在理论上进行深入分析讨论，得出的是更加适合影视艺术的结论。我以为，从事电视文艺批评的人应当具有这样一种自觉，为电视艺术寻找自身的理论体系，建立独立的批评话语和评价标准，要把电视剧创作作、生产、播出的长度、难度、广度，电视剧创作中的光影技术及其他科技含量考虑进来。

电视文艺批评的生命力

中国电视文艺发展非常迅速，它的形态纷繁复杂，或者是现象，或者是作品，都有非常多的内容可以评说。这对电视文艺批评就提出了一些很高的独特的要求，加强电视文艺批评是一件非常必要也十分迫切的任务。中国电视文艺批评应从电视文艺本位出发，做一些切实的工作。

一、电视文艺批评应对电视文艺进行门类划分，并就其各自的艺术特点和欣赏特点进行定位分析。以电视剧为例，中国已发展成为全球第一电视剧生产大国，电视剧的创作，它的生产，它的制作，包括它的播出，已经形成了某种可以追寻的规律。这些规律既有电视剧美学的共有特征，但是也有制作播出等等方面的动态性变化，这些规律以及规律当中的这些变数，值得电视文艺批评去进行学理分析。

同时，对每年大量生产的电视剧，应该进行一些类别的划分。从题材类型、篇幅长度等方面，都可以从不同的角度来进行划分。就像从事文学批评的人，诗歌评论、小说评论、戏剧评论，其实各自都有自己的批评话语和批评理论，在一定程度上并不算同一个行当。我们应该意识到，即使做电视评论，其实面对的对象有时候也是完全不一样的，而目前我们统称之为电视文艺评论。如果进行有效划分之后，则可以为电视剧的优劣、高低，可以提供一种评价的标准。我们从事文艺评论，不光是面对一个作品，就事论事说好、说坏，而是说我们其实在这个过程当中应该为我们批评的对象建立一个评价标准。当我们笼而统之地说我们做电视剧评论的时候，其针对性有时候是模糊的。比如开过很多关于电视剧的研讨会，但是往往给人一种感觉，这些作品达到的美学高度是一样的。如果某部作品题材有优势，就重点讨论题材，如果类型上有优势，就讨论类型，或者说主题重大，就着重讲主题。一部反映当代农村题材的电视剧很可能拍的很差，我们就完全可以说现在这个电视剧都是什么婆婆妈妈，难得看见基层或者最广大农村的现实生活，大家就开始绕着这个话题来评说，这样就很难产生一个可以供大家参考的评价标准。其实，某一类型的作品应该拍成什么样，应该具有怎样的品格，才能既被专家接受，同时也能为观众所喜欢，这些方面还有很多探讨的余地。如果没有一个提供的标准，不太利于我们电视剧批评的整体的判断。

二、电视文艺批评应该扩大范围，为电视文艺的艺术品格提升，美学内涵的丰富，进而对观众的审美意识和欣赏水平的引领和提高提供必要的基石。目前，除了电视剧之外，其他电视文艺如综艺节目、晚会、演艺比赛，包括近期比较活跃的纪录片的制作播出，有很多内容值得电视文艺批评去关注和评论。如果我们的批评能够及时追踪，并且有效地评论这些作品，对中国电视文艺的整体发展会起到积极作用，而我们今天所说的电视文艺评论，基本就是针对电视剧的评论。

三、电视文艺批评还应该在展示平台上和它的对象产生对位。由于传统的影响，电视文艺是非常活跃的，但是我们的批评好像声音有点弱，一个很重要的原因是因为平台不对位。观众看到的是电视，当他要看电视批评的时候，他必须得去找杂志，找报纸，这是两种不同的载体。也就是说，电视是很新鲜、很活跃的媒体，而你要找关于电视的批评的话，你必须到平面媒体上才能看到，这是不够的，影响了批评声音的及时传递。电视台应当把电视文艺批评更多地引入到自己的节目当中，使它成为电视节目中的一个重要组成部分，电视文艺批评才能够真正最大化地发挥效用。总之，平台的对位，也是一个非常必要提出的问题。

青歌赛：传承与创新的艺术舞台

第十五届全国青年歌手电视大奖赛刚刚落幕，作为我国发现和培养声乐人才的传统活动，青歌赛是在中国改革开放的进程中诞生、成熟并在不断创新中发展起来的一项重要赛事。依托中央电视台的影响力和辐射力，汇集全国各相关单位广泛的推荐程序，邀集国内富有艺术成就、演唱经验和理论水平的专业人担任评委工作，青歌赛是检验全国青年声乐人才及其艺术水准极具说服力的平台，是广大喜爱声乐艺术的青年才俊的展示舞台，是全国广大艺术爱好者提升艺术素养、欣赏优秀艺术的重要渠道和窗口。

时代生活日新月异，艺术发展带来的新现象目不暇接，青歌赛保持传统地位和在艺术青年中的吸引力不能仅只依靠媒体和"权威"这样的概念，改革是必须的。为了适应这种变化，本届青歌赛在多个环节上做了相应改革，力求在严肃性和观赏性、专业性和普及性、权威性和亲和力之间达成协调。在近两个月的赛事过程中，台上台下进行的其实是一场关于艺术本质、艺术发展、审美判断的观点汇集与理论辩析，激发起人们对声乐艺术发展的多方位思考。

一、全媒体时代的立体"比""拼"

即使是集"青年"、"歌唱"、"电视"这样的多方位优势，青歌赛同样面临许多新现象、新情况的挑战。首先，青年歌手的展示舞台发生前所未有的改变，歌唱者施展才华的空间更加广阔，更具多层次、多形式。就"声乐比赛"而言，全国数家省级卫视纷纷推出各具特点的演唱比赛，这些比赛突出"秀"歌手和歌手"秀"，强化娱乐成分，夸大现场比拼氛围，以提高对观众的吸引力。这些节目并不看重长态效应和可持续性，而是注重及时性。其社会影响力各不相同，评价不一，但已为很多人熟知。即使就央视这个平台上，也有不同的节目让许多名不见经传的演唱者，以"选拔"、"竞赛"的方式登上舞台。所有这些，对青歌赛已往具有的"唯一性"形成消解，对其"权威性"形成冲击，青歌赛必须从自身改革做起，将受众接受作为衡量比赛重要性的指标。

其次，艺术传播的日新月异对任何赛事都形成巨大考验。传统的"比"，权威的"评"都在第一时间、每一个细节上受到苛求式的评判。自媒体既是一个宣传窗口，更是一种监督机制。歌手演唱一止，网评即刻传播，评委优劣评价，立刻要接受网友商榷，或赞同或异议，或击掌或"吐槽"，一个"身份"明确的赛事，必须经受公众直接参与、众声喧哗的现实，这也是其保持生命活力的重要途径。本届青歌赛已充分注意到这一变化，并在保证其传统的延续性、目标的明确性的前提下做出了相应变革。这其中包括选手选拔机制的延展，评委组成的广泛性和轮换制，现场比赛加大对选手文化素质和音乐素养的考核面。除电视直播外，通过网络电视、短信平台和微博互动等形式，形成立体传播与交流机制，使青歌赛更加适应新形势、新条件下的传播特点。这些看似具体的加强与革新，使青歌赛处于在经受广泛"监审"的情形下开展。从现实效果而言，这些举措在很大程度上增加了公众的参与度，保证了赛事鲜活性和开放度，提升了比赛的公正性。这些变革不是一种简单的就范、追逐与"屈尊"，而是在确保其高端品质的前提下做出的有效应对。

二、民族风格的标准与艺术个性的彰显

青歌赛按照美声唱法、民族唱法、流行唱法分组比赛。由于我国艺术院校大量增设，演艺人才推出"不拘一格"，观众审美趣味纷繁新变，青歌赛需要更好地处理坚持和维护统一标准与尊重和鼓励艺术个性的矛盾，这一矛盾突出体现在民族唱法上。民族唱法是具有中国特色的演唱门类，这是基于一个事实：中国是一个幅员辽阔的多民族国家，具有悠久的文化传统、丰富的艺术资源。民族唱法不等同于民歌演唱，但不同民族、不同地域、不同时代的民歌是其丰富的土壤，保证了"民族唱法"确立的必要性。同时，现实的时代进步中又促生了大量歌唱时代生活的歌曲，歌唱生活、展现心灵成了当代中国艺术的主旋律，这也为民族唱法的必要性、必须性以及当代性提供了保证，提出了要求。

在本届青歌赛的舞台上，在评委们的点评中，在观众的热议中，这一矛盾关系或辩证处理的关系更加突显：如何处理好歌曲演唱的规范标准与尊重鼓励歌手充分展示艺术个性？民族性、地域性要通过曲调掌握、方言运用以及乐器使用等手段，显示其原汁原味，新的民族歌曲要高扬时代性和现实感，抓住歌曲精魂，将欣赏者带入到歌曲描绘的情境当中。但这种对"共性"要求的演唱势必会引来业内人士的警觉，即千人一腔、千人一调，难以区分不同选手的不同风格。尊重民族歌曲在传唱中的韵味，需要演唱者在艺术处理中独显匠心而不是暴露匠气，这是一个理论上和实践中需要随时去面对和处理的矛盾与难点，扩而言之，还涉及到艺术院校对学

生的培养问题。当代中国艺术发展百花竞放的今天，专业人士具有了这样一种艺术自觉，既希望传统得以继承和弘扬，又希望欣赏到具有个性的艺术表现，使二者完美地融合为一体。

美声唱法是"舶来品"，培育和生长在中国乐坛的土壤中，它同样有一个"标准化"和民族化融合的课题。西方经典歌剧的演绎是美声唱法演员的基本功、必修课和专业水平的重要见证，而现当代以来的中国乐坛，也创作、传唱着很多具有中国风格、中国韵味的歌剧和同类的歌曲。如何既保持美声唱法的规定技巧，又能够在民族性的体现上加以自我调整，这其中的标准、分界、融合度究竟如何掌握和评判，这一问题也是美声唱法学习者增多，中国式美声歌曲不断丰富的今天需要回答的课题。中国特有的、传统的艺术面临"现代性"转型，以增强当代性，更好地走向世界；从西方引进的艺术形式，也有与中国民族艺术相结合的课题。本届青歌赛呈现的多姿多彩、各具特色，或坚守传统，或大胆探索的演唱，让这些艺术实践中促生出的话题，成为广大音乐人和艺术理论家们必须面对的命题。

三、唱出心声，唱出个性

如果说民族唱法、美声唱法的"科班"性质比较突出的话，在当代中国，流行歌手具有更多的成长空间和自发、自如生长的特点。流行音乐是与时尚潮流更加切近的艺术形式，是一个时代生活时尚、观念意识、价值选择、情感倾向的表达与体现，它兼容并蓄，不拘一格，具有更加广阔的受众群体。

流行歌曲的演唱面临多种选择，演唱者根据环境、时代、个人趣味、感情诉求做不同的艺术处理。简而言之，演唱一首经典歌曲，需要演唱者努力向经典韵味接近、靠拢，让听者在通过欣赏的过程中获得怀旧的满足，激发起人们对特定时代生活的记忆。演唱一首原创新歌，需要演唱者能够通过感情表达和音乐韵律，引起欣赏者的共鸣和喜爱，进而学唱，使之传唱，成为一首在街头巷尾、城市乡间流行的歌曲。演唱一首时下正在流行，人们耳熟能详的歌曲，需要演唱者对某一热唱歌曲进行有效的个性化处理，既尊重原唱，又能够从原唱的影响中走出来，为歌曲注入和生发新的情调，增强其感染力，使之从万众传唱中脱颖而出，带着明晰的个人风格而为听众接受和喜爱。本届青歌赛的流行唱法比赛中，青年歌手们就充分展现出这种丰富性和各具特点的艺术处理，展现出千姿百态的风采。

青歌赛是青年艺术家们展现艺术才华的舞台。它创造欢乐但并不以娱乐为目的，它是一个比赛的场合，更是施展才华的舞台，它鼓励每一位演唱者尽情挥洒艺术天赋，但它更是中国当代声乐艺术的检阅舞台。每一个歌手的演唱风格、演唱水平背后，蕴含和昭示着中国青年声乐人才的雄厚基础和未来发展趋势。它让人们记住一长串新人名字，更让人们看到中国声乐艺术的人才宝库，它让人们熟悉了很多经典、原创的歌曲，引发了人们对相关理论和艺术实践问题的思考，它提高了公众的艺术素养，激发了更多青年的音乐梦想。巅峰对决是强者与强者的对话，更是广大声乐爱好者理想的起跑线。在这个舞台上，观众可以看到当代中国青年的诸般风采，为成功晋级喜悦但不狂喜，比分落后却并不沮丧，仍然可以带着从容和自信去应对接下来的演唱与考核。所有这些，正是艺术应有的内涵，也是一个艺术家应当具备的素质和修养。青歌赛的意义和价值，它的不可替代性，恰恰就体现这点点滴滴中。

电视的能量与文艺的力量

——观电视专题片《绽放的力量》

观看4集电视专题片《绽放的力量》，对我国电视文艺的发展有了更加深刻的认识。专题片紧紧抓住"电视"与"文艺"这两个关键词，清晰生动地讲述了新中国成立以来二者互生互动、不断融合壮大的历程，讲述了"电视文艺"从无到有、从小到大，逐渐成为当代中国人文化生活重要组成部分的历史。

一、中国电视从诞生起就是与文艺同步前行的。新中国从积贫积弱、百废待举的状态中开启航程，在通电、通广播还是很多人的梦想的时候，电视更是个前所未闻或传说中的事。然而，专题片《绽放的力量》告诉我们，从新中国成立之初的1954年开始，发展中国电视事业，已经列入到国家文化发展的战略目标和现实要求之中。中国的确是一个可以诞生奇迹的地方，当代中国人的创造热情，从中国电视的诞生也可见一斑。1958年，甚至连第一代电视节目制作者、主创人员都是在好奇中走向前台的情形下，中国电视迈出了微小而又具有开拓性的第一步。而文艺，就是中国电视的第一个"伴侣"，中国电视的诞生也是中国电视文艺的诞生。这是一个非常有趣而值得记取的事实，它预示了一种历史的开始，而且也无形中应合了国际电视发展的一个主流趋势：文艺是电视节目的核心内容，是电视与普通大众沟通的重要桥梁。让人心生感慨的是，中国电视文艺尽管步伐很小，在当时的情形下影响力也有限，但它却在初创时期就具备了电视文艺的多种发展形态。除了歌舞节目外，小品剧《吃鸡》、电视单本剧《一口菜饼子》的播出，预示了电视文艺由综艺、小品、电视剧为其主体构成的未来趋势。也可以说，中国电视文艺今天的繁盛局面，在其诞生之时就具备了雏形。

二、电视扩大了文艺传播的渠道，增强了文艺的社会影响力。50 年的中国电视文艺发展，从时间上来讲是不平衡的。改革开放 30 多年来，经济社会的快速发展，电视成为中国人文化生活最重要的媒介和载体，中国电视文艺真正步入了迅猛发展的繁荣期，广大民众可以通过电视获取信息、知晓天下新闻，同样也借助电视享受艺术。电视打破了传统的时空格局，城市与乡村的差距在电视收看这一点上似乎被大幅度缩小。只要有电视，就可以欣赏到任何高端的、华丽的艺术表演。文艺表演与电视的结合成为热潮，文艺表演与电视的结合程度，甚至也成了艺术家在受众中影响力的重要标志。电视春节晚会的直播更是成为中国传统节日里最重要的节目。港台歌星的现场出演、海外流行的及时引介，曾经令多少中国电视观众激动难奈。电视里的文艺让中国真正有了流行艺术，开始了艺术的流行，电视这个"舞台"让中国演艺明星有了最广大的受众。

三、中国电视文艺在新时期以来最大的收获和贡献，是电视连续剧的大量涌现。电视剧真正成为一门艺术被人们接受，是最近三十年的事。从欧美、日本、港台引进电视系列剧和连续剧，让观众的欣赏习惯产生了根本变化，长度决定了知名度，曲折的情节，无休止的矛盾冲突，一个接一个的高潮，复杂而多向的主题，家庭、家族的历史变迁，对人物命运的长时间关切，让电视剧成为大众艺术欣赏的新对象和重要形式。中国电视剧也逐渐走向多产，这些年，中国剧走过了不平凡的历程。现实题材、历史题材、军事题材，热点地带一个接一个；经典改编、原创生产，正解历史、戏说历史，电视剧的表达方式各不相同。人们热议、争议，电视剧自身就在这样的氛围中逐渐成熟。一个拥有最大量受众的国度里，一种接受度最高的艺术形式以不可扼止的速度升温、发展。发展到今天，中国已经成为全世界最大的电视剧生产国，年产量以"集"计算已经逾万。特别值得一提的是，中国电视剧在走向世界方面已经取得了不俗的成绩，比中国电影影响力更大。在港台、东南亚，甚至在欧美国家，中国电视剧热播已成常态。

电视剧在中国能够如此持续发展和繁盛，这是人们始料不及的。今天，人们不再把电视剧看作是通俗文艺的一部分，电视剧不再等同于"肥皂剧"，观赏电视剧不再是一种"打发时间"的消遣。反映时代生活风貌，表达普通大众的心声，再现中国革命历史的进程，塑造历史英雄人物，是电视剧创作的主流方向。人们通常会以为，电视剧的广泛影响是由于电视的普及和大众欣赏习惯造成的。其实，任何一种艺术形式，任何一部艺术作品，最终被认可，还是要靠它的内容和表现形式的统一。电视剧在中国之所以保持强劲的发展势头，同样是因为其题材、主题和表达方式的总体成熟。我始终持一种观点，在中国，电视剧之所以有生命力，与其生产过程中的一些特性有很大关系。电视剧是投资巨大、集体创作、集体享受和承担赢盈亏的产品，这意味着，它是经不起失败的创作，哪怕是出于艺术追求的探索。一部电视剧在进入拍摄前就要经过专家的审读，涉及重大题材和历史上有影响人物的，还要经过有关部门的评定。它一旦播出，又要经得起广大电视观众的检验，影响力决定回报率。正是在这种上要顾及"专业"审核，下要经得住群众"追问"的夹缝中，电视剧的创作就变成了一个非常需要审慎、需要预判、需要集体智慧与妥协的创作与生产过程。也正是在这样一种双向考量中，中国电视剧在题材选择、主题确定、形式表达方面，总是在稳步前行中寻找突破。这些年来，一窝蜂的创作现象时有发生，创作中的问题和争论也不鲜见，但总体上看，中国电视剧的创作优势已越来越明显，优秀的电视剧不但为广大电视观众追逐，而且在要求"苛刻"的文学艺术界的专业人士笔下受到好评。现在，电视剧与文学家、影星、歌唱演员高度结合，体现出一个时代的文学艺术创作水准和高度。回看《一块菜饼子》时的中国电视剧，我们能够深切感受到电视文艺在新世纪新时代取得的辉煌成就。

深厚广博的中华文化艺术，作家艺术家的创造活力，为电视文艺提供了丰富多彩的内容。《绽放的力量》生动回顾了中国电视文艺的这一发展历程，例证有力，启人思智。当代中国电视文艺形成了电视剧、综艺晚会、小品、曲艺等艺术形式共同构成的宏大结构，通过节庆晚会的现场直播，引人关注的才艺大赛，中国的表演艺术家们享受到前辈们无从得到的广阔舞台。多种样式、多种技巧以及与高科技优势的结合，百姓的文化娱乐迈上一个新台阶，经济的发展，经济资本向文化事业涌流的热情，让各类电视文艺作品的创作得以可行保证。中国电视文艺，正处在历史的最好时期，与世界各地电视文艺相比，拥有太多不可比拟的优势。现状令人欣喜，前景更可期待。

亲情浓得化不开

电影《唐山大地震》在观众中引起强烈反响，催人泪下几乎成为影片最大的观看效果。在喜剧成风的艺术潮流当中，一部《唐山大地震》让人们在眼泪中看到了艺术作品抚慰和疗救心灵的强大功能。客观地说，《唐山大地震》这个片名是个悬置，影片的内涵其实已经溢出了"唐山"和"地震"的外延，它有自己另外的指向。

这是一部向亲情致敬的电影。在中国，以家庭为单元的亲情，是根基最深，并被高度伦理化、道德化的感情。从古至今，表达亲情是中国文学艺术作品最重要的母题之一，在电影领域也不乏感动人心的好作品。当今社会，人口的高速流动与频繁迁徙，让人在担心亲情因此淡漠与丢失的同时，也强化着人们内心对亲情的眷恋与向往。然而，近些年来，包括电影在内的文艺创作与表演中，这方面的表达却远不能满足人们的要求，甚至出现了对人间朴素亲情采取戏谑式、消解式表达的倾向，小品、喜剧、贺岁片，以及一些文学作品，共同"营造"了这样一种氛围。《唐山大地震》是一部正面的、彻底的直面亲情的电影，在当前文艺创作的大背景下来考察，影片就更显珍贵，具有不可多得的艺术分量。元妮与丈夫、儿子、女儿的至爱感情，幸福在瞬间被撕毁，又在漫长的岁月煎熬中设法重新找回，努力弥合，《唐山大地震》从头至尾都抓住每一个情节来强化痛失亲情、寻找亲情和亲情回归的主题。我说"唐山大地震"是个悬置的片名而不是故事的主体，原因就在于此。

也正因此，《唐山大地震》并非一般意义上的所谓"灾难片"。西方灾难片，特别是表现自然灾难的电影，通常是编导者对人类可能遇到的可怕境遇进行想象性描述，在灾难中考验人性，也见证真情。这类电影同时给人一种印象，即导演为了尽显其制作宏大场面的能耐而专意构想出某种"突发事件"，而《唐山大地震》表现的却是一场现实灾难。影片既有灾难现场的震惊、震动，更有此后几十年心灵深处的震憾、悲伤和感动。真正的艺术家都不会把人物的心灵震颤归之于一场突如其来的自然灾难。《唐山大地震》以一种中国式的表达方式，为中国人既内敛又坚韧的感情世界做了恰切的表达，使其在绵延中促发出无尽的力量。

观《唐山大地震》，人们都会提到"眼泪"一词。我们知道，对于拥有最允分的具象表达优势的电影来说，让人掉泪的因素比其他艺术形式更多。悲惨的景象，悲壮的行动，悲伤的表情，悲哀的心灵，都有可能令观者流泪。然而，对优秀的艺术作品而言，以强化画面的惨烈程度催泪并不可取，因为它激起人的更多是恐惧。《唐山大地震》最让人认可的一点，是影片始终将人物内心的悲伤、忏悔、思念等最能打动人的感情波动调到最浓处，甚至可称浓得化不开，人们因此被真诚打动。可以说，这是一部将场面的悲惨与内心的悲伤合力推向极致的电影。

不过，回想起来，《唐山大地震》让人流泪的元素是多重的。为了让观众的感情不放松，手绢不放下，影片较多通过死亡意象来保持这种基调。唐山地震的死，方登养母的死，追悼毛泽东逝世的场面，以及汶川地震的死，让观众的心潮始终在泪水中涌动。这是一部死亡意象与人间亲情始终相伴的电影，它让人心情无法平静，但也使影片的气氛始终处于凝重状态中。也正是这个原因，我以为《唐山大地震》在情感升华方面做得还不是很充分。母女相见的场景，一家人在墓园里的情节，都是让影片感情基调上扬、主题内涵升华的精妙表达，但由于整部影片气氛多处于凝重状态，所以最后的升华无法充分展现，母女互致忏悔和歉意也让影片主题多了一层情感压力。简单地比喻，方登的表情其实就是这部电影的表情。如果在表达生命的价值和真情无价方面做得更足，如果观众擦干眼泪走出电影院，激起珍惜生命、热爱生活的理念和感情，就会使影片产生更大的情感力量和更加丰富的主题内涵。但无论如何，这是一部中国人用自己的话语方式写下的心灵之歌，是一次艰难而又令人动容的艺术实践。对中国电影而言，它具有多重的启示意义和艺术价值，必会在中国电影史上留下浓重的一笔。

在复杂的背景中再现历史

电视剧《我们的法兰西岁月》，是一部重大革命历史题材作品，同时也是一部青春励志的作品。本剧在认识革命历史和启迪当代青年树立远大理想方面，都具有积极的审美意义。

本剧的最大特点，是通过艺术创作的手法，开拓了建党史上的一大空间。近些年来，电视剧领域借助重大节庆献礼等方式，对中国共产党在革命、建设、改革开放等各个历史时期的重大历史事件，都有形象的表现。《我们的法兰西岁月》是对留学法国的一大批中国青年生活与理想的艺术再现，对中国共产党建党之初在海外的萌芽、发展状况进行了精彩叙述和准确呈现，对党的历史在艺术作品中的再现提供了一个新角度、新视野。

本剧的另一特点，是忠于史实，真实表现其中的历史人物及其作用。周恩来、赵世炎、邓希贤（邓小平）、蔡和森，等等，这些革命先驱者和众多中国青年一起踏上出国留学的路途，他们的求学经历，他们选择为国家、为民族奉献青春的道路是一致的，但他们在当时的学习、生活经历和参加共产主义组织活动的经历又各不相同，他们在其后的人生历程和奋斗经历中所处的历史方位也不尽相同，这对创作者来说是一个巨大的挑战，如何既具有当代视野，又能够站历史的高度客观、真实地再现这一段历史，是一个相当有难度的课题。应该说，本剧的主创怀着对历史负责的态度，很好的完成了这一任务，不粉饰，不拔高，不因剧中人物后来的地位的变化而判断和改变早年的历史。

本剧在认识和教育意义上的作用，是通过艺术地讲述人物故事来实现的，我们在观赏中可以看到艺术家们的匠心。同样是青年，面对革命的高潮与低潮，面对个人的前途与国家民族的大义，选择并不是完全一致的。正如鲁迅所说的那样，有的奋进，有的退隐，有的告密。本剧中除了塑造好周恩来、邓小平、蔡和森、向警予等革命青年的形象外，还成功塑造了宗旭之、林朗这样的人物，他们的选择总是把个人得失放在首位，所以在一些大是大非面前，他们不但没有成为进步的力量，反而成为阻碍、破坏的分子。面对北洋政府启动的"秘密借款"计划，面对中国学生在里昂大学要求入学的斗争，宗旭之、林朗起到就是这样一种明争暗斗、破坏革命成果取得的作用。这一方面告诫人们，同样的中国留学生，所作所为并非铁板一块，人的行为选择是与他们的理想和责任，他们的人生价值观密切相关的。同时，这些人物故事的进入，也大大增强了本剧的戏剧性，使故事本身具有紧张感和主题上的张力，是很有艺术感的处理方法。

总之，这是一部难得的艺术佳作，是融思想性、艺术性与观赏性于一体的好作品。

《借枪》的价值

新时期三十多年来，电视剧是中国文学艺术界成长性最好的艺术品种。它随电视的普及而出现，没有其他艺术门类一样的深厚传统，缺了"家学渊源"的自信，但也少了传承的负累和"影响的焦虑"。它是新时期的新生事物，但又不是以时尚的、先锋的旗号呼啸登场，它长期给人的印象，就是为市井里的闲人们打发时间而制作，在很多文化人的眼里，电视剧就是"肥皂剧"的同义词。然而今天，电视剧却成了人们文化生活里极为重要的内容，好的电视剧产生的社会影响，那些作品中蕴含着的思想分量、社会风貌、生活质感以及艺术魅力，足以让专业的作家、艺术家、评论家甚至历史学家、社会学家反复品评。我也正愿意在这样的背景下来谈一点对于电视剧《借枪》的观后感。

《借枪》是一部非常有价值的电视剧。它具有电视剧应有的很多要素与品质，重大的历史背景，复杂的故事情节，有主有次的人物谱系，随时出现的戏剧性场面和适度的情节冲突与高潮。同时，它还具有舞台剧所具有的特征，即剧情的长度并不靠拉抻时间跨度来实现，《借枪》的故事发生在相对而言较短的时间范围里。空间延伸既不是天南地北地奔跑，也没有满足于反复演绎一个屋檐下的明争暗斗，情节细密，人物交错，具有很强的文学性和戏剧感。同时，作品在表现重大历史题材、表达深沉严肃的主题时，交织着大量鲜活的生活场景，这些生活具体而不琐碎，有趣而不油滑。《借枪》的制作，可称专业而且精致。

由于主创人员特别是导演和原著作者的组成原因，很多人愿意拿《借枪》和《潜伏》比较。我无意做此评价高下的功课，但对《借枪》却有相比较而得出的看法。《借枪》是一部主题正、人物新的作品，如果说《潜伏》容易让人产生是隐喻"机关文化"的"误读"，《借枪》表现的则是共产党人熊阔海出生入死、智勇双全的战斗史。在民族危难的抗日战争背景下，熊阔海及其周围的一群人为了理想信念而斗争是本剧的最大主题。在熊阔海和杨小菊之间，既有他们个人行为方式的不同，更有国共在面对信仰与利益以及智谋与得失之间选择的差异。这场"对手戏"不是相互算计的较量，也不是你死我活的争斗，而是在民族大义与个人荣辱之间的不同选择。本剧对两个人最后结局的处理也令人信服，熊阔海最终成为杨小菊的人生榜样，成为激励他走上正途的力量，使全剧始终保持在重大主题的线索上，而没有跌入无谓的相互争斗中。

熊阔海的家庭生活在剧中也发挥了重要作用。除了枪，"钱"是剧中最大的穿缀物。剧中的熊阔海，没有基本的养家糊口的本事，却有巧妙"借钱"以保持战斗能力的智慧。为了革命，他甚至把妻子最大的财富，一张房契也拿了出来。在表现这些情节时，既是把一个共产党人的境界推到最高处，也把一种乐观通达的生活情趣展现出来，为全剧增添了巨大活力。

在表现熊阔海的抗日行动时，本剧没有为了谍战而忘了抗战。战争的残酷，侵略者的残忍尽在其中。战争在其中不是轰轰烈烈的烟火场面，而是短兵相接的无情与紧张。悬念不是刻意制造出来的，而是随着剧情自然而然表露出来，这正是主创者在艺术上趋于成熟的重要标志。这种"必需性"不但体现在故事悬念上，也体现在剧中的道具都是故事情节的"必需品"。好的艺术作品，就是要做到举凡器物都要成为情节的必要道具。《借枪》在这一点上颇为讲究。一张房契，一把钥匙，一封家书，一张报纸，都在故事的发展过程中逐渐突显出特殊的价值和作用。比如第一集中出现的一把"鸡毛掸子"，看似不经意的道具，却渐渐成了致命的"武器"。这种处理方式，正是古典戏剧和现代小说惯常的手法，也是体现剧作家的机巧所在。

《借枪》还是一部首尾呼应，穿插有致的作品。"砍头行动"贯穿全剧，"借枪"行为一再成为玄机，"借钱"方式别致而有生趣，"借住"情节扩大了人物活动的空间，也产生出许多新的人物和情节。我注意到一些观众和评论者关于本剧结尾的不同看法，如过度的戏剧化是否可信的争论。其实，许多悬念剧的情节都不能用现实中的发生几率去评价。只要紧张感和出人意料处在观看的当时产生了效果，对戏剧来说就是成功的，典型的例子如著名的美国电影《肖申克的救赎》，剧中所有的悬念都基于一个重要支点，即一个试图逃亡的犯人居然在同一座监狱里长达20年独居一室而不被更换。但没有这个也许经不住现实推敲的情节，全剧的冲击力，结尾的爆发点又从何而来呢？我看重的不是《借枪》结尾的真实性，而更在乎这一结尾的处理方式，足以见出主创者将悬念和紧张以及艺术的精细保持到最后一刻，而不像我们通常中所见的许多剧情结尾，大多以大场面、大悲欢匆匆结束。

当然，《借枪》里的一些情节如那本藏枪的词典，还是让人有似曾相见之感，在把握故事走向时，也有一些难免的枝蔓和偏差，至少我个人觉得老满这个人物的加入及其戏份就值得推敲。但无论如何，我以为《借枪》是一部颇具艺术价值的作品，特别是它没有为了达成创作者的用意而损伤了最根本的东西：主题。这对中国的电视剧创作者来说，是颇有借鉴意义的。

《穆桂英挂帅》：历史剧的当代演绎

在陕北和晋北地区，杨家的男儿女子，无不是被啧啧称道的英雄。我自幼生长在晋西北，杨家将的故事在那里流传甚广，从小就如雷贯耳。山西代县鹿蹄涧村有杨家祠堂一座，是本地区民众向这一家族表达敬意的去处，据说每年六月都会在此上演一出大戏，《杨家将》。

我以为"杨家将"有如下特点。杨家将是英雄家族，它是代表和体现"家""国"共同情怀的典范，"杨门女将"是男尊女卑时代一道令人眩目的风景线，非常难得。杨家将的故事是历史真实与传奇演绎互相补充、不断完成的。正是一个家族为了国家的安定、边疆的守卫的英雄故事，家族女子同仇敌忾的巾帼情怀，历代艺术家和人民大众的生动传播，让杨家将成为历史、传奇和戏剧舞台上的可歌可泣、可亲可敬的人物。

作为戏曲的《杨门女将》已经传唱经年，我猜想，相关的故事一定会改编成更具传播力的电视剧上演。果然，39集电视剧《穆桂英挂帅》于近期播出。对于一个融历史真实与传奇于一体的英雄故事，如何进行现代性的表达，这其实是创作的最大难点。电视剧《穆桂英挂帅》走的是略带喜感的路径。穆桂英以"比武招亲"出场，从此开始了她与杨宗保相恋、为保大宋平安挂帅出征的人生道路。故事框架并没有与戏曲和民间传说有太大改变，或者说，创作者尊重了本来的穆桂英形象。关键之点在于，以什么样的方式叙述故事，讲述人生，塑造一个什么性格的穆桂英，既能够让当代观众了解、认识历史英雄的伟业，又能够在充满戏剧性的情节中欣赏到充满精彩和高潮的人生故事。正是基于这样的考量，《穆桂英挂帅》走了把"正史"与"野性"相结合的表达方式，有喜感而不戏说，寻求与当代观众特别是年轻观众相适应的表现方式，又不在情节、场景与语言对白上故意"穿帮"，创作者的良苦用心可见一斑。

穆桂英是巾帼不让须眉的英雄，又是个有血有情的年轻女子，她有武功，有智谋，也有女子天生的性情。她的勇敢与武艺胜人一筹，又会倾心于自己衷爱的男人杨宗保。电视剧沿着这样一条戏剧化路径塑造人物，讲述故事，在轻松愉悦中完成了对以穆桂英为中心的杨家将的历史讲述。寻找传统与现代的结合是这部电视剧的主要追求和突出特点，总体上看，这一追求的目的在很大程度得到了实现。

《穆桂英挂帅》是一个传统中国女性成长并为国效力的故事。传统中国妇女的命运，大多数是祥林嫂式的"做稳了奴隶"和"做奴隶而不得"的境遇，三从四德是她们必须遵守的律令，贞烈女子是各类方志里标榜的女性代表。一般来说，女人和国家是很难搭建起正面关系的。鲁迅先生讽刺和批判的"女人祸国"观，正是对这种文化的痛恨。但我们也看到，历史上，从花木兰到穆桂英，这些封建时代的中国女性里的"异数"，却同样能够为典范，这其实是值得研究的问题。这说明，在文人笔下，在民众心目中，女性同样是这个国家和民族不可或缺的力量，也是中国女性要求自由独立的曲折表达。即使女人的个性张扬还不能被直接提出，但她们精忠报国的行为却仍可传唱，穆桂英就是其中的代表。电视剧紧紧抓住这一重要主题，贯穿全剧始终的，正是穆桂英如何从一个封闭的山寨，走向为国征战的人生历程。在这一点上，电视剧不但没有任何戏说的成分，而且给予了充分的表现。

《穆桂英挂帅》是一部为传统注入"现代"活力的戏剧。电视剧里的穆桂英，最大的"突破"或许就是编导者为其增添的很多具有"现代女性"品质的性格和活力。穆桂英不是一个笑不露齿的妇女，而是一个天真烂漫甚至还有点邪乎的野性女子，她敢哭敢笑，敢怒敢言，无论是在穆柯寨的任性和"统治力"，还是在"天波府"的无拘无束，甚至是在大宋朝廷里的"胆大妄为"，穆桂英都是中国传统女性"异数"里的"异数"。她在穆柯寨居然为自己的父亲"相亲"，在天波府敢于和皇上的公主抢夺相爱的男人，在朝廷里敢于在皇帝面前拒绝下跪。她和"情敌"公主竟然最后变成相知互信的朋友，她对杨宗保的爱意表达完全是一种无所不用其极的姿态和言行，所有这些，都是在刻意突破人们对封建礼教束缚下艰难成长的中国女性的颠覆。

《穆桂英挂帅》是一部赋予传统女性智勇双全、敢于担当、肩担大义、亲历亲为的秉赋的作品。剧中的穆桂英不但擅战，而且具有相当的智谋胆略，以承担起"挂帅"的重任。作品把"挂帅"作为故事的"终极目标"，通过大量的情节故事和细节、人物，让穆桂英向这个"目标"靠近，比较合理地运用了戏剧里的创作方法，吸引观众在寻找答案中领略穆桂英的性格张力和全部人生内容。剧中的其他女性如佘太君及杨家的多位女性人物，穆柯寨的女性"团队"，身居皇宫而一心追求杨宗保的"皇帝女儿"，作品对这些女性人物都给予了相当的表现空间，都直接、间接地表达了她们善良的心性。唯一的矛盾关系就是穆桂英和公主，但在她们的共同努力下，这对不可化解的矛盾关系却最终成为亲密朋友。

如此塑造人物，讲述故事，用意之好不言而喻，重要的是能否通过合理的故事逻辑设计，令人信服的将故事情节演绎下去，既不损伤观众对穆桂英和杨家将已成定格的基本认识，又让观众在赏心悦目中对历史人物有了更加质感、更加生动的认识。应当说，主创者在这方面颇用心思，颇花精力，在历史人物、戏剧人物和"现代感"之间找到了一种较为平衡的叙述方法，分寸得当，有夸张有渲染，使之更加性情彰显，但努力不破坏人物已有的形象内涵和定位。努力让故事生动好看，但不对历史甚至传说故事做大动手脚的改造。

古装戏、古装情爱戏、古装宫殿戏，再加上喜剧感和喜闹色彩，这些年这类影视作品很多。历史剧既需要正剧的宏大表现，也的确需要轻喜的生动表达，毕竟，人们看电视剧是在欣赏艺术，也是在消遣娱乐，如何寻找到严肃与轻松、可信与可看、知识与娱乐之间恰切的结合点，并不是一件容易的事。《穆桂英挂帅》的努力有很多值得总结、给人启示、可以借鉴的经验。这也是这部电视剧在众多同类剧中具有的独特意义和价值。

激活古老神话 展示当代魅力

时代有一时代的文学，神话作为一个艺术创作门类，已经离我们很远。马克思曾经说过，随着人类认识自然能力的提高，神话消亡了，但神话却散发着永恒的艺术魅力。后者才是马克思要强调的。中国是一个有着悠久文明和灿烂文化的国度，中国古代神话、传奇、传说非常丰富。在今天，时代发生了巨变，文学以及各门类艺术创作在创作、生产、制作及传播方面，都因科技因素的深度渗入而发生质变。古老的神话似乎早已成为过去时，进入故纸堆了。然而，情形却大大不同，神话在当代艺术创作中被不断激活，被改写，被描绘，被重新创造，展开新的传播。这是一个有趣的现象，神话本来是人类初期对世界、自然、宇宙的想象性认识与探究，当人们不断用科学的方法征服和求证出答案之后，神话的艺术性魅力却依然为当代人着迷。

大型民族神话电视剧《欢乐元帅》就在这样的情形下和观众见面。首先，电视运用形象直观、充满动感、富于色彩的形式叙述故事，天然地适合神话故事的再现。神话的灵动性和想象力，通过影像形式展现，可谓相得益彰、相映成趣。《欢乐元帅》把中国古代多个神话故事串接起来，以轻喜剧的表现手法叙述故事，以《西游记》为故事的基本框架，加入了诸如后羿、嫦娥、吴刚等等远古神话人物，展开了一个个别具情趣的故事。在神话再创造方面，主创者充分调动电视艺术的特殊功能，声光电技术的大胆使用，也是情景的美感呈现，服饰、道具及情景布置方面的色彩斑斓，都为剧情的推进增添了亮色和活力。喜剧式的对话格调，或许是为了更加适合少年儿童的欣赏口味，也是神话故事最有可能选择的叙述方式。

作为一种艺术创作上的尝试与探索，《欢乐元帅》提供了一些值得分析的经验。当今时代，世界范围的文化交融越来越广泛和紧密，保持民族文化独立性的同时，还要努力使具有独特魅力的民族文化走向世界。而运用现代艺术形式于造民族神话，使其走向更广泛受众，这是非常恰切的途径，也是创作民族神话剧的要义之一。在这些方面，主创者还有很多可以挖掘的题材，可以表达更具民族风格的主题，进行多种艺术探索。在这个意义上，我把《欢乐元帅》看做是一种艺术实践的开始，希望能达到更高境界。

历史纪实与艺术创造的结合

——观电视剧《陕北汉子》

电视剧《陕北汉子》是一部题材独特、主题宏大、风格鲜明的电视剧。在纪念辛亥革命百年之际，以辛亥革命重大人物、重大事件的历史脉络为主题的影视作品担当了主流。但全国的辛亥革命形势，特别是民间的革命力量的发展壮大和历史作用在艺术作品中反映较少。《陕北汉子》是一个很好的补充。当然，《陕北汉子》并非辛亥革命的主题剧。这是一部地方性鲜明的作品，历史的维度也延伸至辛亥革命之后，一直到抗日战争。纪念辛亥革命是其播放的恰当时机。

《陕北汉子》是对真实人物的艺术表现，是历史纪实与艺术创造的结合物。主要人物是历史真名，其他主要角色也有历史依据。但它不是传记片，是具有创造性的艺术作品。从艺术分析的角度，《陕北汉子》具有鲜明的特点。

剧作从民间生活开始，塑造了一个从陕北草根成长为肩担民族国家大义的英雄形象。作品视角始终放在三边县这一地域，百姓生活在贫苦、受欺的危机中，这就使白文焕以英雄形象出现成为必然，而且具有了合理性。剧中准确把握了白文焕这一形象的多样特征，展现了他草莽英雄的情感底色不变，思想境界不断提高的过程。认老理，使其有了群众基础。讲公平，使其获得了威信。他质朴，却没有高远理想；有追求，却没有确定目标和诉求。而他不断走上正确道路的过程，既有大事件带来的思想转折，是革命理想和他朴素追求的结合，更有白文焕在自己的求生、发展过程中对不同政治力量的认识的提高。

白文焕的镖局，他加入的哥老会，都是一股原始力量，它可以是一种正义的力量，但也有可能成为邪恶的力量，取决于各种力量之间的较量。白文焕面对过清朝灭亡、军阀混战的历史时期，也经历了国民党、共产党的斗争角逐。而他最后投奔共产党，又成为共产党紧紧依靠人民大众，团结一切可以团结的力量的结果。

陕北地区天然贫瘠，使个人、家庭以及政治力量对生存的要求非常迫切。剧中对生活物资的重要性时有表现，对还原历史真实面貌具有切实感。第一集里白文焕就去找粮，期间又经历了夺粮、查粮，为了粮食展开斗争等过程。包括吴文贤们为了自己的利益而不择手段，也有现实生存的依据。

《陕北汉子》以民间生活为背景，以草根英雄成长为主线索，以不同政治力量的短兵相接为矛盾冲突和故事高潮为要点，把一个民间故事不断推向涉及民族大义的重大主题。剧作突出的是白文焕个人政治觉悟的成长，更是对剧作主题的一次升华。

白文焕可以说是中国英雄形象中的异数，他也是中国历史现实中的某种代表。在抗日战争胜利 65 周年、辛亥革命 100 周年之际，出现《陕北汉子》这样一部有着浓郁地方气息和生活质地的剧作，是非常值得欣喜的。剧作中的其他人物，特别是吴文贤这样的狡猾、阴毒、不择手段，苟且偷生的本性，很生动，很有戏剧性，是剧作中各种力量角逐的一个不可缺少的点。包括赵元这样有着单纯理想却缺少政治手腕的表现，其秘书以势取人的小人态度，都很有表现力。

　　《陕北汉子》在纪实性、民间性、英雄气质和重大历史题材之间找到了一个很好的结合点，是一部很有启示意义的艺术作品。

周乙的信仰和马迭尔的"范儿"

电视剧《悬崖》热播让"谍战剧"再添新火。这是张嘉译继《借枪》之后再次出演地下工作者。一个在紧张和危险中游走的男人，一个不得不靠"演戏"工作，靠"演戏"生活的男人，一切如常，却随时充满变数。

张嘉译的形象受追捧，暗合了中国观众对"中国男人"审美定位的变化。厌倦了"奶油小生"所代表的"优雅"表象，人们期待一种具有本真色彩的审美塑造，试图读到穿越表象后发散出的睿智和诙谐品质，所以近十年来"丑星"在影视界一路走红。然而，讨厌"奶油"之后是人们对"丑星"们油滑表演的厌倦。于是，张嘉译长相周正但步态随意、身材挺拔却微微驼背的形象，成了新一代中国男人形象的代表。他代表的是既方正又圆通，既有向上的力量，又接着生活的地气，说人话，办大事，有阳刚之气又不无体贴温情。

《悬崖》的另一美感来自以"马迭尔"为标志的旧时代时尚因素。"马迭尔宾馆"是哈尔滨风情的集中体现和最大标志。任何在旧时代中国不可能拥有的优雅生活元素，在这里都可以从容展现，却不失其真实性。与此相关，剧中演员的穿着虽不扎眼但都利落得体，季节的变换也为角色的服饰打扮提供足够的可能。吱吱作响的木质楼梯，俄式陈设餐具的常态化摆设，奔驰老爷车的频繁出现，房子外面的古树，略带坡度的街景，都成了民国时代哈尔滨特殊风貌的写照。这种带有小布尔乔亚和波西米亚风格的场景和气氛，足以撩起人们对旧式生活风情的怀念和向往。

《悬崖》的第三美感来自女性形象的塑造。特别有意思的是，在一部腥风血雨的大戏中，顾秋妍和孙悦剑两位女性的塑造非常具有中国女性温柔多情、善解人意、甘于奉献、敢于牺牲的美好品质。这其中没有任何戏谑和不严肃的成分，但又不失情感上的戏剧色彩，最后的感情归宿也颇具伦理上的正义感。周乙和孙悦剑，和顾秋妍之间，都保持了人间最真挚的感情，但这种感情都是超越了爱情抉择的人间亲情的表达，同时也是超越了爱情与亲情的同志友情的坚持。两位女性体现出的顾全大局，隐忍坚持，宽容大度，都通过剧情得到不瘟不火却如影随形的表达。

作为一部融合了历史真实与战争悲情的戏，《悬崖》在故事叙述和主题表达上达到了艺术的统一。民族大义的抗争是全剧的核心主题，周乙作为一名深入日伪内部的共产党员，他的每一次行动都带上格外的风险，为了生存，更为了自己的事业目标，他不得不在危险中周旋，目睹自己的亲人、战友死在敌人的枪口下，他却必须以超然的态度对待，这种"冷"其实是一种力量的体现。为了长远的、终极的目标，周乙必须做出常人难以做到的选择。他的表情，他的反应，他的言辞，他所表现出来的蛛丝马迹，都是对他的巨大考验，观众被带入到这样一种情境中，紧张中夹杂着敬佩，迷惑中连带着彻悟。周乙在机关化的"小环境"中如何体现对信仰和理想的坚持，这其实是"谍战剧"很难把握的主题。《悬崖》在设置情节时，时时注意不让周乙的追求与信仰空洞化和玄虚化。《悬崖》不是一部"室内情景剧"，多重场景和多头线索，让周乙的追求没有脱出历史的轨迹而变成抽象演绎，他与对手的斗争也非"厚黑学"的倾轧，而始终是一次次正义与非正义的殊死搏斗。

戏剧的结局并非是戏剧性的。周乙最终走上了刑场，这是一次飞蛾扑火的毅然抉择。这一结局的处理其实是极具挑战性的。观众可以在惋惜中唏嘘，甚至可以在想象中"修改"，但我以为剧本的结局处理还是主题升华的必然结果。当周乙倒下的时候，孙悦剑和儿子，顾秋妍和女儿却可以期待胜利的到来，可以过上和平的生活。这种"保护妇女儿童"的情节处理，在周乙牺牲的悲剧中，彰显出人性的光辉。这既是周乙所代表的革命者的理想，也是创作者以现代理念做出的艺术上的自觉追求吧。

总之，《悬崖》是一部高扬革命者的信仰，描写革命者的奋斗历程，讲述战争岁月的残酷的正剧，同时又是一部糅合了人间爱情、亲情、友情的温婉之歌，东北的独特风貌，哈尔滨的"洋派"风情，时代青年的"时尚"标志，又让当代观众得到了一次视觉上的享受和满足。《悬崖》是在"谍战剧"受到多方议论和质疑的舆论气氛中推出的。它的成功却又证明，文艺作品的品质，并非取决于"类型"的划归，决定作品最后成败的，还在于创作者的内在追求和艺术上的表达能力。

大历史的书写者

——观电视剧《闯关东前传》

电视剧《闯关东前传》是剧作家高满堂的最新作品，这是对一部经典电视剧的续写，也是对一部"史传"作品完整化的"了结"。《闯关东》引起轰动之后，继而有了《闯关东2》，进而又有了今天的《闯关东前传》，高满堂的"三部曲"就此划上一个完满的句号。就剧情的历史时段来说，这是一次"不规则"的续写，也是对"闯关东"这一"文化品牌"的延续。《闯关东前传》承接了前面两部作品的影响力，具有先在的"品牌"优势，这本身就是文化产品在当今时代运行的结果。高满堂、"闯关东"、"央视一黄"，在电视剧盛产的背景下，这一选择具有极强的优势。接下来要看的，就是《闯关东前传》是否具有独立的艺术创造性和文化品格。

《闯关东前传》是一部将小人物放置到大历史里淘洗，写出风云跌宕的一部大戏。它符合高满堂一以贯之的创作风格，在相对较长的历史时段里表现一个家族、一个阶层乃至于一个民族的命运史。这是一部将个人传奇、家族命运和历史风云融合而成的正剧。这里的"个人"，不是西方文学作品里的符号化"小人物",而是万千普通中国人的一分子；这里的"家族",不是显赫豪门的恩怨争斗,而是在求生存中拼争的万千普通家庭的某一典型；这里的历史,是与整个国家、民族命运息息相关的社会变迁。高满堂的作品,大多都是将这样的个人、家族、社会交融到一起加以表现,表现人物如何裹挟在国家民族的历史变迁中发生出太多的悲喜,经历太多的起伏。在《闯关东前传》里,管粮、管缨、管水三兄妹,先后离家去"闯关东",从此走上一条不可能平静的人生道路,他们共同的追求是寻找安宁的人生,终生努力的过程却是充满跌宕起伏的悲喜过程。说他们"闯关东",但他们不是去创业、去淘金,去寻找理想和爱情,而是背井离乡去逃命,去躲杀身之祸,去寻找一个可以过寻常日子的地方,是被迫去"闯"。管粮、管水兄弟更是"闯"下杀身之祸之后去"闯关东",管缨则是为了去寻找、投奔行踪不定的兄弟才踏上北去的路。这种谋生路、逃活路的被迫性,非常符合百年前大多数闯关东者的情形,也是"走西口"、"下南洋"的中国人相类同的命运选择,是一种符合历史真实的形象叙述。

然而,历史的书写绝不仅仅是一种关于存活的简单记录。尽管管氏兄妹并无政治上的抱负,也没有先天的发财梦想,但现实一步步将他们推到人群的前沿,迫使他们由不自觉到自觉、由生存需要到逐渐担当起群体的责任而卷入、投入到历史的滚滚红尘中,变成他们当初不曾想象到的历史角色。管氏兄弟的个人传奇同时也成为众多闯关东者命运的典型和象征。管粮从一个家庭里的"老大"蜕变成为一个群体的"老大",并逐渐成为一个"革命者"以及领导"革命"的人。管水在同一条道路上前行,也经历了很多歧路,在盲从与自觉、求生与抵御中徘徊、选择。管缨由一个乡间女子渐渐成为一个在创业中彰显能力的"强人"。他们还不能各自掌握自己的命运,为了生存,为了寻找爱,他们都付出了格外的代价,特别是在中国近代史这样一个繁杂、混乱的时代,管氏兄妹的命运是所有中国人命运的一种真实写照。所以,他们不是抽象的奋斗的"个人",而是历史洪流中的几朵浪花。把这样的个人与家庭放置到社会历史的大潮中去观照、去书写，使《闯关东前传》没有成为一部传奇剧而是一部历史正剧。这是高满堂创作的长项，也是书写中国人生活与历史必然的选择。

观《闯关东前传》，我总想美国电影《燃情岁月》，那部影片中写的一家兄弟三个人，为了获得一个女子的爱情展开一场道德与人性的拼争，其中也有社会历史的风云即"一战"爆发的卷入。这部影片在人性挖掘上达到很高程度，但创作者着重表现的，不是社会历史，而是每一个独立"个体"的生存法则以及由此产生的恩怨情仇。《闯关东前传》则是一部中国化的作品，其中的个人更多的是社会历史的一个元素，他们的个人爱情、家族仇恨，最后都必将汇入和融入，淹没和消失在动荡的历史当中，个人的、家族的爱恨情仇，都将或升华或让位于民族大义与家国情怀。因此，在本剧中，人物的喜怒哀乐是一条命运线索，而几个为了生存离家外"闯"者的情感历程，逐渐上升到最后成为革命者英勇赴死的行动，则是本剧的思想主线。

作为"三部曲"中的一部，《闯关东前传》具有独立的审美价值，故事也具有相当长的时间跨度。为了在有限的篇幅中把这一历史脉络和人物命运写得生动、丰富、饱满，编导演者可谓用尽心力。总体上看，主创者的创作意图得到了较好实现。作为一部具有年代剧特点的作品，在人物迁移、南北游走的空间把握上，似乎还应当做得更符合事实逻辑。这也是很多长篇叙事作品共同面对的问题，如果选择时间跨度的跳跃，如何让人物的空间位移更加真实可信，以至于如何让人物在衣着、面貌、神态等各方面"刻"上时间的印迹，这些都是我们对一部艺术精品的期待。

执著人间大爱　追求民族融合

——观电视剧《木府风云》

电视剧《木府风云》是一部题材极为独特的电视剧，西南边地的丽江，纳西族的"木府"，明朝民族、家族之间的恩怨情仇等多种元素在其中呈现。然而，这不是一次历史传奇的演绎，更不是家族黑幕的揭露，它指向颇具"当代性"的主题内涵：在民族纷争中寻找团结和融合，在家族内部的争斗中趋向同情和宽容，在伦理规约中追求真挚爱情。全剧从始至终都流淌着仁爱、慈悲、宽容、和合的意念和氛围。在文化交流、交融和交锋日益频繁复杂的当今世界，在人们的观念和追求日益多样纷呈的当代中国，通过一部历史题材的电视剧形象、生动地倡导和谐理念、展现和合的价值观，在观赏性和娱乐性中包含深厚的教化和启示意义，是非常值得赞赏的创作方法。

其实，《木府风云》是一部戏剧性极强、矛盾冲突极其频繁复杂的作品。复仇，是贯穿全剧的故事线索。少女阿勒邱在"舅舅"西和引领下潜入丽江最高家族木府，并发誓要报满门被杀的天大仇恨。而此后所有的故事，都离不开这个复仇的主题。在木府家族内部，争权夺利、猜疑忌妒，虽是嫡亲同胞，却不免明争暗斗。如此说来，这很有可能被写成一部人性残酷、手段残忍、互相倾轧、黑幕重重的戏剧，因为从欧洲中世纪以来，复仇主题都是通俗文学中最主要的"文眼"。自莎士比亚始，现代文学中的经典作品不能满足于以"揭露"和复仇为核心和归结点的创作方式，优秀的作品必须冲破复仇的故事躯壳，去寻找更具人性光芒、蕴含时代精神、指向人心理想的宏大主题，它必须在惊悚之余让人读到人间的温暖和未来的前景。在一定程度上，《木府风云》在创作理念上正是始终保持对这一主题的把握和追求，传达出超越家族围墙、超越时代局限的人性主题。

电视剧以长度为基本特征，观赏性是基本保证。《木府风云》的主创者努力遵循电视剧艺术的创作规律，把紧张的故事情节、多头的故事线索、引人入胜的矛盾纠葛置于剧作的显在层面。我们看到木氏家族母系社会遗留的影子，"后宅主人"罗氏宁是木府中的真正主宰者。木氏兄弟以及子嗣之间因为权力地位、土司继承权、经济利益产生的矛盾，在潜入者西和的挑拨下误会连环，争斗频现，酿成一出出悲剧。"府内"的女性之间也一样充满蠢蠢欲动者的身影，相互揭发、歹毒下手并不稀见，颇有后宫争斗的共性特征。外族威胁来犯，匪帮骚扰不宁，木府内外始终充满紧张的旋律，对掌管者的智慧、胆识、感情以及理性抉择形成巨大挑战。观众观赏的过程也是一个伴随着紧张心理和期待圆满结局的过程。

电视剧以广泛的受众为接受主体，正确的主题和价值观是其成功的必要因素。《木府风云》在展现上述种种内外争斗中，将和平、仁爱、理解、宽容、相爱等主题融入其中，靠故事吸引观众，用主题升华故事，成为这部剧作的最大特色。阿勒邱本是带着复仇的暗火进入木府的，但她很快就和府内最杰出的青年木增相识并逐渐相恋，复仇的欲望渐渐被爱情的冲动弱化甚至替代。随着木府内忧外患的不断加剧，阿勒邱又慢慢把这种个人之爱上升到对木府安危的责任，对丽江城的繁荣发展、丽江百姓的平安幸福的使命上来，肩负起一个外族女子、尤其还是一个带着复仇誓言进入者的使命和义务。这本是一个相背相逆的主题逻辑，编导演等主创者必须要付出更多心力、才华、智慧，才能把这样一种故事与主题高难度融合的剧作完成好。因为处理不好就可能会出现两种情形：要么回到通俗的复仇故事的简单演绎，要么为了拔高人物、突出主题而伤了故事的真实性与可信度。纵观全剧，《木府风云》较好地处理了故事逻辑与主题内涵之间的关系，张弛有度、分寸得当、过度有序地实现了创作理想。

丽江，一座风景优美、风情独特的城市，一个多民族高度融合、多元文化交汇并存的地方，她是西南边陲的小城，又是当今中国知名度很高的旅游胜地，也是当代中国艺术家们喜欢诗意栖居之所在。以我之猜想，以丽江为背景创作，既会为丰富深厚的素材兴奋，也会因博杂纷呈的景象而犯难，这是一次难度极大的考验。在《木府风云》里，观众可以从中了解纳西族独特的文化传统和风俗习惯，可以欣赏丽江古城的风情景观，可以欣赏到西南边地亘古不变的美丽风光。可以说，观剧的过程也是赏景的过程，配之以木增与阿勒邱曲折"壮美"的爱情故事，历史、自然、人文的交相辉映为全剧营造了美好的氛围和情境，在弘扬民族文化、倡导和谐理念、观赏秀丽山河等方面，体现了创作者的高度自觉，达到了成功的融合，是一次历史题材、传奇故事、现代理想、当代品质有效融合的有益探索和成功实践。

对一个永恒主题的全方位表达

——观电视剧《娘》

长达52集的电视剧《娘》是一个非常独特的电视剧文本，无论从文学作品还是影视艺术作品当中，我们都无法阅读和观赏到对一个主题如此执着和密集的表达。重要的是，这是一个习以为常的主题，是一个在文学艺术创作中处于"永恒"位置的主题。在我看来，电视剧《娘》具有如下特点。

母爱无处不在。"娘"就是我们通常所说的"母爱"，这是一种亲情当中的至高境界，没有任何一种感情比"母爱"更能表达人间亲情的无私奉献和无微不至和永恒真切了。称之为"娘"是使这种亲情"中国化"的刻意表达和标识。全剧最大的特点，就是对"母爱"这一主题的无处不在的表现，如此集中，如此密集，如此不厌其烦。从第一集到最后一集，这个主题始终没有离开故事线索，几乎可以说每一个故事，每一个情节甚至每一个细节都在诠释一个字："娘"。如果有办法统计一下全剧中各色人物共计说了多少次"娘"，相信那一定是一个惊人的数字。但我们至少可以看出主创者的一片匠心，即通过一部剧作，尽数和呈现种种母爱。孟玉凤是"娘"的集大成者，在她身上将中国母亲的慈爱、善良、宽容、艰辛、坚忍，那种忍辱负重、不屈不挠、宽厚仁爱融为一体，塑造了一位中国母亲的典型形象。而本剧最有特色，也是最有力量的手法，是以孟玉凤为主轴和核心，展现了一系列的母亲形象。这些人物无论其个人出身、性格、品德如何，无论其处境、遭遇、命运如何，只要她们拥有一个身份：娘，就是会在心性和行为上趋于一致：无私地将母爱奉献给后代，承担起一个中国母亲应当和必须承担的一切。而且，无论这些母亲面对的是怎样的子女，孝或不孝，争气或不争气，幸福或痛苦，年幼或老成，只要有母爱的笼罩，就具有同样深度的爱意围绕在周围，渗入到血脉中。地主婆"老孟家的"，儿子金斗在外是个汉奸，在家里是个不肖子孙，女儿灵芝年纪轻轻就遭遇屈辱，作为母亲，她的所有行为都是用爱来感化和挽救，用爱来疗伤和抚慰。栓子娘那种将感恩与母爱结合一体的举动是一种爱，王嫂对收养的儿子投入的近乎偏狭的爱，灵芝的儿子平顺本是一笔"孽债"的结果，是一种耻辱的加深，但她一旦得到母亲身份，就无法克制那种无心的爱心。形形色色的母爱在全剧中四处弥散，无缝链接，构成了一道非常奇特的母爱景观。

这部剧在历史与现实背景下展现人间亲情。《娘》是当代中国的艺术作品，自然会有现当代中国人社会生活的反映，母爱本身是超越历史与国界的人间感情，如何在这二者之间寻找契合点，这对为主创者来说是个巨大考验。在《娘》剧中，我们可以看到长达半个多世纪中国历史发生的种种风云激荡。抗日战争、解放战争、三年困难时期、文化大革命，直到改革开放初期。在这漫长的历史岁月中，即使是鲁北农村的一群普通人，一个个、一代代都必然会受到冲击和影响，成为其中的参与者或受害者，主动或被动、自觉或不自觉地被裹挟在其中。满仓和栓子，一对兄弟，一个无谓牺牲，一个屈辱一生，命运各不相同。程天瞳离奇曲折的命运，孟玉凤一家几代几十年经历的种种幸与不幸，各自的甘苦与悲欢，沉沦与浮现，都与整个中国社会动荡不安的历史风云有着在内的联系。他们活下的理由，他们生活中最大的动力，最温暖的港湾，最大的安慰，就是一个字：娘，也就是一种刻骨铭心的感情：母爱。在处理社会历史与人间亲情的关系时，必然会面对一个价值立场如何选择的棘手问题。如果用超越历史现实的人性评价历史，这对作品主题来说是一个很大的冒险。如果完全用社会历史取代人间亲情的深度与浓度，又会对一部艺术作品的真切感带来损伤。《娘》剧在很多情形下都在面对、触及和阐释、解决这一既可互融又会矛盾的关系。应当说，本剧在许多关键点的处理上还是较为得当、颇见力道与心机的。如"老孟家的"对待汉奸儿子金斗的态度，杂揉着愤恨、无奈、呵护等复杂感情。最后时刻，既对金斗严加痛斥，又出于母爱的冲动到村民家里筹集助其逃离所必需的钱。在栓子身上，无论其母亲还是岳母，都体现出类似的感情纠葛。作品后半部分中对文革历史的表现也有类似特征。在灵芝、端午等人身上，聚集了太多母爱的能量，让人在动乱不安中看到一种无形的力量。

　　自然，将历史与亲情这两条线索始终纠缠在一起，必然会在价值观上出现难以理清的冲突纠葛。剧中有的地方在这方面的表现也有可斟酌处。多数情形下，母爱势必要溢出历史的范畴而独自成为一种更大的感情与道德力量。比如栓子的命运，究竟是一种错误的人生道路的必然结果呢，还是应当成为一种值得同情、应予理解的合理轨迹？这已经触及到对历史本身的评价。程天瞳作为一个革命者，一个道义的担当者，在对待儿子的前途选择时表现出的呵护之情，加上其子英年早逝的不幸结局，带动而出的是一种颇难厘清的感情天平。

　　在《娘》剧中，人物命运百般不同，无奇不有，离奇曲折四处皆是，人人充满变数，时时潜伏危机与转机。但只有一条是不能改变的，那就是一个沉重的"娘"字，始终以一种温馨的力量，如一条巨大的河流，漫过每一个人的心田。为了自己的子女，娘可以牺牲一切，付出所有，为了娘，后代子孙可以赴汤蹈火，在所不辞。这种流淌、漫延在每一个场景、每一个情节中的感情表达，达到了难以置信的密集程度，构成了本剧最大的特色。母爱是人间亲情中的至爱，在以家庭为社会最基本单元的人类社会，这是一个亘古不变的主题，在家庭伦理异常坚固的中国，在亲情友情普遍缺失的当今社会，歌赞母亲，弘扬母爱，强化亲情，并使之成为维系人与人互相理解、沟通、亲近的重要法码，是一种值得肯定的艺术选择。当然，还是要强调已经强调过的一点，如何处理好社会历史与人间亲情的关系，这是需要通过不断的创作实践来寻找契合点的艰巨任务。《娘》有一个大团圆的结尾，一个由不同命运的人组成的奇异的大家庭最后在广州相聚，全剧的结束是一种昭示，动荡的生活，不幸的命运已经结束，享受改革开放成果，尽享人间亲情的幸福生活正在开始。那就祝愿生活朝着我们共同的目标向前推进吧。

有多少文学奖起步即停

近日，有关"路遥文学奖"设立、启动的消息被人提及颇多。但其被提及的主要原因，是因为这一文学奖项刚刚启动，即遇路遥家属的叫停。路遥的女儿明确表示不同意启动评奖，因为对评奖机制、资金来源与管理没有足够了解，担心"后期出现状况，不仅影响父亲声誉，也会辜负了发起者良好的初衷"。而据报道，发起者则强调这一评奖的公益性，同时表达了设奖的"目标是超越诺贝尔文学奖"。

在中国文学界，路遥是一个少有的有足够亮度的名字，的确，以他的名字命名的文学奖，应该体现出路遥的文学精神与文学理想。我们希望这一奖项不要在与路遥家属的争议中推进。由此让人联想到的，是出现在中国的众多文学奖的命运。许多文学奖是以某一著名作家的名字命名，从唐代的杜甫到当代的路遥，名目可谓繁多。也有不少评奖得到社会各界的赞助和支持。大家的初衷，都可以理解为是为促进文学的繁荣发展尽力，为奖励优秀文学作品、发现文学新人做贡献。但一个奖项的设立和开展，一定要在评奖机制、奖项特色、评委组成、评奖原则、经费筹集等方面做好足够细致的工作。略微考察最近十多年来的各类文学奖，一个最集中的问题，是很多奖设立之初声势浩大，宣传有方，但往往是雷声大雨点小，无疾而终。因为资金不能保证等原因，有的奖评过"首届"就不见踪影，有的奖坚持两三届便难以支撑。不能保证评奖的连续性，起步即停，权威性自然无从谈起。设立于 1995 年的"大家·红河文学奖"，因首次把奖金提高到 10 万元而引起极大的关注。此奖设立时表示每两年评一次，结果，总共评了四届，其中第二、第三届大奖空缺，颁出两次大奖后这一奖项就消失不见了。一个名为"鼎钧双年文学奖"的评奖，推出时的表述也是两年一届，但最终只评出两届后不见踪影。冯牧文学奖设立时表示要每年评选一次，以奖励青年批评家、文学新人和军旅文学为目标，特色鲜明。但在评出三届之后，因资金问题而无法继续。如此等等，还可以举出很多。

中国的各类文学评奖五花八门，设奖目标、评奖对象如果不能清晰定位，既体现广阔视野，又着眼自身现实，局限性从一开始就阻碍了影响力。比如，一个冠名为"吴承恩文学艺术奖"的奖项，评奖对象是"短小说"，而且限于发表在《短小说》杂志上的作品。而名为"罗贯中文学奖"的评奖，由某地区煤炭地质作协主办，"征集对象为全国煤炭地质系统职工"的作品。这些奖的定位与奖项上的作家名字之间有何内在联系，如何保证评奖的连续性，进而确立其权威性，恐怕在设立之初就存在论证和定位问题。

一个文学奖的设立、养成、成熟需要一个过程，就像一个作家的创作一样，谋求一时之热闹终究是"非文学"的。要谨慎使用、善待经典作家的名字，要把对文学的热情换作扎实有效的工作，真正发挥文学评奖的积极作用。既不要把"罗贯中文学奖"囿于某个行业"系统"，也不要轻言以"路遥文学奖"超越诺贝尔文学奖。诺贝尔奖起始于 1901 年，仅此延续的历史，本身就是一笔财富。我们还是着眼现实，做好自己的事情为要。

直面生活才会有艺术性

伊朗电影《一次别离》获得奥斯卡最佳外语片奖的消息一出，关于伊朗电影的新一轮热议在报纸和网络上频繁出现，不少人拿这个话题反观中国电影。这是很自然的联想，就像我们看日本、韩国的足球比赛时发出的感慨一样。伊朗电影给人的印象是低成本制作，朴实无华的叙述，直逼普通人在现实生活中的辛酸和苦楚，揭示人物内心世界的温暖和善良，其中不乏在平实叙述中的哲理表达，有时候给人冗长、沉闷的感觉，也正因此，常常又被说成是"文艺片"的特点。总之是和美国好莱坞、印度宝莱坞完全不同的艺术路径。

评价中国电影的高低不应以角逐奥斯卡的成败为依据，但伊朗电影带给我们启示值得探讨。在我们的电影界，大制作是普遍追求，高投入必然期待高回报。于是我们经常会面对这样的信息：大资金的投入，宏大主题的表达，"大腕云集"的宣传，最后是高票房的渲染。为了"大片"的目标，主创者把精力用在了寻找大题材、邀集大明星、制造大场面上面，或力图恢弘抢眼，或追求惊艳惟美。"形式感"做得用力十足，痕迹明显，但艺术的魂魄永远不会是场面的惨烈壮观，也不是大牌演员的面容，靠外在形式支撑的只能是一部空心的影片。观《一次别离》，仅影片的开头就让人心动。简单的场景里端坐着夫妻二人，面容表情流露出他们的愁苦和焦虑，一场特殊的对话，把两个人的内心世界尽显无遗。这是一次没有恨的争吵，暴露出的是对生活的无奈和巴望；这是一次无法带走心灵和感情的别离，生活里的矛盾和纠结通过一场对话引人关切。一场简单的对话，就把两个人内心的纠结、痛苦、挣扎突显出来，苦难、无奈、悲愤的人生境遇，通过非寓言化的故事平实展开。熟悉伊朗电影的观众已经猜想到接下来的平缓叙述，但这样一种困境究竟如何了结，仍然深深吸引着观众的目光，牵动着他们的神经。

表达现实人生相关的主题是艺术作品的魂魄，直面并表现现实生活的内容是充实艺术作品的内核，只有这样的作品才能打动人心，艺术品上的匠心才会有人去欣赏。外来的佳作并非标本，更非模仿对象，但其中表现出来的创作理念和艺术话题，却是我们应当认真对待和深入探讨的。

向自己的历史学习

在新媒体时代办好《文艺报》，在文艺批评广受质疑的背景下发出有力的声音，在众声喧哗中树立良好的文艺批评形象，创造热烈、浓郁、开放的批评氛围，这是《文艺报》应当承担的职责。网络时代，人人都是"批评家"，热点不断，众说纷纭，但人们仍然呼唤和期待具有学理性和鲜活性的文艺批评。这对我们办好报纸既是一种挑战，也是难得的机遇。我们要努力适应新形势，面对新问题，破解新课题，开创新天地。

在努力接受、适应新变化的同时，也要认真向历史学习，包括自己的历史。陈丹晨先生发表在近期《上海文学》上的系列文章，描述了改革开放初期《文艺报》复刊时的热烈情景，"编辑部的故事"充满了探求文学真谛，各种观点交流、交锋的气氛。笔者近期读到1985年时的一篇《文艺报》的会议报道，会议讨论的坦诚、深入，记者报道的真切、生动，也应证了这一点。这篇描述"《文艺报》创刊35周年座谈会"的新闻稿，在简要描述了与会者对《文艺报》的肯定之后，就大家对《文艺报》存在的不足、失误的评说做了充分报道。其中说到："有的同志认为，《文艺报》以文学评论为主的传统编辑方针是对的，但是目前发表的戏剧、电影、电视剧等其他艺术门类的评论文章不多，其中有的评论文章水平也不高，有些论述也不准确；认为《文艺报》对艺术方面的大量创作、理论问题关注不够，《文艺报》实际上办成了文学报。"《文艺报》的评论文章较多强调艺术的教育作用，而忽视了观众的审美要求。"这些观点在今天看来仍然是有效的论述。报道还就与会者关于批评文风问题的讨论进行了报道。"与会同志强调，批评是需要的，但要与人为善，要有爱护之心，要平等待人。""有的同志说，即使对已有定评的好作品，也不该说得过满，这也是对作家的爱护。我们不能用大一统的行政命令方式对待、解决文艺问题，这已成为教训。《文艺报》在理论上、学术上提出问题较少。""从《文艺报》上发表的作品评论文章，能够看到哪些作品被肯定了，但却缺少艺术上更具体的有见地的分析。"

这样的文字，与其说谈的是"过去进行时"，不如说就是直指《文艺报》的今天。批评家们坐在一起认真、深入、负责任地探讨创作和理论问题是我们期待的，但仅就新闻报道的客观、坦率，直面问题的勇气而言，当年的一篇新闻综述，足以成为我们今天做好新闻报道的范本。提高和改进，也应包括对优良传统的继承和发扬。

在生活中提升艺术的启示

著名版画艺术家力群先生逝世，让人们在惋惜声中回味起中国现代版画艺术的辉煌成就。鲁迅先生倡导兴起的中国现代新木刻运动，在上世纪 30 年代的上海聚焦了一批卓有才华的青年艺术家，这些人中的大部分后又奔赴延安，在那里达到了艺术创作的顶峰。中国现代版画艺术的成就，让我们再次回到对这样一个课题的启示性思考：艺术杰作不但有表现生活的责任，生活更是艺术家的创作得以提升的重要源泉和必由之路。

鲁迅是中国现代木刻热情的倡导者和直接的导师，中国现代版画从一开始就在融合国外先进艺术和独创民族艺术之路上进行拓展。鲁迅教导青年艺术家："采用外国的良规，加以发挥，使我们的作品更加丰满是一条路；择取中国的遗产，融合新机，使将来的作品别开生面也是一条路。"从上海到了延安以后，特别是聆听了毛泽东同志的《讲话》之后，力群等艺术家的版画创作在表现生活和体现民族气派方面达到了新的高度。特别是在通过版画表现中国百姓生活，与民族民间艺术结合方面，达到了高度自觉。力群、古元等艺术家们注意到，与西方版画艺术不同，中国老百姓不欣赏版画上有明暗的人物的面孔，认为是阴阳脸。延安文艺座谈会之后，艺术家们为了使自己的作品有中国作风中国气派，自觉向中国传统的绘画、年画、剪纸艺术学习。版画家们还把自己的作品摆到延安老百姓的炕头，请他们按照生活习惯品头论足，他听了农民的意见，古元就按照延安群众的意见，为版画上的牧羊者"添"了一个口袋，以备途中放置产下的小羊羔。延安的版画艺术因为浓郁的民族风格和所表现的时代主题，受到了徐悲鸿、艾青等名家的高度评价。版画也成了战争岁月里表达对暴力的抗争、对和平的向往的重要艺术形式。

今天，我们缅怀和纪念一位艺术界的百岁老人，更要从他的心路历程中汲取艺术创作的营养与启示。深入生活是个老话题，反复的强调给人一种印象，仿佛走向生活、向群众学习是一种对号召的响应，是一件必需的任务。力群等老一代作家艺术家的艺术道路启示我们，生活不但是文艺创作的源泉，生活同样是文艺创作得以提升境界、臻于完美的必由之路。

关注那些为了艺术"飞蛾投火"者

在新疆乃至西部行走，经常会遇到这样的人：他们为了自己喜爱的文学，为了实现创作的梦想，付出、牺牲了太多，有的人甚至把好不容易得到的"铁饭碗"都扔掉了。但无论名声和利益，他们从文学和创作中远没有得到梦想的回报，有的人甚至连发表作品都有难度。但他们热情不减，矢志以求，无怨无悔。他们让人想到一个词、一个意象：飞蛾投火。

在戏剧、音乐舞台上，有很多人或独立行走，或自愿组合，克服困难，坚持原创，坚持表演，他们期待一夜成名，有的也逐渐为人熟知并认可。但无论条件好坏，掌声多少，他们都坚持自己的追求，坚持寻找自己的艺术风格，把握自己的艺术品格。他们也让人想到这个词、这个意象：飞蛾投火。

在无边际的网络上，有很多网络写手，他们写小说，"编故事"，一天甚至要写几千字，一年又一年地写下去，"年产量"在百万字以上的网络写手据说已经很多。他们的作品期待欣赏者、追逐者，期待在"点击量"的鼓励下继续自己的写作。在这个体量庞大的"网络文学"大军中，无论我们知道多少、读过多少，都有很多人披星戴月地展开他们想象的翅膀，一字一句地用键盘叩击理想的大门。他们中的很多人一样让人想到这个词、这个意象：飞蛾投火。

很多文学刊物、报纸、出版社，更多五光十色的艺术舞台，把目光投注到名人名家，以及署着"著名作家、艺术家"名字的作品，有他们"领衔"的节目。无需论证，在文学艺术界，名人名家就是金字招牌，就是影响力和号召力，就是品牌。但我们在趋之若鹜追寻名人大家的同时，理应把更多热情投入到对新人新作的发现、推荐、发表、评介上面。他们更需要世人关注的目光和发现的眼力。

文艺创作本身就是个比拼天赋、比拼努力，各显其能、以才华服人的天地，"飞蛾投火"本身不能成为评价才艺水平和作品高下的标准。但是，为了防止才华被淹没，为了让心怀理想的创作者获得相应的机会和荣誉，编辑家、出版家、批评家，各种文艺媒介、舞台及镜头的掌握者，应当把发现和扶植新人当作自己最重要的工作之一。

在广大的民间，曾经走出带着新鲜气息的作家、艺术家，有很多人身上体现着艺术创作的本真。刘亮程、李娟这样执著于写边地、写乡村的作家，在全国引起反响和关注就是很好的例证。北京至乐汇是一群年轻人创办的剧社，他们近年来已经连续创作演出了十台舞台剧，其中的代表作如《驴得水》《破阵子》等作品，强调戏剧性，注重演出效果，但情节叙述夸张中有克制，语言对白有现代感却并非大量翻用、拼接网络时髦词汇，体现出对话剧艺术的理解、尊重和内在追求。网络文学已经成为中国文学不可或缺的生力军，优秀网络文学作品被印刷成纸质作品，被改编成热映热播的电影电视剧在观众中引发热议。很多例证已经证明，我们的文艺创作队伍正在发生结构性变化，需要我们以新的眼光和新态度去关注、去评介。在此过程中，把应有的热情投注到那些为了艺术理想而"飞蛾投火"的人群，这是一种责任担当，也是文艺新格局带给我们的新课题。

记着写好你的"故乡"

近期，央视一黄正在播出电视剧《全家福》，这部电视剧改编自作家叶广芩的同名小说。作品围绕北京一座四合院的几个家庭、一支"古建队"的一群从业者，讲述了从上世纪四十年代到改革开放的今天半个多世纪里，北京城普通市民、普通工人共同生活、奋斗的命运史。社会政治的风云尽在其中，但人与人、家庭与家庭之间永远割不断的亲情友情爱情，"老北京"的风土人情、重情重义的"老礼儿"，是作品集中表现和弘扬的主题。在各类文学艺术作品追求"百年叙事"的过程中，《全家福》正是依靠这种浓郁的人间烟火气，对传统和民间的高度尊重而显得弥足珍贵。

叶广芩是一位始终在生活中寻找创作素材的作家，她是"老北京"出身，又长期生活在另一座古都西安。她的创作既从关中大地挖掘资源，更不忘记自己的故乡北京。正是这样一种向生活找素材、向记忆寻真情的坚持，保证了她的创作始终处于活跃状态。

成功的作家，尤其是在中国，常常是因为坚持植根于生于斯长于斯的土地写作而受到读者的尊敬和喜爱。鲁迅小说是揭示"国民性"的，但他的小说人物、故事、场景，大多是以"浙东"农村为背景，那是他生长的地方。这一传统一直延续到新时期，很多作家笔下的"故乡"已经成了他们创作的"标识"。莫言、贾平凹、苏童、毕飞宇、迟子建、阎连科，等等，都是自己"故乡"的书写者。这既是一个创作学的问题，但同时也是创作者的价值观和创作理念问题。改革开放的当代中国，人们的工作和生活的居住地随时发生变化，但作家内心永远要有一个"故乡"存在，这既是写作的出发点，也是其归宿。童年记忆、成长经历，对一个作家的影响是千丝万缕的，更是根本的。对很多青年作家来说，前辈作家身上的这种"故乡"情结的保留和倚重，是值得借鉴和学习的。在大学任教的小说家梁晓声，曾在一位青年作家的研讨会上发言时说，在很多进了大学及毕业后留在城市工作的年轻人所写的作品中，看不出他们所从何来，看不出他们的出身，他们的父母兄妹、故朋亲友，很少出现在笔下。

的确，一些从事写作的人，其作品中都是时尚语言、网络词汇，都是进城以后的情调和情结。缺少朴实的、诚实的生活内容。没有方言俚语，失去"地域色彩"。这样的写作是无根状态下的表达，没有一个人生的、精神的"故乡"，写作通常是飘忽不定、缺少内涵的。我们说今天的文艺充斥着同质化的作品，大量的文艺作品仿佛在互相"复制"中被"生产"出来，其中的原因既有社会文化思潮、媒介传播的影响，也与创作者主观上的追求发生偏移有关。每一个人都应面向未来发展，但对文学创作者来说，"向后撤"、"回头看"也是很重要的。只有心中有一个"故乡"，心底才能留存人世间最值得珍视的天地，才能生动传达人与人之间温暖、柔软的感情。米兰·昆德拉说："欧洲人，就是对欧洲有怀旧情绪的人"。不管我们的故乡是一座都市、一座小城、一个乡村，"怀旧"是文学写作者必须具有的情怀。鲁迅当年把塞先艾等居住在北京而写故乡的作家的创作称为"侨寓文学"，一些文学和艺术大师强调自己"客居京华"，其实就是想说明，他们心中另有一片精神的天地，属于故乡，且因此创作。

叶广芩恰巧是个北京人，她努力写出"老北京"的味道和风貌、老北京人的情义和"礼数"，其实是对"故乡"的一种"怀旧"，一种精神寄托。也因此，她的"京味儿"没有狂躁的情绪和"痞气"，而是直接承接于一种深厚的传统，一种流散于胡同间的生活气息。她不是要写一个更大的都市，而是要写一个深藏于心底的故乡。在网络时代成长的青年作家，自然面对着多种通往成功的选择，但坚守一个精神的"故乡"，并努力写好独属于自己的"故乡"，传递人间珍贵的温情，描述广袤大地上多彩斑驳的风土人情，是创作的活力源泉，是文学的本质要求，也是前人的经验证明，更是读者对文学的阅读要求。

走向非洲也是走向世界

习近平主席在访问坦桑尼亚的演讲中，讲到了中国电视剧《媳妇的美好时代》在坦桑尼亚热播，使坦桑尼亚观众了解到中国老百姓家庭生活的酸甜苦辣。此一举例引来在场听众热烈的回应和掌声。斯瓦希里语版《媳妇的美好时代》是中国文艺"走出去"的一个成功例证，这一尝试充分证明，文艺传播在两国交流中发挥了积极作用，更证明发展中国家间的文化交流对增进双方相互了解、相互认识具有不可替代的作用。非洲朋友非常渴望了解文化源远流长、经济迅速发展的中国，通过文艺交流增进友谊，是一个很好的渠道。

文艺走向世界是开放的中国必须要做好的事情，走向世界意味着，文艺的内容和形式要有切合国际间文化交流必需的元素。了解当代中国人家庭生活的林林总总、人们的精神风貌，正是《媳》剧在非洲地区广受欢迎的重要原因。这一事实同时还说明，走向世界就是要把眼光真正扩大到整个国际舞台，而不是只局限于盯着"走向欧美"。这么多年来，我们一提文艺走向世界，想到的就是走向发达国家，就是欧美概念下的"世界"。广大的第三世界国家，经济相对落后的国家和地区，则往往被忽略。于是，"百老汇"、"好莱坞"、"金色大厅"就成了向往的目标，成了"走出去"的标志。《媳》剧的成功恰恰说明，把世界定位在五大洲，就要为自己的作品、节目及各类文化产品作出准确定位，让中国文艺真正在世界范围内产生广泛影响。就此而言，广大的发展中国家、亚非国家地区，正是中国文艺"走出去"的良好平台。

事实上，越来越多的亚非国家对中国文艺的发展充满兴趣，希望加强交流。中国内地不断涌来"韩流"，我们的文艺作品在周边国家有怎样的影响却少有论及。越南文学界对中国文学就有相当高的认知度，越南也是翻译中国当代作家作品最多的国家之一。一些在国内有影响力的青年作家的作品，不少越南读者都热衷于去追踪阅读。在中东地区，人们对中国文学充满了解和阅读的热望，特别是中国的诗歌和小说，都是他们热切希望得到阅读机会的文体。蒙古、印度、巴基斯坦等其他亚洲国家，拉美及广大非洲地区的国家中，到处都有中国文化的热爱者，都不乏中国文艺的关注者。我们的文艺要走向世界，就应当把更多的关注点投射到这些国家，让中国文艺的世界格局变得更广更大。

欧美文化的强势仍然是一个现实，我们的文艺要争取走到这些国家的主流读者中，让中国文艺深入人心，发出更有力的声音。我们要设法突破其中的难点，克服其中的隔膜，纠正其中的歧见。但我们同时要看到，我们的文艺有更广大的空间可以去发展，有很多主动愿意结交的朋友可以去交流。走向非洲，也是走向世界，斯瓦希里语版《媳妇的美好时代》就证明了这一点。更多的中国文艺需要寻找、发现、开掘、利用好这一机遇，让中国文艺在全世界真正产生深入人心的力量和广泛共鸣。"大国是关键，周边是首要，发展中国家是基础，多边是重要舞台"是我国外交工作的指导方针，其实，中国文艺走出去也应从中得到积极启示。

戏剧属于青年

《人民文学》今年第 6 期发表了话剧剧本《蒋公的面子》，作者温方伊是一位南京大学本科在读学生。在近一年时间里，该剧已在全国上演了 60 余场并广受欢迎。参加演出的并非舞台名角，清一色都是同一所大学的在读学生。联想到近年来活跃在话剧舞台上的北京至乐汇剧目，笔者深切感受到，中国话剧舞台上，追求戏剧梦想的青年正逐渐成为主角，一出出让人感慨、令人感动、使人唏嘘不已的戏剧，折射出当代中国青年对现实、历史、人生的思考与追问，反映了他们在艺术探索上取得的成功。

戏剧属于青年。当代青年人的戏剧获得成功，首先得益于他们对人生的执著思考。今天的青年，面临着许多属于他们或本不属于他们的人生困惑与现实难题。个人的理想与集体的责任，生存的压力与道义的追求，现实的处境与未来的前景，有融合也有冲突，有相得益彰更有矛盾重重。喜怒哀乐在内心纠缠，希望与迷惑交叉闪现，灵魂被深刻拷问，情感随时发生纠葛。当此之时，"戏剧人生"就成了很多青年打量社会、观照自己的一个重要词汇。在艺术创作上有能力、有追求的青年，纷纷用戏剧的形式呈现他们所面对的这一切，变成一出出可以得到呼应、在更大范围内引起共鸣的戏剧作品。观他们的戏，观众能体会到作者的意图，更能感受到内心的对接。掌声和鲜花都是发自内心的驱动与认同。

戏剧属于青年。当代青年人的戏剧获得成功，也得益于他们对戏剧题材的成熟驾驭。近年来涌现的优秀舞台剧，青年们巧妙地嫁接历史，或有历史的影子，或借历史背景做纯粹的虚构，都体现出对题材的成熟理解与把握，如《驴得水》和《蒋公的面子》，都是以民国年间的历史为背景，这是当代青年不曾经历的历史时期，却被他们化用到若实若虚的地步。这些戏并不用当代流行的热词搞语言"穿越"，制造所谓的"笑点"和效果，而是严格运用戏剧化的语言，表达他们对历史人物与现实人生的看法。难得的是他们在戏剧艺术上的深刻理解与成熟运用，不是靠某一段台词博取笑声与掌声，而是通过巧妙的戏剧情节与艺术语言直抵观众内心。他们对话剧心存敬畏，成功之作大都非常符合"三一律"等戏剧要求，非常注重舞台效果，特别留心把握分寸，掌握尺度。

戏剧属于青年。当代青年人的戏剧获得成功，还得益于他们创作目的的纯正。他们的创作不是"应邀"而为，而是"有话要说"，不是为"名角"写脚本，而是要通过戏剧化的人物故事，表达一代人的精神气质及其困惑、执著、矛盾、追求。舞台艺术同样有"商业运作"的压力，一些团体和个人为此目标可谓用尽全力。但我们看到的一些青年人创作的戏剧，反而并不急于求成，没有放低标准取悦想象中的观者。他们的创作在题材开掘、主题表达、艺术呈现方面坚持自己的原则，而且不放弃社会责任，敢担当，敢表达，同时又努力通过艺术使理解与宽容成为主题中的组成部分，乐观向上且不失生趣成为戏剧的最后"收束"与展现过程。

文学艺术的薪火相传必须依靠青年，青年人的创作也充分体现了他们有实力担当这个重任，他们对历史、现实、人生的思考具有难得的成熟，而且体现出高度的社会责任感。话剧艺术如此，其他文学艺术的创作亦如此。这实在是一个令人欣喜的现象。

向文学批评致敬吧

人们都在诟病文学批评，说它这也不好，那也不对，说它"病了"都不够，非得说它"死了"才解气。可是环顾一望，也就文学批评还是成理论、成体系、有传统、分工细的批评领域，其他很多艺术领域的批评虽不乏优秀者，但无论从队伍数量、发表阵地、理论资源、对创作者和受众的影响力来说，似乎都还无法和文学批评相比。

都说文学是其他艺术之母，是它们的"头道工序"，那道理不言自明，很多影视剧、舞台剧中的"精品"，多有改编自文学作品者，而且不但是改编当代作家的优秀作品，历史上的经典文学作品也经常被改编一次甚至好几次。其实，文学批评又何尝不是如此，从新时期以来，文学批评从来都毫不吝啬地为其他艺术领域的批评提供最基本、最充足的理论资源。

文学批评有今天这样的格局，不单单是当代批评家的功劳，前人留给我们太多的资源和资本，"后人"多是"乘凉者"。不但是中国，即使在国外、在西方，说文艺理论，基本上是在说文学理论，很多艺术领域的理论大多从文学理论出发。由于电影、电视剧出现和发展的历史还远远不能和数千年的文学史相比，所以，客观上形成了以文学批评的标准进行影视评论的情形。很多人向电影和电视剧要主题、要思想、要深度，其实是文学带来的惯性所致。经常会看到这样的情形，影视批评向影视作品要求的，和观众看影视作品希望得到的，在心理基础、出发点、目的性上存在很大差异。批评家说它搞笑、"三俗"，观众却说图的就是一乐；批评家不以为然乃至深恶痛绝的，观众中的影响力却大得惊人。这其中有很多复杂的理论问题需要梳理，需要以影视自身的特点、标准而不是以文学的特点、标准完全对应地去要求。

同时，在创作与批评之间，所有的批评和文学一样，都是以纸质媒体为主要的言说阵地，电影院里没有批评，电视里少有批评，看电影、看电视的人需要读书读报读杂志，方能获得专家对影视作品的评论，这种错位也导致了影视批评与受众之间的隔阂与不对位。很多从事其他艺术领域批评的专家，也多是学文学出身的，从爱好文学、研究文学转而爱好电影、从事影评。这也造成影视批评的标准还拖带着浓重的文学批评的影子，这情形仍然是中外一理。法国的罗兰·巴特、美国的苏姗·桑塔格，都是电影领域的重要理论家和批评家，但他们首先是文学批评家，他们的学术准备、艺术学养包括他们的美学趣味，主要还是文学的。

在当代中国，文学并不是最活跃、最受世人热捧的领域。网络时代，读书已经在一定程度上成了"读书人"的事。由于悠久的历史所致，文学批评仍然是分工明晰、门类严整、专业理论齐备的领域。小说评论家、诗评家、戏剧文学评论家、报告文学评论家……各行其是，仿佛属于不同的群体。在当代中国，各个艺术领域其实早已出现百花竞放的局面，但艺术批评还远没有进行如文学批评一样的划分。甚至很多领域，如音乐、曲艺等领域的批评，主要靠该领域创作者、表演者中的"名角"来评说。看看各种流行音乐比赛、相声比赛的"评委席"就知道，反复使用热烈的形容词进行现场评价还是该领域艺术批评的基本"术语"。

　　文学批评带着厚重的历史走到今天，这既是资源、资本，也是负担、压力。文学批评有许多古代、现代的令人尊敬的大师和前辈，这既是榜样、力量，也是某种挥之不去的焦虑。与中外文学批评伟大的历史相比，今天的中国批评的确显得不够提气、不能服人，无法发出震人心魄的声音，不能对作家的创作、对读者的欣赏产生根本性的、引导性的作用和触动。但文学批评仍然是所有批评队伍里最庞大的一支，每一年从中文系产生出来的硕士、博士，都是潜在的"文学批评家"。文学批评的发表阵地相对也是最多的，在全国各地，专业的文学批评期刊仍然保留有十多种。说真话、说专业的话，说与作家对话、与读者交流的话，说有理论、有见地又能够明白晓畅的话，是文学批评家的重要职责。而且，文学批评家应当看到，今天的文学和艺术，已经在更大程度、更多层面上发生更加复杂的交错与交融，很多艺术领域的创作非常活跃，它们的创作生产、表演制作、影响传播，有太多可以评说的地方，它们同当代文化思潮，同人们普遍的观念意识、审美趣味、生活方式发生更加直接和紧密的关联，迫切需要用批评的眼光去观察、发现、评说。这其中有很多是"薄弱环节"，甚至有的还是"空白地带"，文学批评家为何不能带着自己的学问去"角逐"一番呢。历史上、现实中，这样的成功事例可以举出不少。

　　文学批评是个庞然大物，是个庞大"家族"，现在，这个"四合院"、这个"家族"很难再那么严密、规整地继续下去了，墙外的世界五光十色，"家族"内部也充满了要求变革的声音。这种变革其实已经和正在发生。文学批评没有也不会死亡，它仍然是文艺理论最重要的"输出者"，仍然是文艺批评里最完整、最专业的领域。我们应当充满自信地向文学批评致敬。但同时，我们要记住，我们是在向历史、向伟大的文学批评家、经典的文学批评致敬，而我们自己，则要在被诟病的包围中，发出独特、真诚、专业的声音，以不辜负文学批评伟大的历史和完备的理论。

要充分尊重作家的辛勤原创

近期，根据青年女作家崔曼莉长篇小说《浮沉》改编而成的同名电视剧在多家卫视热播。这是一件好事，把小说家创作的优秀作品、特别是关注当下热点社会问题如职场问题的好作品改编成影视剧，用更多的艺术形式丰富作品内容，扩大社会影响，共同发力，是值得肯定和倡导的。但是，影视剧的创作者和制作者要懂得原创的难度和创造力，要自觉尊重作家的辛勤劳动，这一基本要求仍然需要呼吁。

《浮沉》播出以来，社会反响热烈，作家崔曼莉本人并没有抢先发言，以显风光。但近日有媒体发表剧本改编者的访谈，直接把改编《浮沉》表述为"写《浮沉》"，似乎这部从 2008 年出版以来就热销至今的小说并不存在，引起了一些作家的言论反弹。这再一次显示出，有必要在包括影视界在内的文艺从业者中呼吁，要充分尊重艺术原创，把一部作品的创作、改编、传播当做一个整体来谨慎对待。至于《浮沉》的改编是否成功，在多大程度上忠实于原著，原著作者对改编是否满意，这是一个见仁见智的问题，然而在宣传炒作过程中，有意无意忽略原著的存在，却是一个必须要提出来的严肃话题。

　　文学是其他艺术的头道工序，是提供其他艺术创作最重要的"母本"来源。日趋热火的中国影视界，很多成功作品都改编自中国传统文学名著和当代作家的优秀作品，其例证不胜枚举。然而，在不少改编剧的片头片尾，原著的作家作品名字常被淡化甚至忽略，作家成了旁观者。一部明显是改编自文学作品的影视剧，怎么一下子就被冠以"某某导演作品"的封号？近几年来，张抗抗、王兴东等作家连续通过发表文章和提交"两会"提案，要求尊重作家劳动，保护作家权益及在作品中的地位，引起了文学艺术界的共鸣和热议。《浮沉》再一次让人们看到改变这一局面的难度。作家并不要求和影视明星齐名等利，但要求尊重艺术创作的原创是基本权利，必须得到保护。

追随时尚与保持趣味

电视系列剧《新编辑部故事》播出后，在观众中引来嘘声一片。很多期待续接《编辑部的故事》趣味的观众，纷纷表达失望之情。这一"续写"和"新写"说明，任何成功作品的"续集"、"新版"、"二部"创作，都是一种非常具有挑战性和冒险性的举动。接受者的欣赏趣味被抬高，期望值额外增加，是其中的重要原因，但创作者是借旧有之名吸引眼球，还是确实有不吐不快的创作冲动，才是真正的内力考验。两相结合看，《新编辑部故事》尽管尽力保持原有团队的基础，又努力融合时代新风，但其实际效果却令人失望。

《新编辑部故事》刻意追逐当代中国的时尚生活，尽力将这些生活元素写入作品当中，但这些语言过度夸张、行为过度变异、讽刺过度黑色幽默的做法，让人时有不舒服的感觉。编剧明显脱离真正的生活，无法有效融入时代风尚当中，感悟其中的要害，读懂其中的意趣，一味靠搞笑式的场景、光怪陆离的打扮、夸张却无趣的语言比拼来吸引观众，结果却是相反。这种拼凑式的编剧方式，同《编辑部的故事》编剧对时代生活的感受力之间，存在明显差距。

　　就像《编辑部的故事》里的"百龙矿泉壶"已经成为历史一样，迅速变革的时代风尚淘汰率极高。创作者仍然把"杂志编辑部"视作引领时尚的符号化领域，也是一种错识。在《编辑部的故事》那一时期，《人间指南》这样的杂志类文化机构，还可以说是"有文化"的象征，可以集结并引领文化思潮甚至生活时尚，所以在这里尽管有"刘总编"、"牛大姐"这样的老派角色，但整个"编辑部"还是充溢着与社会生活息息相关，各色人等纷纷上门要求释疑解惑、期待商业合作、请求帮助出名，各种生猛趣味也因这种种碰撞而挥发出来，让人观之忍俊不禁，时有会心。但时代发展到今天，《新编辑部故事》仍然描绘出一幅同样的场景，让人觉得有"迟暮"之感。各类杂志早已不再引领时代风尚，更何以奢谈去吸引公众、指点"江山"？正是这样一种错位感，让人觉得全剧中的故事失去基本真实的根基。世上如果真有一份《人间指南》杂志，身处网络时代，估计也多半在忙着寻找自身出路吧。

　　与此同时，超越趣味和追逐趣味也是两种截然不同的选择。《编辑部的故事》的编辑们面对那一时代中国城市出现的各种现象，均可以凭自己身为"文化人"的优越感和判断力，作出自己的价值判断和有效评价，诙谐调侃皆有尺度，嬉笑怒骂分寸得当。他们并未见得追逐时髦，却有足够的自信评判时事，且淡然面对。《新编辑部故事》里对虚假文化的批判看上去火力更猛，言辞更激烈，揭丑更卖力，却给人一种努力向"恶俗"靠拢的印象。事实上，文化自信并非来自于你是否敢于冷嘲热讽，而在于你能否有一种定力，充满自信地去面对。劝诫与鼓励、调侃与鄙视，全在这种"文化根基"稳固性的有无上。

　　郑晓龙是一位值得尊敬的导演，《新编辑部故事》播出期间，他也在接受各种访谈，回忆《编辑部的故事》的趣事，也夹杂着推荐《新编辑部故事》，可谓是为了电视剧尽心竭力之人。就像一个杰出作家的创作也有成功与失败的交错一样，希望《新编辑部故事》只是郑导创作历程中的一页，并用下一部新作成功地翻越过去。

"大卖"之下的批评权利

从《泰囧》到《小时代》，中国电影遇到一个被一些人看做是"惊喜"，在另一些人看来是尴尬的现象：一些无意于"争霸"的电影，一些非专业人士"玩"出来的电影，在票房上却取得了令人咋舌的成功，收入达到天文数字，而一些专业电影导演苦心制作的"大片"，票房排名却被远远甩到后面。比这一现象更不可思议的是，专业电影评论家们对这种"大卖"影片提出的批评，受到很多电影追捧者的追骂、调侃和嘲讽。电影批评遇到的挑战从来没有像今天这么严峻。

票房的说服力似乎给电影批评贴上了封条，思想内涵、作品的价值观、电影艺术、技巧等等这些批评家们手里的武器，突然哑火，不再具有力量感，没人愿意听你唠叨。《泰囧》出来后，批评家们的发言还算是"一家之言"，在一定程度上可以起到"冷静"、"启示"作用，而面对《小时代》，所有这些发言都遭遇到不屑一顾的攻击。文艺作品所应具有的品质、价值观的传递、电影本身的艺术性，都成了多余话题。批评的失语，至此可谓达到最典型的地步。

"大卖"之下，批评有无权利，人们是否可以对作品本身提出批评，能否借此对文艺思潮或文化思潮进行批判，这在今天已经成为一个难点和问题。我们是否应当向文艺经典致敬，是否应当把今天的作品拿去和经典作品比较，人们对此已经变得犹豫。"正统"的声音失去了自信，一些本来是代代相传的观点和看法不值一提。比如，上世纪 80 年代，人们通过很多事例证明，任何创作在最高处都有"极致"性，这种极致性的一个标志，就是其不可改编性。米兰·昆德拉也多次表述这样的观点，即任何文学作品可以被改编成其他艺术，都是其美学上没有达到成熟的标志，完美的文学作品如果被改编，必然在品质上会产生疏漏和偏差。这是对文学经典神圣性和不可动摇性的强调。这样的理论在今天还能有市场吗？眼前的很多事例恰恰在反向上做出证明，影视是助力文学作品引起社会公众关注的重要渠道和途径，美学意义上的那些说法，早已被放到故纸堆里去了。坚守已经等同于守旧，分析不过是吊书袋，批评似乎就是一种愚腐。很多创作已经变成偶像与粉丝之间的互动，追捧是唯一表达敬意的方式，不容批评即是一种"捍卫"。面对这样的情形，批评家们似乎失去了往日的自信和定力，找不到说话的方法和分寸，批评家只能以缄默表示自己的态度。

其实，不仅仅是文学和电影，在其他领域也是如此，在当前花样翻新、过剩推出的声乐选秀节目里，音乐批评的介入几乎等于零，不过是大腕、前辈歌手与选手之间的对话，夸张的赞辞、过度的表情以及肢体语言，变成了对各类表演的唯一评价。批评家的专业眼光，批评的有效介入，对创作和表演中出现的流俗与取媚，作品价值观出现的混乱和"反智"现象，批评家们能不能拿出足够有力的理论论述，有没有勇气仗义执言，有没有融艺术感悟与思想境界于一体的剖析，能不能率性而又艺术地表达，这涉及到批评家的理论准备、批评勇气、批评能力、表达技巧等多方面。但首先应当强调的是，无论"大卖"到何种地步，批评永远具有天然的权利，批评的力量正体现在这样一种自信和坚持中，如果失去这样的信心，不相信批评会在各类尖叫与渲染中发挥独有的作用，那则是批评最大的悲哀。

文学批评不应缺位青年作家成长

近期以来，围绕青年作家韩寒的文学写作，网络和媒体上引发了一场众声喧哗的争论。这场争论并非是关于文学问题的探讨，舆论关注的焦点也不是具体作品的创作得失，甚至不是一个作家文学观念的特点或偏差的讨论。从这些争论里，人们看不到文学，读不到艺术，是一场看似激烈、实则并无学理内涵的话语纷争。但毕竟这是关乎一个作家创作真伪的致命问题，完全以"非文学"眼光漠视是不可能的。有媒体报道事件的由来和进展时，也直接把矛头指向了"批评的伦理"。文学批评总是这样无辜，它发言时少有人关注，一旦出现新闻性事件，就又被提起"批评的缺位"，"批评的失语"。的确，批评是一项充满责任感的创造性活动。对一个作家成长道路的梳理和描述，对一个作家创作成就、特点、风格的总结和鉴赏，对一个作家在知识储备、生活积累、创作手法等方面的局限分析和指出，都是批评家应当承担的责任。批评同样有责任对青年作家的成长给予热切的关注，对他们的作品以及得失给予及时、坦诚的追踪和分析。

当今时代，青年作家拥有广阔的施展和表现创作才华的渠道与机会。

他们甚至并不认为自己需要批评的参与。在批评界也形成一种习惯，对命名为"80 后"、"90 后"的作家，愿意描述他们群体性的成长特点，整体性的行文特色，而对他们发表和出版的作品，却缺少深入的剖析和率直的交流。青年作家在批评家那里变成了一种"现象性群体"，而不是一个个风格迥异的作家。当代青年作家表现出和上几代作家不同的成长路径，他们中的很多人自己创作作品，又创办体现自己审美趣味的"文学期刊"，他们的博客是"粉丝"们的"聚集地"，他们的言论、观点被传说、争论。他们和批评家之间缺少必要的、起码的对话。当一些争论和话题变成事件时，人们已经无法辨别哪些是文学的，哪些是非文学的。网络时代的批评需要新的策略，批评文风也需要新的改变，青年作家和批评家之间应当建立互相信任、双向互动的关系，把共同需要作为共同责任。只有如此，批评家笔下的文学世界才会更加广阔，青年作家才会在与批评家的对话、交流中成长，逐渐成为中国文学的生力军和中坚力量。

文学传播的力量之源

2012 年，莫言获得诺贝尔文学奖对整个中国文学在社会上的地位有很大的促进作用，让很多人感受到中国作家仍然引领文化思潮，在很多方面他们还是更加具备和世界对话的能力。

客观地说，莫言的获奖更多的还是莫言个人的事情。我也发现了一个现象，就是现在的书店里边，文学书籍一直是很多的。但有趣的是，几年前，文学的专架上可能有 10 个、20 个作家的作品，他们来自不同的领域，有很多作家的作品在那个专柜里面陈列，读者可以去买不同作家的小说来阅读。自从 2012 年 10 月份莫言获得诺贝尔奖之后，这种情形有所变化，就是文学的书籍在卖，但是大多只卖莫言一个人的书。莫言的书不管读懂读不懂，不管人们去不去读，但是必须去拥有，就变成这样一种非常奇特的现象。而其他作家的书就是说明显是一个配角的角色，甚至很多过去很畅销的作家的作品在书架上消失了，因为人们只关注一位作家。没错，莫言是个位大作家，但是在中国当代还有许许多多杰出的作家，大家都很不错。所以我觉得现在文学的环境有时候让人觉得非常兴奋，但是有时候也难免落寞。

关于中国文学如何走出去，这个话题其实是这几年整个文学界大家都很关心的一个问题，包括前段时间在北京师范大学成立了一个国际写作中心，由莫言任主任，贾平凹也去参加了，会议议题也是中国当代文学、中国经验、中国文学如何走出去走向世界。我个人有种看法，其实文学没有一个走向世界的问题，更重要的是被世界认可、被世界认同的问题。如果你刻意追求文学走向世界的，你的创作就可能变形，你的中国经验就可能自觉不自觉的被自己抛弃。而所谓国际认同就是说，我写我的，你看你的，你认可了那是你的认可，你不认可，我自有我的读者，这才是所谓中国经验，是中国文学应该具有的文化自信。莫言就不是一个刻意要走向世界的作家，他充分表达了自己的中国经验，逐渐被世界认同。有些作家在国际上被认可的知名度比在国内要高，但最后国际认可的东西还得把中国作为一个最巨大的参照，就是在中国国内最终要得到认可。

文化自信，作为一个文学家来说，你的自信其实不是那么大的一个自信。最重要的是，你相信你所坚持的是对的，你的坚持在很长时间内是不可能被更广大的人所认同的，但是你去坚持了，到最后如果得到认可，那会是一个巨大的认可，是无限接近世界认可的一种认可。这是最基本的判断，我们现在说中国经验，都特别容易从理论上走得很远。在中国传统的文学作品中，中国经验其实就是日常经验，很多人恰恰是抛弃了我们日常经验去表达别人的经验，去表达你认为别人会接受的那种经验，那恰恰不叫经验，那是你个人的一种想象，你想达成一种共识，但是经常事与愿违。我们在走向世界这个口号之下讲文化自信、中国经验的时候，应当看看我们的前人是怎么做的。

几年前我写过一篇小文章，是我个人重读王勃的《滕王阁序》的新感受。这是一篇千古绝唱的文章，他写的非常美。它美在哪呢？那当然其中的两句话我们都是知道的，"落霞与孤鹜齐飞，秋水共长天一色"。但是根据我个人的重读，其实《滕王阁序》至少有三个层面的内容。

第一，王勃描述了宴会的盛大的场面，他直接表达了对这个宏大场面的震撼感受。他在里面特别提到了"都督阎公之雅望"，就是说他非常感谢当地的都督，能够允许他来蹭这一顿饭。第二，王勃在文章里描述了从滕王阁往外看，那样的景色是多么的美，才有了"落霞与孤鹜齐飞"那样美的句子。第三，作为一个文人，作为一个知识分子，他有他的人格，他有他的追求，他有他的不俗，他有跟在场所有喝酒吃肉的人不一样的感受。在这种酣畅淋漓的氛围中，他突然产生一种寂寞、一种孤独的感受，所以他表达了个人怀才不遇、报国无门的情绪，于是写出了"勃，三尺微命，一介书生"，表达了一种没用的文人墨客的这样一种情绪，这种情绪跟滕王阁写序是完全有关系的。

我们想一下，就这样一种文章的写法，在今天会被我们的文人、作家自觉地删掉，只会剩下第二部分愿意去写。今天，不管什么名人，写下的那些所谓的桥呀、阁呀、楼呀的序言、碑记，其中没有个人，没有自我，没有现场，只有对那个景色的空洞描写。

我认为王勃就有文化自信，看见了什么，经历了什么，就写什么，这就叫文化自信。文化自信不是一个拽着自己头发往起飞的一个过程，它实际上是个落地的过程，你有没有勇气到这个最低处，我们有时候经常是说我们高不起来，其实我们经常是根本做不到低下去。所以你不可能跟大地，跟这个现实有什么关系，所有的文章都是千篇一律，最后我们比较的就是谁的文笔功底好一点，谁的自然一点，谁的陈述更像古文一点，而已。

就此而言，中国文学的努力不是一个走向世界的过程，而是一个被世界认可的一个过程。只有你认识到这一点，你的所谓的中国经验才可能真正地去体会、去表达。在这个表达的过程当中，你才能树立起一种真正属于你自己的，同时也是属于中国的、民族的这样一种文化自信。

中国现代文学史上，鲁迅是第一个有自觉意识的现代作家，比如《祝福》这样的小说，其实在五四时期，像鲁迅这样写祥林嫂这么一个妇女的悲惨命运的作家是非常多的。但是大部分作家所写的这些人物命运的不幸都是以他们在现实生活中那种所谓生和死，什么吃不饱、穿不暖，总是受欺压，就是直接形态的那种遭遇来写作。但鲁迅写的祥林嫂，是一个人的精神破碎史，而不是一个生活遭遇史，这是有很大区别的。凡是祥林嫂在现实生活中所遭遇的物质的、肉体的这种不幸遭遇全是间接的描写，而直接描写的全是祥林嫂个人的精神破碎的过程。她整个精神的破碎，精神的孤寂，一直到最后死亡，鲁迅其实就抓住了这一点，所有其他的东西在纸面上都是一个背景式的叙述方法，而不是一个直接呈现的东西，形式和内容是一个非常完美的统一。正是这样一种写法，使得他的作品、使他笔下的这种妇女形象变成了一个可以代表，甚至是代表几千年中国传统的、底层女性的状态。

鲁迅笔下的人，不管是知识分子，不管是农民，都把他当成一个精神存在，都在写一个人内心世界的孤寂。所以这里面涉及到他小说很多的写法，都跟他所表达的主题和内容是完全吻合的。

这也是一种中国经验，鲁迅能够把最质朴的、最真实的、最真切的、最惨烈的现实人生，中国的社会现实以及和它相关的中国历史，和一种现代性的艺术表达完美地结合起来。他的讽刺、他的同情、他的期盼、他的歌颂，在很多时候都在一个作品当中非常切合地结合在一起。所以，鲁迅就是一个国际性的作家，尽管很多人对鲁迅有这样那样的看法，但是在日本、韩国、新加坡、欧洲、美国很多国家，他们仍然认为中国最伟大的作家就是鲁迅，尽管在历史评判上鲁迅的很多东西他们也不是纯粹认同，但是他们折服于鲁迅的这种艺术成就，因为他们深切地感受到那是一种世界现代文学的一部分。

所以，我们讲中国经验、文化自信，不要急于刻意向外走，应该回过头去向我们的传统，向五四以来的现代文学创作者的作品，也要向上千年的中国的古典文学的经典作家作品学习。在那里面我们会体会到什么叫中国经验，知道如何从细节做起，最质朴地去表达文化自信。

我们向传统的精神学习，多读一些优秀的传统文学作品，要用现代的眼光，用我们今天的眼光去重新审视，得到新的发现，对当代文学也就有了更加切实、独立的思考。

说到最后，决定中国文学走向的最大的力量之源，是潜心创作出真正属于作家自己的作品。

做一个诗人有多难

诗人，在这个世界上是非常特殊的人群，无论从历史上还是现实里，他们的命运和他们的才华，总是一对相互纠结、剧烈冲突，并由此爆发诗艺火花的矛盾组合。一个顺风顺水的人不可能成为杰出诗人，因为没有痛苦命运的人，他的才华不可能如火山般奔涌喷发，一个毫无才情的人也不可能体验到真正的生命痛苦。

屈原其实是一位政治家。他那么忠君，那么爱国，到最后却不但没有得到君主的赏识，反而被小人所害，眼见得楚国日益衰败，成为秦国任意玩弄操纵的对象。报国无门之下，屈原只好放浪形骸，转而成为一位诗人，进而成为在中国诗歌史上最伟大的诗人。如果屈原遇到了一位明君，他的政治主张都能得到信任、采纳和实行的话，历史将少了一位多么伟大的诗人，世人将失去多么彻入心骨、启人心智的诗句。

但历史上，我们只见"不才明主弃"、因为报国无门所以诗意泉涌的失败的政治家，却很少见在人生的极盛期、制高点而突然转为诗人的人。"附庸风雅"的诗人是诗人里的"赝品"。

　　但诗歌总是闪烁着耀眼的光环，她是如此迷人，让人对诗人的洒脱、强大充满神往。诗人因此会得到现世的荣誉、名利、地位，这在中外诗歌史上是不乏先例的。即使不能做一个名垂青史的诗人，一个在一定范围表现出才华和激情的诗人，也同样会得到掌声和鲜花。这就使"诗人"变成了一个成功的符号，一个人所向往的角色。这种认识同历史上诸多伟大诗人真实的命运轨迹其实是一种不相融合的印象和结论。

　　上世纪 90 年代，小说家余华写过一篇有关"诗人"生活的小说《战栗》。其中有一位在大学时代"少年"不知愁的青年，因为诗歌方面的天赋而得到那么多女大学生的好感和情书。多少年之后，这位诗人并不能从诗歌中得到任何世俗的名利，落泊、无聊之际，他回味起曾经的诗人辉煌，无限感伤。其实，此时才是真正的诗人状态，因为除了继续写诗，诗不能再带给他任何好处。

　　这真是诗人的命运里最独特的"风采"，只有孤独是交流的"工具"，不幸更能够感染他人。

　　在当今世界，做一个诗人是幸福的，也是艰难的。他必须要经历创作的艰辛，感受心灵的孤独，又要表达出能够引起更多的人情感共鸣的诗歌。他必须对诗歌的关注，并以诗人的态度去介入现实生活，诗人就是不走其他辉煌的道路，只用诗歌和世界对话的人。美国作家、批评家苏珊·桑塔格说："做一个诗人，就是定义自己只是诗人，是坚持只做一个诗人。"桑塔格欣赏英国作家托马斯·哈代，因为"托马斯·哈代，是一个为了写诗而放弃写小说的人"。哲学家克尔凯郭尔在回答诗人为何物时说："一个不幸的人，心中怀着深切的苦痛，但他的双唇却是如此造就：所有呻吟与哭号一经通过，便会转化为令人销魂的音乐。"把自己的感情，哪怕是痛苦的感情转化为优美的艺术，这是诗人需要具备的才能，更是优秀诗人应当具有的境界。

　　诗歌，是个性表达非常突出的艺术，诗人同时又要对国家、民族承担起自己的道义责任。所以优秀的诗人，始终都在处理这样一种关系：时代与个人。在当代中国，有过诗人尽量克服个人性而努力突出社会主题的时期，近些年来，不少诗人又试图过滤掉时代的主题，突显其极度个人化的标识。如何寻找自己在时代社会中的方位，这是需要诗人思考并不断探索和处理的命题。没有只为写诗而写诗的伟大诗人，真正的诗歌有"唯美"的质地，但唯美不是诗人写作的出发点和归宿。诗人是属于自己时代的，他也属于自己的民族国家，他的情怀一定是大的，"大我"的主流位置是诗人狂放心性的突出特征。他在现实中，在现实中可能是一筹莫展的低能儿，甚至可能是一个时代的"零余者"，但孤寂中、面壁时，他又是把自己无限放大的人。他的才华本来不是为诗歌准备的，但各种命运和机缘导致他必须把天大的抱负、无限的才华，宣泄到需要"戴着镣铐跳舞"的诗歌创作当中。从这个意义上，我们甚至不能说诗歌是创作出来的，她是借助诗人的心灵和笔端奔涌而出的一股力量。即使诗人本人，时过境迁后，也难以复制他曾经的激情、感情、顿悟、愤懑和豪情。他在这种渲染和宣泄中表达出超越自我的情怀，让人看到一个诗人自觉担负起的使命和责任。

这就是诗歌的品格，这就是诗人的品格。做一个诗人是如此之难，她的辉煌和诗人的命运时而顺应，时而背反。让人永远对她产生探究的冲动，永远找不到最准确的终结式的答案。

第三辑

说世相

美声与噪音

今年除夕夜，一位作家朋友发来新春短信说，有时候我们听到某种声音，就知道某个节日正在到来，比如在此刻的成都，爆竹声告诉我们：春节到了。朋友说的没错，那是一个怎样的夜晚啊，即使你把电视机的音量开到最大，仍然什么也听不见。让人无法安宁的爆竹声是这个不眠之夜所必需的，它是所有人的需要，即使你害怕、讨厌，都不会在这个夜晚去公开反对。声音是一种霸权，喜欢哼歌的人比喜欢看小人书的人要多很多，原因就在于，音乐随时随地都会不以你的意志为转移而"侵入"耳朵，美术作品却需要观者更多的"自觉"要求。

可我们对声音的判断，说它是美妙的声音还是扰人的噪音，其实是有条件的，这条件随着个人需要会相互转移。比如爆竹，春节里听是一种"美声"，它引发你对节日气氛的无限想象，即使周围被这种剧烈的轰鸣淹没，人们似乎仍然可以在"爆炸声"中入眠。然而如果是在平日里响起，那就成了某些人的扰民行为，要遭谴责。人们通常会把自己失眠的原因归结为某种声音的搔扰，比如隔壁打牌的声音，楼上练习钢琴的声音，街上的叫卖声、汽车嗽叭声、老年人扭秧歌的音乐，等等。钢琴、音乐都是美声，但如果这些声音总在我们需要安静的时候响起，它就变成了某种噪音，让人产生受折磨的感觉。

现代人的脆弱感越来越严重。和这种脆弱相伴随的，是越来越多的人必须过"有规律"的生活。"日出而作，日落而息"已经成了懒惰、无作为的代名词。我们需要按时睡觉，更需要准时起床，却不管太阳的起落变化。我住在二十层以上的楼房里，不知从何时起，我的窗外栖息了一窝小鸟，也许是在空调机的后面，也许是在阳台的某个角落，总之，它们肯定和我一样是这里的"常住人口"。鸟类的生活是遵从自然规律的，它们没有时间概念，也就没有闹钟。冬天的早晨，它们和我的"起床"钟点相近，早晨七点，准时开始叽叽喳喳地"聊天"，那时，我和我的家人都会觉得，窗外有几只鸟在鸣叫感觉很美，我们甚至可以通过鸟叫的"欢快度"而判断天气的阴晴冷暖。然而，随着冬天的过去，太阳升起的时分越来越早，鸟叫的声音也渐渐来得早了。对于我们这些仍然需要七点钟起床的"人类"来说，鸟类的晨曲也渐渐变成了烦人的噪音，它们总是不管不顾地在凌晨时分"开聊"，让我们平添烦恼。其实，鸟类是依自然行事，它们不切割时间，只要太阳光露出，就开始一天的欢唱与吵嚷，是人类被秩序化了。近日，窗外的鸟不再鸣叫，它们不知飞到何处了，我猜想，一定还有比我还脆弱的居民，将它们驱赶走了。

人喜欢听什么声音，能接受什么声音，是个复杂问题。我幼时在乡下的姥姥家长大，深夜里常听到村子里的狗狂叫，村东头的某只狗不知何因狂吠，就会漫延到村西头，引发全村的狗呼应，这种"合唱"并没有人去认真理会，男女老少相安无事。而凌晨时分，公鸡又会集体打鸣，因为太阳又要出来了。这些自然的声音，既不是美声，也不是噪音，谈不上喜欢，也少有人讨厌，它们就是一种存在，人们都能接受。鲁迅在《秋夜纪游》里写道："我在农村长大，爱听狗子叫，深夜远吠，闻之神怡，古人之所谓'犬声如豹'者就是。倘或偶经生疏的村外，一声狂噪，巨獒跃出，也给人一种紧张，如临战斗，非常有趣的。"但并不是所有的犬吠声都让鲁迅喜欢听，上海租界的犬吠声就令他不能接受："但可惜在这里听到的是吧儿狗。它躲躲闪闪，叫得很脆：汪汪！"鲁迅直言道："我不爱听这一种叫。"今天的大小城市里，这类"吧儿狗"更是多见，但它们甚至连鲁迅所"不爱听"的"汪汪"声也少有了，一个个默默地、满足地跟在主人后面，即使它们不在眼前，但不知何时在主人授意下留下那么多的排泄物，仍然让人生厌。鲁迅笔下，那些"吧儿狗"是被他手中的石头击中鼻梁后吓跑的，而今天的宠物因何集体沉默，倒是很耐人寻味。

我们生活在一个声音更加嘈杂的世界里，"静谧"、"万籁寂静"的美感，更多时候是需要驱车到很远的地方才有可能享受到的，可有时候，即使到了天下最为幽静的青城山，体验到的仍然是人群的哄闹声。剩下的问题就只有一个：如何在这些声音里区分美声和噪音，如何充分地享受，又如何有效地抵制。

从"不可理喻"说开去

4月初的周末，罗马和拉齐奥又战罢一场"同城德比"。大开杀戒的火暴，你死我活的拼争，恨不得带着刀枪上场的义气，不深谙此中恩怨的人难以理解他们这是为什么。三张红牌，六个进球，双方教练同时被罚出场，球星们进球后的欢庆更像是古罗马的角斗士刚刚把对手置于死地。要说，本轮比赛正值意大利地震刚刚过去之后，双方球员的左臂上都箍着黑纱以为缅怀，赛前大家均表示，忘记"死敌"恩怨，同为死者踢球，但结果却仍然继承了"罗马德比"的火药味，仍然是一场活人间的肉搏。

这就是竞技体育，更是只属于罗马城的足球，干戈不会轻易被化为玉帛。极端地说，罗马人眼里只有两支足球队：拉齐奥和罗马。罗马人每年只等待两场足球赛：奥林匹克公园球场上演的罗马对拉齐奥和拉齐奥对罗马。常人难以理解这种感情，这就叫做不可理喻。世间有很多事情不可理喻，固执、强硬，带着游戏色彩的仇恨，为大众带来欢乐的复仇，这就是"罗马德比"的特殊意义。不可理喻就是不能被说服，是中庸之道必然碰壁的地方，它是一种性格，也是一种传统的积淀（或积怨），就好像中国足球的传统一样，胜一次韩国就是一次历史性的突破，这事讲给欧洲人听肯定不可理喻。也好比巴萨碰上了皇马，巴西遭遇了阿根廷，苏格兰撞到了英格兰，那种急红了眼的争斗，不知历史恩怨的人只能摇头表示不可理喻。

"不可理喻"本身也有不可理喻处。按词典解释，这个词本意是指没办法讲道理，形容某人蛮横或固执。但在实际使用中，它常常被等同为"不可理解"。"喻"是我能不能开导、说服你，"解"是我自己能不能想清楚并理解你的言行举止，主体的倾向有着很大差异。这点区别的消失看上去非常正常，人民群众的大量"错用"已使其无法纠正。至少在汉语里，这样的情况特别多，所以有一个词特别管用，叫做"约定俗成"。比如老子有言："治大国若烹小鲜"，本来是指治理国家这样的大事比如烹饪小鱼，十分不易，慎重为是，与今天的"不折腾"有相通之处。然而很多人引用这句话时，把"若烹小鲜"理解为"如'小菜一碟'（a piece of cake）"。用的多了，也就没有人来指谬了。近读《随笔》，见有学者刘纳的文章，说胡适并没有讲过"历史像个任人打扮的小姑娘"这样的"名言"。他讲的是"实在"而不是"历史"。然而人们历来就说他说的是"历史"，胡适，包括后来的学者纠正无效。这事说起来不可理喻，但又无可奈何地被广泛误解并成为唯一正确的理解，和那句"任何历史都是当代史"形成意义上的暗合。又见报上有记者访问台湾学者傅佩荣。傅教授很为传统经典的误读无奈，称"单单《论语》，被当下忽略的、不求甚解的、比较普遍的误会，大约就有十几处"。《孟子》从未说过'人性本善'"，孔子的"克己复礼"并不是告诫人们"克制自己，复辟礼制"，等等。可是，想一下，这样的误读又怎么能避免呢？我听过很多人引用鲁迅名言，其中有不少是你无法到《鲁迅全集》里去查实的。我有一位老师，总是告诉青年作家要多向生活学习，说鲁迅先生说过，生活就像一口井，只要你打下去，就会有水出来。可我至今也不知道这句话出自何处。记得曾读过这样一个故事，说韩愈科考时大量引用先贤"名言"，颇多精辟，考官事后问他"出自何典"，他的答案十分"雷人",大意是"我觉得先贤应该这么讲过"。

　　这篇小文章本身也不可理喻,从意大利足球谈到中文里的误读,实在说不清楚其中的关联。唯一可以说的是,这世间有很多事,"理解"很难,"理喻"更要谨慎。因为,"误读"无处不在,无孔不入,加之纠正乏力,最后,很多"误读"就成了"正解"。那么,当感叹"无人信高洁"时,当茫然于"谁为表予心"时,就去想想那些比自己受到更多误读与误解的圣贤和他们的"名言"吧。而我们能正确"理解""罗马德比"的意义,这难道不是一种值得独享的快乐吗?

暴读、恶补与挑食

我的阅读史和饮食史基本上属于同步变化过程，大体上经历了饥不择食、暴饮暴食、营养选食和伤胃厌食等阶段。我出生于上一个世纪的六十年代初，饥不择食是童年记忆里最深刻的部分，发展到今天，也偶尔会打着饱嗝说出"吃饭真累呀"、"医生不让吃得太油腻"之类真心的时髦话。我的阅读也是如此。回想童年时期，在一座晋西北小城里，能读到的书最高级别也就是如今被称为"红色经典"的小说，我们那时都统称为"闲书"，我的周围逐渐形成了一个比着读，换着看的"读闲书"圈子。在那个没有电视也没有作业的年代，"读闲书"应当算是最高的文化享受了吧。所以我直到今天也不想贬低"红色经典"的艺术魅力。

让我第一次对世界产生奇妙联想的书，是小学时读过的一本名叫《五彩路》的儿童故事，讲述三个西藏的小孩，偷偷离家出走，经过长途跋涉来到了拉萨。城市里的奇观令人欣喜，路途中的种种奇遇更让人产生对外面世界的无限遐想。这种美丽的想象到上中学时读了凡尔纳的《神秘岛》再次得到满足。一粒米中藏世界，眼镜片里取天火，挑战生存的美妙体验，可以说是充满情趣的欧洲版《桃花源记》。

我第一次，甚至差不多是唯一一次因读书而掉泪的事发生在阅读《水浒传》的时候。那是 1976 年，我正在上高中，学的是"赤脚医生"专业。一本繁体竖排版的《水浒传》让我痴迷了很久，当读到李逵为了宋江不惜以死相许的情节时，那种深切的情义，让人禁不住潸然泪下。我知道这对很多人来说是不可思议的事，因为感人泪下的应该是《红楼梦》而非《水浒传》。

等到我 1979 年进入大学后，我的读书也由无目的的"饥不择食"转而开始面向名著的"暴读"，这种对名著的追逐几乎让我对课堂学习提不起兴趣。除了"恶补"古希腊悲剧、莎士比亚和十九世纪批判现实主义小说，与思想者接近的愿望也越来越强烈，从亚里士多德、柏拉图，到斯宾诺莎、黑格尔，再到鲁迅、钱钟书，无论是否能够读懂和理解，都想到其中体验思想的快乐。大学四年，我最熟悉的地方是校图书馆的文科阅览室。阅览室的管理员是一位和蔼的老太太，她是我们中文系一位著名教授的夫人，教授我其实未曾拜访，他的夫人倒常常对我网开一面。四年中较为独特的阅读记忆，来自傅东华翻译的《飘》、中国的朦胧诗和王瑶的《中国新文学史初稿》。

研究生时代，我的读书更加"专业"，《鲁迅全集》和五四作家的作品第一次让我有了"必读书"意识。鲁迅思想还无法真正领会，他对生活的发现能力和语言的穿透力却每每令人折服。"与名流学者谈，对他之所讲，当装作偶有不懂之处，太不懂让人看轻，太懂了又让人讨厌，偶有不懂之处，彼此最为合宜。"鲁迅的尖锐多么奇妙啊。

二十世纪八十年代的中国知识界，大家还在互相推荐可读之书，对我影响最大的著作，一本是宾克莱的《理想的冲突》，另一本是考夫曼所编《存在主义》，两部著作都由商务印书馆出版。前者是对西方价值观变化过程的生动描述，有着吸纳不尽的思想内涵；后者是对存在主义的具象归纳，比之许多抽象的解释更让人着迷。也是从这本书里，我记住了克尔凯郭尔这个名字，也领悟到了从陀斯妥耶夫斯基到萨特的思想脉络。

近些年来，当代中国作家的各类小说成了我最主要的读物，这其中有失望也有惊喜，体验过阅读的享受，也抱怨过乏味的折磨，但毕竟我们大家在同一片蓝天下生活，这些"生猛海鲜"的味道是将来的读者、域外的读者难以完全品得出的。经常面对周围人的作品，让我养成了一种不良的阅读习惯，面对任何读物，都很难有沉浸其中的诚意，总想以最快捷的方式知道其中的大意，立刻就想判断出这些书籍在思想深度上的品位。所以尽管书架上的书籍日渐增多，却常有无书可读的恐慌，面对书店里五花八门的图书，从前那种"抢购"的兴趣几近于无，时常还会有读书、著书均属徒劳的感叹。在图书市场这个汪洋大海里，我们的那几下扑腾，充其量也是路边小店式的赔本生意。其实我知道，这并不意味着自己的读书观变得成熟了，在很大程度上是频繁的文化快餐让自己患上了厌食症。不过，仍然有智者的思想能让人感觉到快乐，罗兰·巴特和米兰·昆德拉最让我心动。而且，重读鲁迅也让人对世态人心有了更多体验。我的阅读于是如宿命般不可能停止。

时尚为文化着装

俏脸、美腿、真空装，击球时的尖叫，胜负不变的表情，莎拉波娃改变了网球运动，最重要的，她改变了网球运动的关注点。仅有美貌是不够的，库娃的消失说明，体育必须与成绩挂钩。然而体育明星的魅力，正在越出竞技的边界，与时尚的追求紧密相连。当你从一个电视镜头里看到，一群中国少女为看不到贝克汉姆的芳容悲伤流泪时，你能说她们爱的就是小贝的球技吗？一个背着那么多绯闻的足球明星，仍然受着那样的追捧，这世道的公理怎么讲啊。

的确，时尚的要求在今天已经变得非常疯狂。十佳球的评选已经让位于"十大魅力男星"或"女星"，不管是刘翔、田亮、郭晶晶，他们受人关注的焦点，已经不由自主地偏离了体育本身，与时尚、广告、娱乐界或情变相关。我们常常说让体育回归于体育，让足球回归到足球本身，但事实上这种纯粹是不可真正追求到的，或者说世界上从来就没有完全纯粹的事物。

今天，体育竞技的政治含义和国家象征作用减弱了，但它又同另一个世界潮流即文化时尚合流。为什么同样是精彩的足球比赛，美洲杯的吸引力远不及欧洲杯呢？这其实与看台上的色彩有关。因为有辣妹在看台上的镜头，小贝点球不进的场面就更多感伤；因为普拉蒂尼悲伤地趴在桌子上发呆，本来不同情法国出局的我也感到有几分不忍。再看看那些球迷们吧，他们的行头和他们脸上的油彩，让每一次比赛的看台都呈现出色彩斑斓的壮观。仅凭那颜色，我们就能知道是谁跟谁在场上对决。这是只有欧洲球迷们才能做到位的事情，没有现代足球一百年的积淀，是很难做到的。足球比赛还让美女们有了展示风姿的机会，经常会有那样的镜头闪过，靓丽的风姿让人觉得足球比赛拥有值得全人类观赏的美感。

的确，当今时代，不论中外，竞技体育与时尚、与艺术的界线正在逐渐模糊。要说这可是三个互不搭界的领域，可在今天它们常常不可剥离地呈现在我们面前。它们共同烘托着一种新的文化时尚，在全球化的强大背景下，寻找自己继续生长、吸引眼球的途径和策略。体育界、演艺界就不说了，即使在以文字为生命支撑的文学界，"一级作家"、"大师"、"前辈"的传统魅力正在减弱。创造畅销奇迹的作家常常是一夜间冒出的"美女作家"、"80后"，他们无根基、不权威，个个像个独行侠。他们的创作似乎跟文坛无关，却在效应上有明星化趋向及其特征。他们有一个固定的读者群，这些读者会以拥趸或追随者的姿态对待他们。这是此前的文学界未曾料到的情形。

一个消费主义盛行的时代，文化的消费性似乎不可避免。娱乐性、游戏色彩和时尚化，有如活跃的生命元素，也有时像挥之不去的怪异身影，流散、涂抹、夹杂在一切文化生活和文化活动中。它们时而会给我们带来一丝惊喜，时而会让我们有点不适应，也有时会让人生厌，但这些都是不同接受者的心理反应而已，文化的时尚潮流本身已经势不可挡。今年中国网球公开赛的推销术语中，仍然强调了美少女莎拉波娃的到来，这是门票促销术里不可忽略的要素。

"德比战"不是"窝里斗"

"德比大战"这个词现在很流行，可我们这里，凡流行者，和滥用就差不多变成了同一个意思，"德比大战"也是如此。乒乓球世锦赛在日本举行，第一轮有两个中国选手相遇，电视主持人说这是本次赛事第一个"中国德比"，听了后简直无语。前个周末，中超联赛正逢北京国安对上海申花，另一家电视台主持人又说这是中超联赛里的"国家德比"，闻之仍然不解。

"德比"是什么？只是英国的一个郡，德比有什么"大战"？据说起先是让两匹身长、体重相同的马比赛，后引申到足球领域，专指同城的两支足球队进行职业比赛。"德比战"之"大"在于，同城并不意味着是兄弟，反而是死敌，是星火四溅的比拼，历史恩怨的了结与再结新恨。简要而言，同城的两支队伍，要争夺共同的本地区球迷，吸引共同的本地区商业赞助，谁高谁低的背后，大有可以讲究的地方，不拼个你死我活如何可以在其他竞争中胜出？典型的同城德比战如意大利的米兰双雄，罗马城的罗马和拉其奥，伦敦城的阿森纳对切尔西。有时候，虽是同城但实力相差太远，"德比"味道就很难充足，如曼联对曼城，皇马对马竞，尤文图斯对都灵，等等，关注度要低得多。而有时，虽非同城，却刀枪俱出，场面火暴，"德比"味道甚浓，人们就扩而言之为"国家德比"，如巴萨对皇马就是公认的"西班牙国家德比"。阿根廷的博卡青年队在丰田杯赛上失利，河床队的球迷会上街庆祝，这是变了味的"德比"意识。

可以说，"德比大战"是足球游戏里的特殊看点，对局外人来说，它平添了很多媒体的热炒话题，增加了相应的门票和转播收入。是欧洲足球文化产生出来的奇花异果，它代表了某种有根源也没理由的争强好胜，它积累下很多让人玩味的体育话题。

就此而言，两个中国高手在世锦赛首轮相遇，称得上是"德比战"吗？即使在中国足球这个可怜的水平上，申花并非总是第一，国安"永远争第一"，却从来没有得过一个联赛冠军，莫非就因为两个城市的特殊地位，就能决定它们之间的比赛是"中国德比"吗？斯诺克里的巅峰对决大多是英国人之间的较量，乒乓球比赛里的冠亚军也通常都是中国人，把这种比赛称之为"德比战"实在牵强。"德比战"是水平相当、条件相近、地域相同者之间的比赛，其中还必须要带上亦真亦假、不无夸张的复仇因素。每次著名的"德比大战"之前，媒体都会找各种数据、言论来渲染"仇人相见，分外眼红"的气氛。

柏杨痛斥中国国民性里"窝里斗"的劣根性。"窝里斗"从形式上看是一种"德比"，本质上却有很大不同，"德比大战"是明着斗，恨不能把火点到十二分，把水煮到一百度，拼争是充满血性的，是一种有公平名义（哪怕是表面上的）、有裁判（当然可能是黑哨）的竞争。"窝里斗"通常是貌合神离者的斗争，构陷、中伤、阴损，是一种不讲规则（哪怕是表面上的）、没有裁判（即使是黑哨）的争斗。其实我们这里，少有"德比大战"的先决条件，东方文化本来就有自己化解问题的办法，不一定非要去"德比"。中超还是甲 A 的时候，如果一个省或市有两支球队，那么它们之间的比赛就会在联赛尽早时候就安排进行，以免末尾时在涉及到冠军归属、生死保级时，发生"同城兄弟"合谋"做"掉别人局面。今天虽然不刻意如此安排了，但要让他们恨起来，"无缘无故"地恨，也是不现实，缺少必要条件。它们之间的比赛也就称不上是什么"德比战"。

　　鲁迅先生一再强调，中国"国民性"里缺少竞争意识，没有复仇精神，凡遇劲敌，都愿用"精神胜利法"来安慰自己，直截了当的斗争却少得稀奇。当鲁迅听说广州街上有两家商铺公然作对，大斗"迷信"的时候，他没有急于去嘲笑"迷信"本身，而是对商家公然作对的"斗法"表示了赞赏，因为他们"迷信得认真，有魄力"（《如此广州》读后感》）。鲁迅在《野草》里写过复仇，"复仇"者恰是受难的耶稣，而另一种"战士"式的"复仇者"，是拔刀相见的英雄，"有他们俩裸着全身，捏着利刃，对立于广漠的旷野之上"，"他们俩将要拥抱，将要杀戮——"。然而，这样的"复仇者"和"复仇"场面鲁迅见不到，他见到的多是"窝里斗"（估且这么归类），所以他强调，"死于敌手的锋刃，不足悲苦，死于不知何来的暗器，却是悲苦。但最悲苦的是死于慈母误进的毒药，战友乱发的流弹，病菌的并无恶意的侵入，不是我自己制定的死刑。"（《杂感》）他总是强调看上去是同行者，事实上却暗下毒手者的可恨与可怕。"倘有同一营垒中人，化了装从背后给我一刀，则我对于他的憎恶和鄙视，是在明显的敌人之上的。"（《〈阿 Q 正传〉的成因》）他在致萧军等友人的信中，也反复强调这一观点，认为失败的战士最痛心的不是战场上的失败，而是失败后看到同一阵营中人的窃笑。鲁迅没用过"窝里斗"这个词，不过他的这些见解实在是这一"斗争"方式的最好注释，如果我们非要如此归结的话。

　　"德比大战"并不值得迷信，在欧洲，传统的"德比大战"背后，夹杂着宗教、政治、民族等复杂因素。今天的"德比大战"的渲染，又有着浓重的商业炒作、利益最大化的企图。但无论如何，"德比"是外人的复仇游戏，有很多可以剖析的内质，也有强烈的游戏色彩，动不动就在我们这里强调什么"德比大战"，以为这样就和国际接轨了，实在是生搬硬套、拾人牙慧之举，徒然为平淡事物添加不切实际的色彩。

巴洛特利的叛逆与处境

什么人才叫智者？有人说，是能给我们人生指导的人，是给我们的幸福生活开路的人，是用智慧战胜野蛮与愚昧的人，但这些说法很难被大众同时接受，世间最流行的说法是：谣言止于智者。也就是说是不是智者需要反证，即你是否相信谣言。但关键的问题还有，谁能确认某种传言是不是谣言呢？真相大白需要多长时间，到那时人们还对这些传言有兴趣吗？

人很容易掉到是非里，批判的声浪会淹没你，诅咒的尘埃令你来不及抖落。比如在国际米兰，二十岁的巴洛特利是公认的球场"神童"，却被自己的球迷看成是"妖童"。他到底惹谁了？在国米历史性地 3∶1 胜了巴萨后，他竟然不去参加队友们的庆祝，而是愤愤然独自离开球场。关键是，他还扔弃了国米的球衣，并在球迷的嘘声中骂出脏话。这是足球俱乐部里少有的"异数"，一个最年轻的希望之星，竟然和东家"拧巴"到如此地步。就是这个"孩子"，不久前曾经在电视上身着"同城死敌"AC 米兰的队服露脸，在更衣室里哼唱 AC 米兰的队歌。完了，不会有人相信他还有机会在国米找到成长的道路。可穆里尼奥仍然派他出场，为什么？一次失误就招致全场球迷的嘘声，又是为什么？一个人要结仇居然就这样不由自主，就这样化不开。世间的事真是太不可思议了。我不懂相术，但怎么看巴洛特利也不像是个"坏孩子"。可事实上，从俱乐部主席到主教练再到队友，都已无法忍受其"背叛言行"。

不管怎么说，巴洛特利有需要修正自己的地方，不然只能选择离开国米。我在想，一个人惹了众怒，受到公开指责或批评，自然心里非常负担。有些结不是靠言辞能打开的。比如巴洛特利，除非他在一场关键比赛中摧城拨寨，做出力挽狂澜般的贡献，而且还不能在表情、动作、细节上明显失误，否则他必然无法呆下去了。然而，如果一个人在美言中逢遭不幸，到死都不知道是为什么，那不是更大的悲剧吗？《战国策》里有一故事叫《魏王遗楚王美人》，说魏王把一美丽女子赠送给楚怀王，楚王很喜欢这位从晋地来的北方女子。而楚怀王有一个天下皆知的貌美但嫉妒心特别强的妃子叫郑袖。在"竞争"挑战面前，郑袖的策略非同凡响。她对这位"新人"显出甚爱或比楚王更爱的态度，给予其最好的待遇和无微不至的关心。楚怀王虽对郑袖的大度表示不解，但仍然为此高兴。郑袖打消了楚王的怀疑后，便对"新人"说，楚王非常喜欢你，只是对你的鼻子长得不太满意，以后你再见他，最好遮掩住自己的鼻子，以臻完美。"新人"果然听从了郑袖的劝说，凡见国王必掩其鼻。楚王对此不解，郑袖进言说，我知道为什么，她是嫌你身上有臭味。楚王听了以后勃然大怒，发令对"新人"施以劓刑（即割掉鼻子），她后来的命运也就可想而知了。先不说"新人"为什么不探明事实真假，楚王为什么不问清楚究竟，就其结果而言，很明白的教训是，美言后面的操作，善意背后的阴险，真是让人不寒而栗。如果是放到我们自己头上，一边是国米处境下的巴洛特利，一边是楚王身边的"魏国新人"，如果在这两个人之间必须选择一个充当一回的话，人们会选择谁呢？

　　人人都应该对自己充满自信，包括对自己的鼻子，人人都应该选择恰当的方式与环境相协调，相斗争。对于流言，再厉害、再能干的人也常常会显得无奈。鲁迅就是一个痛恨流言的人，也是一个被流言包围并与之战斗的人。但更多的人却为流言伤害，这样的例子还用举吗？什么叫"软刀子杀人"呵。对流言最好的办法，似乎只有早早地让其失效于萌芽之中，都说谣言止于智者，然而谁又能用这个说法去判断一个人的或智或愚呢。还是在魏国，大臣庞葱要出差，他知道有人要趁机向魏王说他的坏话，所以自己先去打预防针。他问魏王，如果有一个人说城里有虎你信吗，魏王自然说不信；又问有二人说城里有虎你信吗，魏王说我将信将疑；再问如果三个人都这么说呢，魏王说那只好相信了。庞葱于是说，其实您也知道城里肯定没虎，但三个人说有，您就相信了。那么，有三个人说我坏话您自然也会相信，希望您能明察。魏王恍然大悟。庞葱安心出差去了。

　　其实，这些古代故事里有很多漏洞，如果"新人"事先问一下楚王自己的鼻子究竟长得如何，楚王问一下"新人"自己身上到底有何味道；再比如向魏王进谗言的人究竟是信臣宠妃还是平时就好搬弄是非的人，都有可能改变故事的结局。但我们仍然可以相信其中的道理，因为这是寓言。古代的事情已成典故，权当一听，巴洛特利的命运却依然让人操心，这个二十岁的球场神童，将来到底会怎样，这对很多人都是个考验。

像穆里尼奥那样去言行

世界杯就要开幕了，却总想说一说并不带队前往南非的穆里尼奥。从去年到今年，因为有他，欧洲足坛引人注目，也因为有他，世界足坛包括马拉多纳在内都好像失了许多光彩。穆里尼奥这个让人想骂又不得不先表示佩服，表示了佩服就无法再骂的人，在当今世界上具有极强的标本作用。他是为数不多的可以把决心化为言辞、把言辞化作行动、把行动实现为目的的人，更有甚者，他是惟一敢于向一切挑战而获得成功的人。与奥巴马的愁容、鸠山的眼泪相比，穆里尼奥在"国米"这个"王国"里完美地完成了统治，又抽身去"皇马"做"皇帝"去了。在这个权力与压力成正比的世界上，穆里尼奥是个不折不扣的幸福的狂人。

穆里尼奥是公然向媒体发起挑战的狂人。不管国际米兰成绩如何，意大利媒体都会批评他，反之亦然，穆里尼奥不管输赢都敢于向媒体开炮，无论是在新闻发布会上直接指斥提问记者，还是在其它场合表达对意大利媒体的整体不满，他从来都扮演着口无遮拦的角色。在穆里尼奥眼中，意大利媒体为了批倒他，甚至成为最不希望国米取胜的群体。当今世界，媒体的集体攻击让人胆战心惊，不呵护好这层关系，成功是一件非常艰难的事，然而穆里尼奥却好像天生不懂事似的，处处和媒体作对。

穆里尼奥是敢于和同行打口水战的狂人。他不但和安切洛蒂公然对骂，对世界足坛上的任何强劲对手都似乎不放在眼里。对于欧洲任何一家豪门的主教练，他总会用或显或隐的方式表达不以为然的态度。他在球场边上尽情表演，或手舞足蹈，或双手指天，或做"手拷"状，或跪地"滑行"，全然不顾对手反应，他就是这样一个让人"讨厌"的狂人。

然而，支撑穆里尼奥如此行为的根本是他的成就。"三冠王"的伟业自然值得自豪，最骄傲的还是根本没有人去想象过这样的结果，他的个人智慧与才能所以才不得不让人心服口服。在他带领国米实现了历史上最为辉煌的成就之后，却又自动选择去皇马复制伟业。这个敢于挑战一切的人，显然是一个把失败抛诸脑后的人，其狂性正在于此。

穆里尼奥看上去是个目空一切的狂人，但细心的人会看到他聪明、温婉的另一面，他狂却不粗鲁。在伯纳乌决赛的最后一分钟，他主动走到"老师"范加尔的坐席握手致意，在国米球员集体狂欢的时刻，他一个人独自走向球员通道。他从不用言辞冒犯自己的东家莫拉蒂，保证了自己生存的最根本的根基。特别是他对巴洛特利的保护，在国米上下包括球迷的责怪声中，穆里尼奥妥善处理了这种关系，既不去用言辞力挺，又能在危急时刻大胆派其上场，感化了巴洛托利的同时，也使其修复了与球迷的关系。

狂人，这个带有强烈的悲壮色彩的称呼，这个必须要在现实利益上付出代价才可能得来的名声，在穆里尼奥这里却完美地结合到了一起。我们知道很多精神上处于"狂人"状态的人，他们通常会因其言行而遭遇这样那样的不堪后果。其强言壮行与悲剧命运相联。而在文学家们笔下，所谓的"狂人"大多只是精神巅狂而已，并不是振臂一呼，应者云集的英雄，果戈理、鲁迅小说里的"狂人"形象，其实都是心怀警觉的弱者，处在时时处处怕被人欺、被人"吃"的恐惧当中。

　　穆里尼奥是个异数，偶然性、巧合、机遇，都是让他撑到今天而不倒的要素。但不管怎么样，他还可以继续疯狂下去，而且是敬业地、风光地、大有作为地扮演着狂人角色。我相信，他实现了这个世界上绝大多数男人的梦想：说心中所想，做梦中所为。没有几个人有那样的机会去证明自己，所以，作为标杆，我强烈希望他能继续前行下去。让人人都持有那样一种幻想：可以像穆里尼奥一样去言行。

书店的品格

实体书店全面寥落，但人们分析其原因时认为，除了公众"文化生活"大面积"分化"外，"网购"已经成为人们购买图书的重要渠道。因此也可以稍微安慰一下，实体书店的弱化并不完全意味着读书风气在同步减弱。

有一个现象很有趣，机场是实体书店仍然存在的地方，机场无论大小，总有一两家书店在迎接读者。这大概与航班经常延误、乘机时手机必须关机达数小时、出没人群文化消费的平均愿望较高有着潜在联系。然而，在仍然开张的书店里，扑面而来的是什么呢？在全国大小机场的书店里，我们看到的图书，大多并非散发着书香、充溢着书卷气的读物，而是以"图书"为载体的"商品"。即使在一线城市的机场书店入口处，总会有一台电视机在不停歇地播放录像，那里面有一个人面对没有观众的前方侃侃而谈，内容是营销策略、处世之道等等，书店里毫无疑问着力推销这些人的"专著"。艺术类的大多是挂着"国宝""典藏"名义、价格昂贵的作品集，文学类的基本上是以"官场小说"为主打，从"市长秘书"到"车队司机"，只要是能引诱人可以看到"黑幕""丑闻"的，可谓应有尽有。包装过度、内容单薄的"心灵鸡汤"读物，夸大其词、没有学理的"管理""策划"类图书，是其书架上的主打。很多读书人在网络和随笔言论中感慨，再也不愿意进机场的书店寻找读物，那里边的气息和自己心目中的书店远非是一回事。

书店，是培养青年阅读习惯的地方，是满足爱书者"淘"到久觅难得书籍的去处，是买不买书都在里边泡着、感受文化气息的场所。曾几何时，中国大小城市里促生的各类书店，是喜爱读书的人们经常去"消费"、消遣的乐园。现在这些书店中的很多已经关张歇业或者苦苦支撑。以北京为例，曾经的"三联读者服务部"以及"风入松"、"万圣书园"、"三味书屋"，如今已经辉煌不再。为了生存，许多书店不得不把教材教辅、厚黑风水、假大空攒的读物当作"重点"推销书籍，这多少让人觉得难奈。

笔者曾有机会逛过台北的几家书店，其中"诚品书店"的规模，图书摆放的重点，服务读者的态度，都让人产生重回书店的舒服感，特别是设于"史语所"内的一家名叫"四分溪"的书店，那种学术的、文学的气息，高品质的图书品种，不禁让人想到，书店的存在价值和它所应具有的品格。我们深知书店强化"商店"功能、网购带来致命冲击后的艰难，但是不是这样的困局就只能放低品格作为解救之道，国家层面上的扶持能否有效保证品牌书店的生存发展，这真的不只是个买不买书、从哪里买书的问题，它同样是一个城市甚至一个国家文化形象的问题。

读书人怀念有品格的书店，希望这种淡淡的怀念能够升华为快乐的"相见"。

战国之风采

闲来读书，古人之说令人感佩。《史记》所述故事，颇见战国之风采。不敢评说，抄录故事数则与人分享：

一、士为知己者死，女为悦己者容。这是战国四大刺客之一、晋人豫让的名言。豫让为报智伯之恩，不惜毁容变形，食炭变音刺杀赵襄子。而我以为赵襄子也是颇具义气之人。他感佩豫让"真义士也"，持衣与豫让拔剑击之，两人演绎一出动人大片。

二、战国时养士成风，士之名节观甚重。孟尝君有食客数千，他不但厚礼相待，且坚称与众食客"同吃同住"。某夜，他与一食客共进晚餐，其间，灯光被侍者所遮，食客认为一定是孟尝君故意掩盖饭菜质量不相等，怒而请辞。孟尝君起座奉食相比。结果食客自惭形秽，当场刎颈自杀。人说大丈夫不为五斗米折腰，也有义士为一言自裁。

三、以势取人在战国的士子中是一种风气，也是一种权利。廉颇被赵王免职回家，失掉权势后，门客纷纷离他远去。等到他重新被任为将军，门客们又都回来了。廉颇自然不爽，要他们各自回家。然而门客却反而批评廉颇的"观念落后"，称"君有势，我则从君，君无势则去，此固其理也，有何怨乎？"

四、战国时养士如今日之买豪车别墅，是一种身份的象征。这给当时一些贵族公子也造成相当大的心理压力。平原君食客中有一跛子，某天挑水时因姿态难看而引来一位美妾在楼上大笑。此客不依不饶，非要平原君杀妾。平原君未从，食客渐散。无奈，他最终只好献上美妾头颅，才使众食客重新"归队"。

五、才怕妒忌。说战国时人才至上，但也并非全然无忧。扁鹊医术高明，无人能比，闻名四海的同时，也引来"同行"妒忌。秦国太医李醯自知技不如人，派人把扁鹊杀了。所以司马迁说：女无美恶，居宫见妒；士无贤不肖，入朝见疑。也诚如老子所说：美好者不祥之器。古人真的认理透彻，说理至真。

六、《史记·刺客列传》里的几位刺客多是失败者。他们展示的其实不是刺客的勇武和谋略，而是一种愚忠式的义气。豫让还是因为不忘智伯对他的重用而效忠，聂政纯粹是因为严仲子用重金来买自己做杀手便心生感动。他的刺杀行为其实是一种赴死或自杀。理由也荒唐：有母在不冒险，母亲亡则无所不为。

七、战国时国家强弱直接决定生死。国与国签订互救条约成为生存中的必须法则。故一国君主特别在意自己的信誉，生怕因小事失信而亡国无助。秦王之所以让赵璧完归，是秦王害怕背上恶名。弱国使臣常常就可以利用这一点抢功。廉颇、毛遂都是如此，他们敢在强国君主面前口出狂言甚至有妄动之举。

八、"县名为胜母，曾子不入"，因为曾子要讲孝道。"邑号朝歌，墨子回车"，因为墨子崇尚节俭。按照这样的"风骨"、苛刻，如今的许多盛大场面，有坚持的人是都不能去的。权作是一种古风逸闻吧。

九、孟子一肚子学问，就是找不到用武之地，那时候各国君主看重的是苏秦、张仪这样的辩士，孟子想用夏商周的历史用于当时政治，没有人欢迎他，最后他只好和自己的学生去研究学问。屈原也本是朝廷里的重臣，却失意而去，方有《离骚》《天问》，失意的政治家成了诗人哲学家，悲耶幸耶？

十、战国时通讯不发达，但智者常以动物为工具出奇制胜。陈胜在鱼肚里放入写有"陈胜王"三字的绸布，为自己制造舆论，又派人到丛林里学狐狸叫，动物成了舆论工具；公子光靠藏在鱼肚里的匕首杀了王僚，成为唯一入史的成功刺客；孟尝君靠鸡鸣狗盗之士逃离敌国，同样尽显"动物凶猛"的本色。

怀念祥和的叙利亚

叙利亚的战火还在继续，一个动荡不安的国家，仿佛是轮番上演的戏剧，让人看得瞠目结舌。因为两年前的一次出访经历，我对叙利亚有着格外的关注。我很不解，一个曾经给人留下那么多美好记忆的国家，为什么却突然间成了一片内战的火海，同胞之间的杀戮，政府与反政府之间的无法调和。这背后有多少难言的、复杂的背景，我无力分析和判断，但每从新闻里看到叙利亚每天都在死人的消息和满目疮痍的城市景象，脑海里就会浮现出曾经见过的叙利亚，想起那些让人怀念的故事。

2010 年 12 月，我和几位朋友以"中国作家代表团"的名义，从约旦首都安曼乘飞机进入叙利亚。夜晚的大马士革并不辉煌，进入市区也一样昏暗凌乱，入住一家市中心的酒店，规模和陈设绝不能同国内的任何星级酒店相比。接下来的一周时间，从大马士革到霍姆斯，一路向北到哈马，再到阿勒颇，折返到塔尔图斯，最终回到大马士革。这一路，我和朋友们领略了叙利亚悠久的历史，灿烂的文化，时常为之叹服。大马士革的清真寺和大巴扎，台德木尔的博物馆和罗马古城遗址，哈马的庞大水车，阿勒颇的古城堡，塔尔图斯的地中海美丽风景，让人流连忘返。一路上，我有机会欣赏叙利亚美食，在大小饭馆里看到悠闲的叙利亚男女，他们并不饮酒，却人人捧着个水烟壶品吸着，桌上是简朴的阿拉伯餐。叙利亚是中东的粮仓，这里不但物产丰富，而且都是非常适合人类放心食用的粮食和蔬菜。在叙利亚，你随时可以见到一个接一个的俊男靓女，可能是因为地缘关系，加之数千年历史上的战争交锋与民族融合，叙利亚人普遍具有综合欧亚人种优点的特征。无论是官员、作家、商人，饭店里的侍者、商店里的服务生，不管其穿着有多大差别，气质、气色、相貌，却大多令人望之舒服可近。

但所有这一切都还是其次的，两年前的叙利亚给我留下最深印象的，是其淳朴的民风，几近于路不拾遗的风尚，人们普遍的热情好客以及对诗歌艺术的热爱。

他们淳朴的风尚最让人难忘。记得是到达叙利亚的第三天吧，我们要从大马士革乘车出行到霍姆斯等地一周时间，大使馆的同志建议我们只带上加厚衣服及必备物品出徒。离开大马士革一百多公里，我突然发现自己准备好的行李袋并没有在身边，各种衣服、剃须刀、墨镜等，总价值怎么也是几千元吧。陪同我们的叙利亚作协的朋友知情后赶快给酒店去电话，说明情况并希望他们在酒店大堂、我本人住过的房间等地方查看。数次询问，等来的结果都一样，没有任何遗留物品在酒店。我的心情变得若有所失。晚上入住霍姆斯酒店仍然不甘心，自己把事由用英文写到一张纸上，然后到酒店前台出示并说明，请求帮忙去电再次询问。霍姆斯酒店的前台服务人员免费帮我拨打长途电话至大马士革，询问的结果仍然是没有，但对方强调，只要东西的确是落在了酒店，保证不会遗失。一周之后，当我们再次回到大马士革，已经淡忘了此事也不抱多大希望的我，一入酒店，就在大堂一角的一张桌子上，看到自己行前准备好的塑料袋，打开一看，里边的物品一应俱全，没有任何损失。叙利亚，我和我的朋友们因此感佩于这个国家的路不拾遗。

还有一件有趣的事，那是在阿勒颇，我们一行数人去逛当地的集贸市场，雨天，中午，我们集合后去停车场准备回酒店用餐。正在我们要上车时，看到一个当地的小男孩，大约十一二岁吧，急匆匆地向我们跑来，大家都很纳闷，只见他手里拿着一枚小小的徽章，怯生生地说了句你们的人落在店里的，然后扭头离去。原来，是同行的一位朋友把戴在身上的单位徽章不小心掉在了柜台上，店员又派自己的孩子冒雨跑了数百米来送还。这虽然是一个小小的细节，却让人心里产生一种非常温暖的感觉。

一路行走了五六座城市，我们都深深感受到叙利亚淳朴的民风，人们从容淡定的表情，良好的社会秩序，这是一个安全感非常高的国家，是一个可以放心旅行、安心体验的国度。在大马士革，不同肤色的人们安然相处，在哈马，基督教堂和清真寺和平并存，在霍姆斯，人们在历史长达 600 年的餐厅里用餐聊天，在阿勒颇，主人深夜和我们谈诗论艺。然而，两年后的今天，这几座城市无一例外都成了内战最激烈的地方，目睹镜头里的惨状，一次次回味起那个曾经安宁祥和的叙利亚，心中充满对她的祈祷和祝愿。

印度是"破烂英语"的天堂

印度是个让人一言难尽的国家。世俗生活上似乎可以一览无余地观察到全部，不用华丽遮掩贫穷，不会在"老外"出没的地方驱赶乞丐；精神文化上又给人深不可测的神秘感，仿佛人人都过着一种有精神的生活。奈保尔说："印度是不能被评判的。印度只能以印度的方式去体验。"（《印度：受伤的文明》）凡有人问起我对印度的印象，通常都会回答道："真的说不清，你自己有机会去看看吧，值得一去。"不过有一个观点我倒是一直想说出来。在我看来，印度是最让人敢用英语张口说话的国度，实在可以说是讲"破烂英语"者的天堂。

"破烂英语"（brokenEnglish）其实并非贬义词，如果你对作为语言的英语没有"至尊"之感，更会同意这一观点。"brokenEnglish"也可翻译为"蹩脚英语"，用来指那些发音不准、用词不当、语法错误却努力用英语交流的说话方式。它不同于旧上海的"洋泾浜"，后者是在本地话中夹杂着英语词汇，"破烂英语"则是指试图追求标准却又说不好的英语讲话。英语是印度的官方语言，这是印度长期处于殖民地位的结果。印度人讲英语很难懂，浓重的口音加上变了音的吐字法，初听甚至不觉得是英语，但实际接触就会发现，印度人的英语其实讲得很正，他们的选词用句给人感觉很准确、很书面，听来的确是"英语国家"才会有的水准。但在我看来，印度人对英语就像他们对很多事物一样，态度很平常，或者说很平民。他们只是用英语来交流而没有一点"卖弄"、"炫技"的意思。我算是个略懂一点英语的人，当年考托福的时候，反复听录音带里的美国英语，觉得那发音抑扬顿挫，有摄人心魄之感，但同时又觉得有一种"受压迫"的感觉，在这样的发音面前，任何一个把英语"作为外国语"（as a foreign language）的人，说得再好也只能是在"破烂英语"范围里挣扎，越听越觉得灰心。可是到了印度，你会很有讲英语的信心，随着信心的增长，讲英语的兴趣也渐浓，那些淡忘的单词一个个被"激活"，关键是当你不担心语法错误、发音不准时，说话的完整性和流利程度就会意外提高，态度热情、目光单纯、语气平和的印度人也总让人产生交流的愿望。我设身处地的想法就是，来印度学英语真是个不错的选择。

经常会看到这种现象，我们讲的英语很"烂"时，会引来听者奇怪的表情反应。讲英语闹笑话似乎意味着"水平不够"，但外国人讲汉语总体水平更差，他们却可以把自己的"破烂汉语"甚至搬到屏幕里去，那些"破烂"的可笑处产生的是好玩、有趣的反应，却与"水平"、"素质"关涉不大。这其实还是语言的高下观在作祟。英语的全球化，包括在信息时代的通用程度，使其"霸权"地位很难被撼动。苏珊·桑塔格认为，英语真正成为国际"通用语"，是从它成为国际航空统一使用的语言开始的，即使是在意大利国内航线上，"工作语言"也必须是英语。所以，从英国英语到美国英语，人们追求"标准化"的要求越来越高，而在印度，至少我个人认为，只要能凑合听懂，讲英语就无所谓"破烂"不"破烂"。记得报上曾经有过这样一条消息，说在与印度相邻的巴基斯坦，民间正在发起一场刻意

"看低"英语的运动，其宗旨就是鼓励人们用最简单的英语进行交流，能用单词的不讲短语，能用短语表达的不使用句子，语法越简单越好，目的就是要打破英语的权威感和神圣性，有点像我们通常说的"饿不死英语"（"Survival English"）。我觉得这真是个高招，因为它的策略不是抵制而是随意使用，这种态度正好与我对"印度英语口语"的印象相吻合。扩而言之，印巴次大陆，实在是讲"破烂英语"者的天堂。赶紧去吧。

伊斯坦布尔记行

旅程并不是从登机那一刻开始的，之前就已经为此忙乎了很长时间，办了很多必须办的手续，土耳其已经算是简单的了。公务护照是免签的，只要获准出境，其他就没什么问题了。夜晚，一群诗人和诗评家在机场集中，大家都很平常的表情，出国实在跟出差的感觉差不多了。

但我还是对此行充满期待。自从在读书时遇到了奥尔汗·帕慕克，伊斯坦布尔就成了心目中一座非同凡响的城市，不单是因为她跨越欧亚两个大陆，更是因为帕慕克把这一点渲染成一种特殊的文化，伊斯坦布尔所包含的一切，具有纯粹的纸面上的意义。《我的名字叫红》，是我近十年来读到的最了不起的小说，一部一边阅读一边拍案称奇的伟大作品，很久没有这样的读书体验了。一座城市和一个作家、一部小说，除了米兰·昆德拉笔下的布拉格，就要数帕慕克笔下的伊斯坦布尔了。

土耳其航空是闻名全球的航空公司，"the best airlines in euro"是该公司的口号，此中不但见证了公司的雄心，也体现了土国更倾向于认同自己为欧洲国家的意愿。航班上的确有过人之处，航空过程中可以使用"WIFI"

上网，如果你愿意花钱，可以在飞行中使用座位前的小荧屏处理公务，椅背上留有 USB 接口。当然，是摆设还是可以便捷使用，我并未尝试。

这是一次追逐暗夜的旅程。从午夜的北京到凌晨的伊斯坦布尔，9 个小时的航程后，终于在当地时间凌晨 4 点降落了。取行李时团队遇到了一点麻烦，两位同行者的托运行李始终未见出来，经反复交涉，终于等来了，小小的虚惊一场。伊斯坦布尔机场的行李车不可以免费使用，必须投币后才能解锁。这个就有点过分了，都是国际旅客，谁一下飞机就有土耳其里拉，而且是硬币？所以眼见的有车堆放，却少有人能用。

出得机场，乘车前往住地，伊斯坦布尔在晨光中展现出她的容貌。这是一座很整洁鲜亮的城市呵，并不像文人笔下描述得那么让人心痛忧伤，比起曾经见过的大马士革、孟买等城市，伊斯坦布尔相当气派，到处都是用红瓦做屋顶，淡黄、暗红色墙体的楼房，这些房子散落在绿树掩映的山丘上，是典型的海滨城市的景观。这些房子仿佛是在同一时间统一建成，新旧基本相同，高矮大体相近，高度都不超过绿树。满眼都是这样的房子，看不出贫富，分不出贵贱，就好像全城人统一居住其中一样。

初见伊斯坦布尔的这点印象，直到一周后要离开都未改变。这的确是一个非常平均、"统一性"很强的城市。大海一律是碧蓝的，无论你横跨欧亚大桥一桥还是二桥，海水都洁净得让人感动。穿行在欧亚之大陆之间来回游走，每一座山，每一处海，每一座建筑，都仿佛是一张图片的不同侧面罢了。

然而我想起了帕慕克描述的伊斯坦布尔。帕慕克为伊斯坦布尔的城市性格赋予了一个特殊的词：呼愁。那含义是，曾经的帝国辉煌，其后的破败萧条；对外国人不以为然的愤愤和自身内心的哀伤；介于东西方结交处的文化杂揉，以及由此带来的选择之难和心灵困窘。伊斯坦布尔曾经有一个更加具有霸气色彩的名字：君士坦丁堡。那个名字是与她了辉煌的历史相关联的。之前的名字更具有历史感：拜占庭。无论是东罗马帝国的首都，还是奥斯曼帝国的都城，这座城市从上一个千年的初期的公元 330 年左右，到 1453 年奥斯曼帝国称霸，始终都是欧洲的中心，也是世界上最响亮的城市名字。然而在其后的数百年，则是一部城市衰败、地位下滑、渐渐被人遗忘的历史，直到 1923 年，土耳其首都移往安卡拉，伊斯坦布尔彻底失去了她的辉煌与霸气，只留下欧亚交汇这一个殊荣可以骄傲。没有人再争夺她，她不再是政治的中心，甚至在文化上也被置于自我消长的境地。这种不被看中、被人遗忘的感受，在伊斯坦布尔人的心中留下怎样的哀伤？千年辉煌遗存下哪些不可替代的伟大文明？今天的伊斯坦布尔如何崛起？这正是帕慕克要探究的深刻主题。

土耳其，是欧洲的丑小鸭。这话应该是米兰·昆德拉在一次前往伊斯坦布尔领奖的演说中定位的，它比喻的是土耳其在今日欧洲的尴尬地位。的确，对于自己在欧亚两大洲之间做出的地缘政治的选择，土耳其一直找不准方位。土耳其政府正在为加入欧盟做努力，但接触土国居民，大都表示对此不感兴趣，因为欧洲本身并不能带给土耳其在经济和就业上的好处，欧洲也根本不重视土耳其这样身份模糊的国家。中国已经是土耳其最重要的贸易伙伴，未来五年内贸易额将达到 500 亿美元，土耳其正在把目光转向亚洲。但无论从政治上还是文化上，土耳其都依然把自己打扮成欧洲国家。比如在体育方面，尽管它也参加亚运会，但在足球方面却坚持自己是欧洲国家，宁愿在欧洲诸强中豪赌，也不愿来亚洲称王。

伊斯坦布尔是一座在宗教、饮食、居住等方面看上去整齐划一的城市，她同时又是一座充满矛盾性格的城市。帕慕克把这种矛盾性揭示出来了，但他过分犀利、过分彻底，伊斯坦布尔人能接受吗？为什么一个刚刚获得诺贝尔文学奖的大作家，却未能成为这座城市的骄傲？人们回避谈到他，不同意他关于伊斯坦布尔、关于土耳其的很多观点，一个充满复杂性和矛盾性的土耳其，有待去试图解析。

什么样的聚会不会散场

人生是由很多场聚会组成的，有时你是组织者，也有时你是旁观者，更多时你是参与者。有时你会觉得聚会很累，也有时你会觉得兴味不高，更多的时候你会觉得很开心。

常会有这样的时候，你会觉得很清闲，你想找一些人来聚会，可提起电话却不知该打给谁。如果非打一个不可，你选择的对象很可能会是一位朋友，而且是同学。

大学同学是最佳的聚会人群，因为他们具有最强的发散力，你约了甲，甲又约了乙，不一会儿就会凑成一桌。这种聚会的可能性最强。

大学同学是最佳的聚会人群，假如我们是同事，难免会有所顾忌；假如我们是亲戚，未免七姑八姨。若干年后相聚，我们没有竞争关系，只有友情值得维系；我们没有利益图谋，只有相互的关爱和问候。我们可以叙旧，这是新朋不能和老友相比的地方，我们可以谈青春的无悔，也可以感叹世事的变幻，这是亲戚不能与朋友相比的地方。你知道我的恶习，我记得你的脆弱。没有人会嘲笑你在聚会时喝醉，也没有人故意捉弄他人，所有的调笑都建立在亲切的基础上，所有的争辩都是渲染气氛的助推器。

想一想，我们都是在完成了"自然生长"过程之后相聚到一起的，可以说是一群没有历史感的人，但我们都对未来充满了朦胧的憧憬。假如我们是在什么"干部培训班"上做过同窗，带着一点光环、身份、地位来到一起，这样的情谊如何能够相比。我们相聚在一起四年，然后分开了，在不同的土壤上继续生长，若干年后再见面，可以一起回忆共同的时光，也可以询问不同的岁月。这时候我们可以像诗人，敏感一点；可以像哲人，沧桑一些；也可以像个老于世故的人，劝说一下坐在身旁或对面的朋友。我们甚至可以像亲戚，打听一下住房的面积、孩子的学习；也可以像生意人，探问一下有没有共同致富的路径；甚至还可以像政客，求一下寻官问职的"协作"可能；也可以像顽童，只问一下何时他可以请你吃一顿饭。如果你得到的是承诺，自然会很高兴，不过聚会之后你可能不会拿着这张"支票"去兑现；如果得到的回答是否定性的，你也不会认为这是一种拒绝，因为所有的一切此时只是一种话题。话题的虚无性是我们早有准备的，我们在乎的是聚会本身以及话题的丰富性，这里面没有任何一丝交易。

这么多年来，我有过无数场聚会。文场的、官场的，会议的、活动的，国内的、国外的，官方的、私人的，中午的、黑夜的，夏天的、寒冬的，然而印象最深、持续最久、感觉最好、心态最放松、越聚越高兴的聚会，还是和大学同学在一起的时候。已经记不清有过多少场这样的聚会了，在太原、在北京，有过那么多不同组合的同学聚会，可以在一起谈文学而只喝茶，可以在一起打羽毛球然后吃肥牛，可以在一起先喝酒再打牌。有朋自远方来要聚会，有朋自更远的美国、日本、澳大利亚来要聚会。北上忻州、朔州、大同，南下临汾、运城、晋城，都会寻找曾经的同窗聚一下。离开太原七年时间了，但同学相聚这条线索没有断，没有淡漠。

辉煌也罢，落寞也罢，都是暂时的，心灵需要有一个小小的归宿，人生需要一点真正的安慰。想一想，人生在世，有没有"无意义"的生活乐趣，有没有并无功利色彩的友情联系，有没有一张不必经营、不刻意利用的"关系网"，对一个人的生活质量以及对他的人生观、价值观有着怎样的内在联系和制约作用。这场聚会的没完没了，是我们的共同需要，这种需要是无需号召、不用解释的。没错，三十年是个聚会理由，三十一年，三十二年，又何尝不是。听说，为了这场大型聚会，相关的朋友已经举行了近十次不同规模的聚会，我以为这很好，这正迎合了我的想法，我们需要的是聚会本身，我们需要有这样一种生活趣味：因为聚会而聚会，漫无目的地聚会，有人召集、有人埋单但不求非得有所谓"重大成果"的聚会。让这场筵席继续下去吧，让这样的聚会像一张流水席永远没完没了。只要友情还在，我们就永远不会散场。

宜居之城万事兴

江南小城宜兴，对我而言不过是众多"他乡"中的一座小城而已。但要说起和它的缘分，那也真值得写上一笔。当然了，最重要的是，宜兴是一座让人听了向往、见了忘返，说起来仿佛谁都可以如数家珍的地方。人杰地灵，文脉悠久，大家涌现，物阜民丰——形容一个地方如何之好的词用在宜兴，大概都贴合，都不过分吧。

说起宜兴，我第一次见它是在 28 年前的 1985 年，历史算得上"悠久"。那时我还只是一名学生而已。记得是研究生二年级吧，居然可以享受"访学"的待遇，我们几个穷书生从西安跑到浙江湖州，不记得为什么，自己是独自去了宜兴，参观了著名的宜兴三洞，那算得上是本人头一回出门远行，而且是标准的背包旅行。宜兴的溶洞给人留下太深的印象，尽管是开放初期，旅游还没有成风，但人流足以用人山人海来形容。而且还去了一个叫丁蜀镇的地方，当时并不知道它的历史，满街的紫砂陶瓷让人眼花缭乱。因为既不懂紫砂，又不懂历史，更没有足够的资金，就买了两件纪念品，是一对陶瓷做成的狮子，现在想来，其实那并非宜兴的典型艺术品，因为不是紫砂而是上了釉的陶瓷而已。价格记得清楚，一件八毛钱，一对儿一块六。我将这两件宝物从宜兴背到绍兴，到上海，到北京，到山西老家，至今还摆在父母的家里呢。物美价廉，我这一对狮子，可以算名副其实了吧。

从那以后，宜兴就成了记忆中的一座美丽小城。但此后的若干年，再无缘前往。而此后的多少年里，宜兴的名声日益见涨，或者说，我才逐渐知道宜兴是多么了不起的地方。"紫砂壶"本是实用器物，在宜兴，它不但是艺术品，而且孕育艺术大师的领域。古有"一箪食，一瓢饮，回也不改其乐。"今有一把壶、一只杯随行就市攀升至天价。待到我也想把从前的一对"狮子"变成一把壶时，却只能徒有望壶兴叹的份儿了。尽管不能拥有，却仍可心向往之。因为结识宜兴作家徐风的缘故，我与宜兴就有了续缘的机会。这缘，不是从拍卖市场上续的，而是从纸上。作为不遗余力弘扬宜兴文化特别是紫砂文化的作家，徐风是一位有广阔视野却始终执著于挖掘、描写、宣扬家乡文化的"乡贤"文人。"乡贤"，就是眼中只有自己的家乡，"乡贤"愿意自觉承担起家乡文化的守护者、宣讲者、辩护者的角色。徐风把自己的写作领域固守在宜兴紫砂文化的弘扬上面，他的《花非花》是讲述紫砂大师蒋蓉的传记文学作品。我在宜兴的紫砂博物馆里，透过陈列室的玻璃欣赏到她的作品，"十件套"的"水果"组合，标价逾千万之巨，但我更从徐风的著作里，读到一个艺术大家的风范，她在艺术上的不懈追求，在利益上的淡泊。也许这正是我们今天面临的某种现实，曾经大师们以淡然的态度创作出来的艺术精品，今天却成了趋之若鹜的"宝物"，无价的艺术品正以标价的高低被直接"评价"。但不管怎么说，徐风用他的文字让我们领略了宜兴紫砂的深广魅力，而且成了一种双重享受。

也是因了这位宜兴文友的原因，我在北京参加过宜兴紫砂大师的作品展览。对紫砂逐渐进入庙堂，进而成为收藏界翘楚的惊人速度有了深刻印象。去年夏天，我有机会再次前往宜兴参观。这时的宜兴已经摇身大变。经济上，它已是中国县级城市里排名前十前五的强市，仿佛如一个神话，由一个乡间女子变成一个身名显赫的"公主"。用以佐证的数字用不着我来罗列，但它富可敌省已是不争的事实。宜兴的城市面貌令人心怡，宜居，是同行朋友们的共同感受，宜兴所拥有的文化优势更是一般的城市难以企及。一代又一代紫砂大师就不必说了，这里是徐悲鸿、尹瘦石、吴冠中等美术大家的故乡，是培养、走出数十位科学家、两院院士的土地。文化名城，如果没有文化名人来支撑，其灵动性、传播力就只能是单向度的。宜兴，是一座由艺术大师、科学名家、艺术产品、人文胜迹、自然景观融合而成的城市。在今日中国，这样的城市，除了宜兴，或可以与之比肩者，还有哪里呢？

五月的宜兴，气候宜人。为了扩大以紫砂文化为标识的宜兴文化，宜兴正在自觉地、有步骤地展开宣传"攻势"。胜友如云，高朋满座，游人如织，热闹非凡。经济强势，文化优势，文化与经济的有效强强结合，正在为宜兴铺出一条更加值得期待的未来。作为有幸第三次前来的参观者，一个与之有着值得窃喜的缘分的过客，衷心祝愿它能按照自己的规划与目标一路前行。当然，作为一个更以所谓"文化视角"看待周围世界的人，也同样希望它能够回望自己悠久的历史，更加珍视自己的"非物质"资源，从容描绘自己更加长久的未来，朝着更加宜居的目标发展，让万事都能兴旺。

我和扬州不期而遇

我和扬州不期而遇，那是前年 4 月，之所以还记得 17 日，是因为那天是我们不知道自己生活在危险中的最后一天。从南京到扬州，还没有人戴口罩，我们就那样快乐地上路了，一到扬州，直接就上了船，开始游览瘦西湖。我在这时才记起了，是有一个叫瘦西湖的景点属于扬州，而那瘦西湖的美景，已不由分说地进入了视野。我更不知道的是，这时节来看扬州是最好不过的季节。瘦西湖的水并不那么浩渺，然而如同进入画幅当中畅游的感觉，让人内心产生了一种许久已经没有过的激动，你看那瘦西湖的湖面上落满了柳絮，中间还可以看到红色花瓣的点缀，这是天然的造化吗？这古典的景观真的可以在我们这个沸腾的、喧闹的、到处都是工厂和工地的时代重现吗？我真的很惊讶，但那眼前的景色已经彻底让我折服了，"回到从前"，"梦回唐朝"，不就是这样的感觉吗？

瘦西湖是那样让人亲切，她平和、安静，既不是浩荡的奢侈，也没有人为的小巧。船行其间，连阳光都透着少有的温柔。两岸的建筑多呈灰色的调子，绝无被高楼大厦挤压的沉重，所有的船只都是匀速的游船，让人的心境自然地平和下来。回味起来，我对瘦西湖感触最深的，是船行在湖上，岸边的花草伸手可触，这不仅是因为她瘦，更因为她散发着一种雍容大度的气象，不骄，不傲，自然可近。

我好像没有专心去听为游人专门表演的古筝演奏，这种标识性的艺术欣赏有点"速成"的味道，我只记得，站在那如阁楼般的窗前，远眺平坦的、舒缓的扬州城，令人心旷神怡。

那天，我和扬州的交情也就到此为止，一个匆匆过客的心间留下了美好的瞬间印象。离开扬州的第二天，"非典"的风声已经很紧，扬州，就这样在隐约间留在了记忆中。我没有想到的是，在第二年的春天，也是 4 月，我又一次来到了扬州。这一次是 10 号，气温应当和去年差不多的，但瘦西湖呈现出的景色和去年略有不同，柳絮还没有达到纷纷飘落的地步，琼花也多处在含苞待放的感觉中。那种"烟花"的场面要再等几天才降临，我于是更怀念头一年见到的扬州了。让人意想不到的是，扬州并不是只有"烟花"可供欣赏，那浓得化不开的"三月"景观到来前夕，倒让我有机会领略千面扬州的美景。古典的扬州，像一个平民一样展示着她诱人的风采，又像一个贵族一样保留着千年不变的气质和神韵。扬州是月亮之城，所谓"天下三分明月夜·二分无赖是扬州"，显露出扬州对月亮的依赖。张若虚的《春江花月夜》，那"一诗盖全唐"的美轮美奂，原来就出自扬州。在何园，在个园，在扬州的几乎每一处景点，月亮总是一个不变的主旋律。扬州是文学的，歌吟扬州的诗词文曲即使精选也可以编出一大本，在扬州的景点，关于扬州的诗、文、故事等专书满眼都是。扬州又是世俗的，她的高雅是骨子里的风韵，然而她却同样是一个热爱柴米的城市。就不要说"皮包水"、"水包皮"的早晚生活习俗至今盛行了，单就那淮扬名菜发源地的声誉（这个菜系正在当下中国的每一个角落生根和膨胀），还不让人觉得是一个"很中国"的城市吗？

能把大俗与大雅融合在一起的城市，能让月亮的光晕里流溢出世俗的清香，在美味佳肴的流转中碰撞出千古绝唱的诗篇，在《茉莉花》的悠扬中尽享世俗快乐的城市，除了扬州，我真不知道还能有哪一个。

走在扬州旧式的街面上，看着那些"老扬州"恬淡的面影，我总想起那个被朱自清写成文学经典的父亲形象。他是一位穿着黑棉袍的老头吧，他艰难地把身子一跃的努力，爬上月台的笨拙，爱子如命默默离去的背影以及举箸投笔十分不易的哀伤，让我觉得扬州完全是一座由善良人、内敛者生活其间的城市，让人心平气静，无比安详。新扬州正在大踏步前进，建设的步伐随着经济指数的增长不断加快，火车已经开进了扬州，将有更多的人慕名而来，我隐约间感觉到，扬州将要迎来一个喧闹的时代，然而我从内心深处期盼她仍然保持那宠辱不惊的姿态，安宁纯净的情境，不要让人流和风尘遮蔽她雍容的气质。

扬州，一座让人溢于言表的城市，一座散发着高贵的气韵，投注着平民的目光，把高雅与世俗集于一身，怀着善良和诗意从容安处的城市，一个在烟花三月放射出绝美，年年、夜夜包容在月光下的城市，怎能不让人神往、怀念和歌吟呢？

黄河，从这里奔流而过

我有幸与黄河结缘。从小喝黄河水长大，那时没想过它的意味深长，后来在老师的带领下去"参观"黄河，我被眼前这条气势磅礴的大河震慑，可还是不能相信，黄河，那条早已被神话的河流真的会从我"门"前流过。青年时代去西安求学，经过黄河大桥，我见到了黄河的另一番风姿——它是那样宽阔、那样温柔，宛如母亲的容颜。

黄河，自内蒙古奔腾而来，从偏关县的老牛湾进入山西，沿晋陕峡谷南下，在河东永济绕过中条山，从垣曲县的马蹄窝东出中原，离开山西。从"牛"奔走到"马"，黄河流经山西19个县，全长960多公里。如果你有幸站在壶口瀑布旁的高祖山上向下望，可见那条黄色的巨龙缓缓流动，耳边可听到壶口瀑布发出的轰鸣，你一定会被黄河感动，被这吕梁山的苍雄感染。

沿着黄河行走，穿越被黄河切割的晋陕峡谷，感受"黄河之水天上来"的气势，认识黄河两岸的人与事，一直都是我的梦想，终于，有一天，我上路了。我自北向南，历经半年，走完了黄河流经山西的河段。

黄河岸边的"天书"

黄河水浩浩荡荡，奔流过内蒙古高原，在托克托折向南，进入晋陕峡谷，投入黄土高原的怀抱。晋陕峡谷是黄河在黄土高原上"切"出来的，可以说，经过了黄土高原，黄河才变成"黄"河的。

黄土高原沟壑纵横，在厚厚的黄土层上刻画出这些沟壑的是水。晋陕交界处已属半干旱气候，葱郁的树木只有在河谷底部才能见到。这里下雨有一大特点，全年的雨水几乎都集中在七八月份的几场大雨中落下。柱状结构的黄土很容易崩塌，一场大暴雨来临，黄土被刀子般的雨点割下来，冲到沟里。浊流滚滚，黄水翻卷，黄河水一半以上的泥沙都来自托克托至龙门河段。

从河曲县沿河岸南下，散落在两岸的城镇村庄被漫漫黄土包围。这里是黄上高原的东缘，土层已没有陕西那么厚实了，河谷底部露出了深色的岩石。听老船工们说，黄河岸边的石头上有上古先人留下的"天书"。我们一路上已经经过了几处女娲宫、炎帝庙，而且炎黄的传说确实出于晋陕两省，也许黄河岸真有古人的遗迹？我们带着好奇，决定去一探究竟。

来到被河水浸湿的岸岩边，船工指给我们看石壁上凹凹凸凸的图形。这些图形看起来像是符号，但似乎又没什么规则，大家研究半天，也没看出结果。有人说是"蝌蚪文"，也有人说是泥水冲刷的痕迹。当地人告诉我们，曾经有北京的专家来此研究过，也没说出个所以然。不过，更多人倾向于这是自然形成的，我们一路上看到河水侵蚀河岸，不少岸边的村镇都被黄河"啃"掉了一半，岸边的石刻恐怕也不能保存长久。

曾经繁荣的古镇碛口

清一色的砖石窑洞是两岸居民世代享有的坚固结实而又色调单一的住宅建筑。当我们顺流而下，来到临县的碛口镇，看到沿黄河而建的旧式建筑群落时，让我感到十分惊讶。

车进碛口，古镇规模之大和建筑格局的特殊，真让我吓了一跳。幽深狭长的街道和街道两旁密集的商铺，写出这里曾经有过的不凡气象。

碛口镇，位于湫水河和黄河的交汇处，也就是湫水河的入河口。"碛"字的字面含义是"由沙石堆积而成的浅滩"，湫水河带来的泥沙石块在这里堆积成滩，碛口这个名字因此而来。

走在碛口镇街上，映入眼中古朴拙巧的房屋建筑、悠长狭窄的石板路面，这些在北方山区实属罕见。临街而建的铺面式平房，分明有着江南小镇的韵致，而几乎一律为插板式的门窗设计，显然是出于商业经营的考虑，令人想到绍兴"咸亨酒店"的格局。

碛口镇内曲径通幽，峰回路转，具有相当规模。大约从一百多年前开始，碛口成为一个繁华的港口城镇，来自西北的货物通过这里运过黄河，在离石县的吴城镇发往华北各地。"拉不完的碛口，填不满的吴城"，碛口成了山西、河北、天津连结陕西、内蒙古和宁夏的纽带，是一个十分重要的交易场所。

在铁路和公路运输尚不发达的近代，船运一直是黄河两岸经济往来的重要手段和主要渠道。碛口因此而迅速发展，一时有"小都会"之称。南来北往的商人在此云集，经营各种生意。走在今天的碛口街头，各种字号、店名的牌匾依然可见，让人遥想到当年的热闹景象。镇内的卧虎山上有座黑龙庙，庙门上的楹联对这一盛景有着这样的描述"物阜民熙小都会，河声岳色大文章"。当地的居民告诉我们，由于长期以来的习惯，碛口人最热衷的职业仍然是经商，哪怕是开一间小门面，也觉得才是"正业"。后来黄河桥梁的不断建设，现代交通的发达，才使碛口逐渐衰落。

永动的壶口，悲壮的壶口

壶口瀑布，不亲自来一回就不可能领略到它的风采。不说瀑布因季节、气候的不同会呈现出不同的姿态，即使是同来的人群中，面对壶口，都会在内心深处激荡起各不相同的感受。

壶口瀑布，被印在 50 元人民币的背面，为每一个中国人所熟识。它是一个说不尽的话题，在这里你可以体验到大自然的鬼斧神工，也可以体味到人类文明的漫漫踪迹。

壶口岸边有一道长达 75 公里的长城，据说是清军为防止捻军东渡而设的，是全国建造最晚的一段长城。壶口附近又有很多与大禹治水有关的民间传说，河边的"禹帽山"据说是大禹治水时休息过的地方，瀑布岸边因河水冲刷而成的小石窝，又被老百姓看成是大禹留下的足迹。

长期以来，对两岸的普通百姓而言，壶口瀑布是一个难以跨越、无法绕过的难关。在陆上交通不发达时期，黄河航运是沟通西北与华北的重要途径，而任何船只行至壶口，都不得不弃水上岸，于是这一带就是有"旱地行船"的奇观。数十人直至上百人在靠岸船只下垫上滚木，拖牵着船只行走，拉至小河口入水，重新装货后再下水前行，以此避开瀑布的阻断。对这些人来说，壶口并不是一个多么有诗意的地方，"旱地行船"记载着黄河人的艰辛。

壶口又是艺术家们心向往之的地方。千百年来，歌吟壶口瀑布的诗文不计其数。现代诗人光未然、音乐家冼星海因受壶口悲壮、雄浑之势的感染，写下了著名的《黄河大合唱》，壶口所拥有的艺术灵气已被激扬到了极致。

壶口瀑布并不是一个固定的景观，它是一处流动的风景。壶口瀑布今天的方位与《水经注》的记载相比较，由于河水的冲刷，在大约1500年的时间里，已经向后撤了大约5公里。撰于唐宪宗元和八年（公元813年）洪迈的《元和郡县图志》，距离郦道元的《水经注》成书时间（公元527年）为286年，专家根据两书对壶口瀑布位置的记载推算，仅在这286年间，壶口就向上推移了1475米。最早壶口瀑布的方位据推测，应在今天的河津县龙门附近。不过壶口的风采，却不因它的变动而减损。不定的壶口，永动的壶口，悲壮的壶口，给军事家形成防御、给艺术家带来灵感、给船民们带来艰辛、给现代人带来美感的壶口，就这样无所顾忌地奔流着，不知疲倦地呼啸着。

揭底，黄河的未解之谜

"黄河西来决昆仑，咆哮万里触龙门"，心里还回荡着壶口的轰鸣，我们又到了龙的出处——龙门。传说鲤鱼逆流而上，跃过此处就能变成龙，腾云升天。我们此次来这里并没有追踪龙的行踪，而是来探访黄河的又一奇观——揭底。

在黄河龙门河段，当河水流量很大、水里泥沙含量很高时，河床底部的泥沙会被大块大块地掀起来，抛出水面。当地人说，有一次大雨过后，黄河水猛涨，河边的人看到1米多厚成块河底被汹涌的河水带到水面。我们没有亲眼看到，实在难以想象当时的场景，但在短短几个小时里，这里的河床确实被冲刷深了近10米！

这种现象的成因至今未能分析清楚，但它一定发生在河水含沙极多时。我们在老乡家看到，从黄河打上来的一桶水沉淀后竟有一厚层黄土。我们正感叹河水里竟有这么多土时，附近水文观测站的工作人员笑问我们，知不知道河流揭底发生时的泥沙含量。他说，发生河流揭底时，1立方米的黄河水里往往有500-600公斤的泥沙，他们测到的最多一次有上千公斤！那感觉根本不是水里含沙，而是沙土里含水了。

河东，人杰地灵

山西，位于太行山之西，故称山西，又处黄河之东，古称河东。"河东"一词在战国、秦、汉时期特指山西西南部，以现今的运城市所辖区域为主，唐以后指山西全省。在山西本省人的心目中，河东，还是特指运城地区的市县，运城诸县的人们也都以"河东人"自称。

河东地区不但是山西农业经济的重心，而且是文化积淀深厚、文化传统悠久、文化名人辈出的地方，用人杰地灵做比喻，一点都不过分。我有机会走访这些古代名人的踪迹，从心底里对这土地产生尊敬之情。

在万荣县的里望乡，有一个叫平原村的村庄。那里的居民一多半姓薛。他们都是明代大学者薛（王宣）的后代，官至礼部左侍郎的薛宣，因秉公廉明而数度退隐和复出。他是宋明理学的传人，又独树一帜，成为"河东学派"的创始人。如今的薛家后代，从薛宣算起，已传至20几代，仅在平原村就有两千多后人。

万荣的通化镇是王通、王绩、王勃这几位隋唐诗人的故里，王勃的一篇《滕王阁序》更使这祖孙三代的诗文世家名声显赫。镇上的王氏后代们在努力搜寻和保护着先人的遗迹，村里还特地成立了民间"三王研究会"，组织大家一起来研究"三王"的诗歌。他们自费印刷了《"三王"学刊》，整理家故成为这些衣着朴素的村民们生活中的一项重要内容。

名人辈出的河东大地，到处可以感受到这种文化传承的气氛，仅就黄河边上的永济市一地，就云集了众多的人文古迹，养育了一代又一代文武名人。这里是"唐宋八大家"之一的柳宗元、《诗品》作者司空图的故里，中国古代四大名楼之一的鹳鹊楼正在修复中，开放在即，到此游览的人们，可以登高远望，体味"欲穷千里目，更上一层楼"的感觉。位于永济市的普救寺是《两厢记》故事的发生地，莺莺塔上传出的奇妙回声，还有那种清脆的蛙声，吸引着四方游人。

这就是黄河，它养育着一代又一代华夏儿女，传承了中华文化的火种，北自河曲凄婉动人的民歌，南到河东如醉如痴的蒲剧，那种散发了民间的动人旋律，让这片苍凉的大地回响着生命的活力。古塔、戏台、寺庙、楼台，自然的胜景，先人的遗迹，无一不在告诉我们，黄河作为中华文明的发祥地，中华民族的母亲河，蕴含着巨大无比的魅力。而那巍峨的群山、沟川峁梁、羊肠小道以及裸露的荒原、漫起的风沙，又记录着黄河儿女的艰辛与生命的顽强。时代的步伐迅猛向前，黄河人的生活在宁静中变化着，只有那条黄色的巨龙，携泥沙而卜，日夜不停地流动着，告诉你时间的永恒。"逝者如斯夫！"这千年的感慨，哲人的叹息，穿越古今。